상처
위에
피는
꽃

상처 위에 피는 꽃

2013년 6월 3일 제1판 제1쇄 인쇄
2013년 6월 10일 제1판 제1쇄 발행

지은이	김민성, 박두규, 박명순, 박영희, 서순희
	서정현, 이원규, 이채경, 조재도, 최은숙
펴낸이	강봉구
마케팅	윤태성
디자인	비단길
인쇄제본	(주)아이엠피
펴낸곳	작은숲출판사
등록번호	제313-2010-244호
주소	121-894 서울시 마포구 합정동 367-9
전화	070-4067-8569
팩스	0505-499-5860
홈페이지	http://cafe.daum.net/littlef2010
페이스북	http://www.facebook.com/littlef2010
이메일	littlef2010@daum.net

©김민성, 박두규, 박명순, 박영희, 서순희
  서정현, 이원규, 이채경, 조재도, 최은숙

ISBN 978-89-97581-21-4 03810
값 13,000원

작은숲
에세이
001

상처
위에
피는

꽃

작은숲

차례

가슴에서 꺼낸 말들

한 소년이 있었습니다. 중학교 2학년인 그 소년의 얼굴엔 늘 어둠의 그늘이 드리워져 있었습니다. 가슴 속에 불만이 무럭무럭 자라고 있었지만 겉으로 내색하지 않는 얼굴이었습니다. 그 소년 반 국어를 가르치면서 나는 아이들과 함께 글쓰기를 했고, 글을 통해 소년을 알게 되었습니다. 가난했고, 아버지의 주사와 폭력에 바람 잘 날 없는 집이었습니다. 글을 통해 소년과 조금씩 이야기를 나누면서, 소년은 마음을 열기 시작했습니다. 어느 날 그가 나에게 말했습니다.

"제가 읽을 만한 책을 소개해 주세요."

나는 도서실에서 몇 권의 책을 가져다 주었고, 소년은 책에 빠져들었습니다. 2년 전의 일입니다.

그때 나는 이 책《상처 위에 피는 꽃》을 기획할 것을 마음에 담아두었습니다. 청소년기에 어떤 요인으로 입은 상처가, 인생이라는 긴 안목에서 보면 결코 상처로 끝나지 않는다는 것을, 자신의 상처가 어쩌면 자기 자신의 삶을 이끌고 가는 '힘'이 될 수도 있다는 것을, 나는 그 소년에게 말로 다 설명할 수 없기에, 그러한 사실을 보여 주는 책을 만들고 싶었습니다. 그런 책을 그 소년 같은 이들에게 권하고 싶었습니다.

　그러던 중 나는 학교를 떠났고(2012.8), 그 후 곧바로 이 책을 엮는 일에 매달렸습니다. 필자를 물색하고, 원고를 모으고, 드디어 막바지 작업이라 할 책의 머리말을 쓰려는데, 갑자기 시 한 편이 써졌습니다.

　슬픔의 위안

　슬픔을 꺼내 내걸었습니다

　햇살에 윤기 나는 나뭇잎처럼 반짝이더군요

　하얀 손수건처럼 나부끼기도 했구요

　아무리 봐도 잘했다는 생각이었습니다

　그 슬픔을

　날아가던 새가 쪼아 먹습디다

　맛이 없는지 툴툴대더군요

　몇 번 찍어 보다 이내 포르릉 날아갔습니다

　지나가면서 혀를 끌끌 차는 이도 있었습니다

　그니는 머릴 쓸어 올리며 한숨짓기도 하고

　눈가에 슬핏 물기도 어렸습니다

그러나 거기까지였어요

따뜻한 마음에 같이 슬퍼하였지만

나머지는 모두 내 몫이었습니다

나 스스로 견디고 나 스스로 일어서야 할 일이었습니다

세상에 슬픔을 내어 건 후

바람이 불고

강물은 흘렀습니다

삼년을 살아내듯

하루하루가 더디 가고

불면의 밤이 휘어지는 곳

무언가 지나가 버린 듯한 하늘

무엇인가 크다란 덩어리 하나 빠져나간 듯한 마음

젖은 산 뒤로

그렇게 한 시절이 흘러갔습니다

　　상처는 고통입니다. 시간이 흘러 객관화된 다음에 보면 슬픔일 수
있지만, 상처받은 당시에는 고통입니다. 그것도 불에 덴 고통이지요.

누구도 그런 쓰라린 고통의 상처를 사람들에게 드러내려 하지 않습니다. 자기 안에 감춰 두고, 타인 앞에서는 상처 없는 얼굴로 살아가지요. 아무도 그 사람의 내면을 알기 전에는 그 사람의 상처를 알 수 없습니다.

그런데 위 시에서는 상처슬픔를 꺼내 내걸었다는군요. 자신의 상처를 객관화시키는, 이른바 세상을 향해 고백을 한 겁니다. 아마도 그러기까지에는 참으로 많은 '불면의 밤'이 지나갔을 겁니다. 그러다 어느 날 용기를 내어 세상에 드러내게 되었고, 그리고 그러한 행위를 스스로도 잘했다고 생각합니다.

상처를 드러내자 '새'와 '그니'를 통해 상처에 대한 여러 반응이 나타납니다. 그러나 분명한 것은 "따뜻한 마음에 같이 슬퍼하였지만 / 나머지는 모두 내 몫"이라는 점입니다. 상처가 아물고 그 자리에 생살이 돋아날 때까지 견뎌야 하는 일은 온전히 자기 자신의 몫이었다는 말이지요.

요즘 유행하는 '힐링'이란 말도 사실 그렇지 않을까요? 아무리 열린 마음으로 타인의 상처에 공감하고 위안을 주어도 어느 지점에서는 "그러나 거기까지"지요. 다시 말해 그 상처를 딛고 일어서는 힘은 자기 자신에게서 나오지 않으면 안 된다는 것이지요.

그러다 보면 상처는 어느덧 객관화되고, 불에 덴 자리에 검은 딱지가 앉아, 마음은 "무엇인가 크다란 덩어리 하나 빠져나간 듯" 해지지요. "젖은 산 뒤로 / 그렇게 한 시절이 흘러"가면서, 우린 또 새로운 상처에 쓰라려 하고, 눈물을 글썽이며 한 세월을 살아냅니다.

그런 면에서 보면 인생이란 상처의 연속인 듯싶습니다. 그래서 상처는 삶의 흐름, 곡절을 바꿔 놓기도 합니다. 가끔 이런 생각을 해 보기도 합니다. 만약 그 시절 그때 나에게 그런 일상처이 없었다면 지금의 나는 어떤 모습일까? 그러면서 또 어떤 보이지 않는 손이 내 삶에 의도적으로 개입해 나로 하여금 그 때 그 일을 겪게 한 것은 아니었을까? 그렇다면 그 의도는 무엇이었을까? 생각이 여기에 미치다 보면 불에 덴 것 같은 쓰라린 상처도 내 삶의 폭과 깊이를 더해 주는데 일조하였다는 사실을 깨닫게 됩니다.

상처는 원형으로 남은 기억입니다. 상상력이 촉발되는 지점이기도 하지요. 상처가 과거의 기억으로만 묻혀 있지 않고 미래와 연결될 때 그곳에서부터 상상력은 분출되어 나옵니다. 문학이 되고, 역사가 되고, 예술이 되지요. 끊임없이 분출하는 창작의 샘이 되지요.

여기 실린 글들은 필자들의 저마다의 인생에 '불에 덴 자국'들입니다. 감추고 싶은 부분들이지요. 그러나 그들은 그들의 상처를 이렇게

가슴에서 꺼내어 세상에 환하게 드러냅니다. 가난, 불화, 장애, 열등
감, 반항심, 절망의 상처들이 윤이 나는 나뭇잎처럼 반짝이기도 합니
다. 하얀 손수건처럼 나부끼기도 합니다. 아마도 이 글을 읽는 독자
들은 이 책에 실린 상처에 공감하면서 고개를 주억거리고 눈물을 훔
칠 것입니다. 그러면서 '나만 이렇게 모질게 산 게 아니었구나.', '나
만 이렇게 못나고 불쌍한 게 아니었구나.' 하는 상처의 연대감을 느
낄 것입니다. 지나온 삶의 마디마디에 서린 진정성에 울고 웃을 것입
니다.

이 책이 어려운 형편에 있는 청소년들에게는 용기를, 어른들에게
는 삶에 대한 공감과 위안을 주었으면 좋겠습니다.

어렵게 글을 써 주신 필자 분들께 고마움을 전합니다. 특히 뒤늦게
연락을 받고 '성 정체성'을 주제로 한 글을 쓰느라 '온몸을 쥐어짜서
힘을 낸' 서정현 군과, 어린 나이에 '탈북'이라는 생의 고난의 강을 건
너온, 평생 북에 두고 온 고향에 대한 핏빛 그리움을 안고 살아갈 김
민성 군에게 진심으로 고마움을 전합니다.

2013년 5월

조재도

김민성

1990년대 초 북한에서 태어났습니다. 가족으로 예쁜 엄마와 못생긴 아빠, 까칠한 여동생이 있고요, 8살 때 부모님, 동생과 탈북하여 중국과 몽골을 거쳐 한국에 왔습니다. 한국에 처음 왔을 때 한글을 몰라, 적어도 읽고 쓸 줄은 알아야겠다고 결심한 후, 열심히 '가나다라'부터 배워, 지금은 글쓰기에 대한 열정도 생기고 또 이렇게 자기 생각을 글로 쓰게 되었습니다.

익숙해지지 않는 고통

¶

추억

최초의 기억은 세 살 때였다.

내가 마루에서 어머니 젖을 먹고 있을 때, 동네 어른들이 '다 큰놈이 젖 먹는다.'고 흉을 보던 것이 생각난다.

그리고 북한의 별.

주먹만큼 크고, 색깔별로 반짝이던, 빨간별, 분홍별, 초록별 그리고 가장 뜨겁다는 파란별…….

내가 살던 그곳은 반달이 뜬 밤에도 세상이 환했다.

겨울이면 전기가 끊기곤 했다. 그럴 때면 등잔 기름을 썼다. 이 등불을 오래 켜고 있으면 기름 연기가 집안에 꽉 찰 때도 있었다.

눈이 올 때쯤이면 가족들은 온돌방에서 옥수수를 까서 말렸다. 남자들은 산에서 땔감을 구하고 여자들은 농장에서 일을 했다. 농장에 앉아서 옥수수 알을 까 말린 후 저장해 두었다가 방아에 찌면 쌀처럼 된다. 좀 딱딱한 밥이 된다.

북한 사람들이 딱딱한 것을 잘 씹는 것을 보면 신기하다. 영양이 부족할 텐데도, 북한 사람들 중에는 이빨 상한 사람이 별로 없다. 어머니는 아직까지도 마른 오징어를 잘 씹으신다.

내가 살던 그곳은 정보기술이 발달되어 있지 않아서 한국 형편을 잘 모른다. 한국은 모든 것이 좋은 줄로만 안다. 반면 이곳은 정보기술이 발달되어 있다. 하지만 가짜 정보로 인해 해를 입는 경우가 많다.

이빨이 많이 썩어서 딱딱한 걸 잘 못 먹는 이곳 아이들을 보면 정말 이상하다. 뼈에 좋은 음식이라는 우유를 잘 먹는 이곳 아이들은 왜 우유를 먹지 못하는 그곳 사람들보다 이빨이 나쁜 것일까?

이곳에는 상품을 팔기 위한 선전이 많다. 그런 만큼 선전 속에서 가짜 정보를 가려내는 것이 중요하다. 많은 정보 중에서 진짜 유익한 정보를 가려내야 한다.

¶
불안

탈출

8살이 되던 해의 어느 날, 나는 할머니 등에 업혀 어디론가 갔다. 두만강이라고 했다. 두만강은 폭이 좁았다. 지금 생각해도 무슨 강이 그렇게 좁은지…… 이상하다. 할머니는 떨고 계셨다. 나는 할머니가 얼마나 추우신지, 무서워하시는지, 할머니의 등을 통해 느낄 수 있었다.

강물은 얼어 있었다. 우리는 보초병 교대 시간에 강을 건너야 했다. 그런데 보초가 계속 서 있었다.

"잡히면 죽는다."

엄마가 불안하게 떨리는 낮은 목소리로 속삭였다. 나는 그런 할머니와 엄마의 모습을 보고 굉장히 불안했다. 숨을 죽였다. 내가 제일 처음 죽음을 각오했던 게 그때였다.

"잡히면 죽는다."

엄마가 다시 말했다. 강 건너편에서 아버지가 기다리고 있다고 했다. 그러나 우리는 보초 때문에 결국 강을 건너지 못했다. 할머니는 밤새 추위에 떨고 계셨다. 우리는 춥고 무섭고 불안했다. 그렇게 밤이 지나고 새벽이 왔다. 결국 우리는 강을 건너지 못했다.

뜻밖의 일

다음 기억은…… 근처 술집에서 쉬고 있었다. 새벽이었다. 아버지는 강 건너 편으로 마중 나오기로 했는데 보초 때문에 우리는 강을 못 건넜다. 그래서 엄마가 아버지를 찾으러 나갔다. 조금 있다가 다섯 살 먹은 여동생이 할머니에게 화장실에 간다고 말했다. 지금 생각하면 어린 것이 화장실 간다는, 그런 거짓말을 했다는 게 깜찍하다. 동생은 지금도 남을 속이는 버릇이 있는데, 나쁜 의미는 아니지만 감쪽같이 속아 넘어갈 때가 많다. 엄마는 그런 승희를 보며 "세 살 때 버릇이 여든까지 간다."고 하시곤 한다. 화장실에 간다 하고 엄마를 찾으러 나간 승희는 한참이 지나도 돌아오지 않았다.

잠시 후 엄마가 돌아와 동생을 찾았다. 엄마는 강변을 헤맸다. 엉엉 울면서 엄마를 찾아 돌아다니던 승희는 한참 후에야 강한복판에서 엄마를 만났다. 큰 소리로 우는 동생을 찾는 순간 엄마는 보초에게 들킬까 봐 심장이 멎는 것 같았다고 하셨다.

승희는 엄마를 찾아 양손을 펴고 그 추운 강변을 돌아다녔나 보다. 승희의 손가락이 그새 완전히 새하얗게 얼어서 우리는 굉장히 놀랐다. 빨리 손을 녹여야 하는데 녹여지지 않았다. 우리는 초조하게 동생의 손을 녹이느라 애썼다. 나는 어린 동생이 불쌍해서 마음을 졸였다. 그 때 우리를 지켜보던 어떤 아저씨가 술을 마시다가 자신이 먹던 술을 동생의 손가락에 부어 주었다. 그러자 신기하게도 조금 있다가 동생의 손가락 색깔이 돌아왔다. 지금 생각하니 그때 그 아저씨가 얼마나 고마운지……!

그곳은 아저씨들이 쉬는 곳이었다. 그곳 사람들은 돈을 많이, 자주 사용하지 않는다. 술값도 곡식으로 교환한다. 술뿐만 아니라 모든 것을 지폐 반, 곡식 반으로 교환하는 이곳과는 달리 시내 쪽은 곡식보다 돈을 많이 쓴다. 그 때 추 저울을 사용한다.

불안, 그 때 처음으로 느낀 것 같다. 밤에 남 몰래 움직였던 일……. 지금도 생생하다. 머릿속을 동영상으로 보면 보일 거 같다. 두 번째 불안은 하얗게 얼은 동생의 손가락이 녹여지지 않았을 때였다. 그 때부터 나에게는 불안이 떠나지 않고 계속된 것 같다.

강물은 3월에 녹기 시작한다.

두 번째도 3월에 얼음 타고 건넜다. 첫 번째 탈출. 승희를 찾고 나서 얼마 후 두만강을 건넜다. 엄마가 승희를 업고 나는 할머니에게 업히고. 엄마인가, 할머니인가, 보초에게 중국제 빵을 던져 주었다. 그 당시 빵 덩어리 하나에 탈출을 눈감아 줄 정도로 그곳은 살기 정말 힘들었다. 아기가 먹을 젖이 안 나와서 애기들이 많이 죽었다는 소문이 돌았다.

도피 생활

지금 이런 기억을 할 때 내 기분은 두 가지이다. 하나는 내가 이렇게 어려운 시기를 살아왔구나 하는 것과, 이제 이것을 추억으로 생각할 때가 왔구나 하는 것이다.

두만강을 건널 때 나는 너무 무섭고 불안했다. 어려서 무얼 모르니까 더 무서웠다. 그렇지만 무섭다고 떼를 쓸 상황이 아니었다. 나중에라도 무섭다는 말을 한 거 같지 않다. 나는 내 감정을 꾹 눌렀다. 지금도 그렇다.

우리는 무작정 아버지를 만났다. 아버지는 연변에서 지내셨다. 거기서부터 중국이라고 했다. 나의 친할아버지는 중국분이다. 중국에서 아버지가 '고모'라고 하는 사람을 불렀다. 그때는 한국으로 갈 효과적인 경로를 알려 줄 사람이 없었다.

연변 사람들은 시골 사람들 같았다. 연변족은 우리와 비슷하다. 우리말을 가르친다. 초등학교 3학년 때 잠깐 한문을 배운 기억이 있다. 한족은 시내 쪽에 많은데, 중국말을 하는 한족들은 우리말을 모른다.

연변에는 북한 사람들도 많다. 중국이나 북한 사람이 매점을 내고 산다. 우리는 그것을 바아(bar)라고 불렀다. Bar에서 일하는 분들은 다 북한 사람들이다. 그런 가게를 많이 봤다. 그 곳에서 일하는 사람들, 주로 아가씨들은 북한을 나와도 잡히지 않는다. 그 사람들은 감시를 받기는 해도 북에서 잡아가지는 않는다. 반면에 우리 같은 사람들은 북한에서 나갈 수가 없다. 어린 마음에 나는 '왜 저 사람들은 가능한데 우리는 안 되는가?' 하는 의문이 들었다.

한 군데만 있으면 경찰이 출동한다. 주기적으로 호구 조사, 신분증 검사를 했다. 신분증은 여권처럼 생긴 것이다. 우리는 호구 조사를 한다는 말만 들으면 다른 곳으로 이동했다. 청도, 하얼빈, 북경 등을 돌아다녔다. 아버지는 원래 돌아다니는 것을 좋아하던 사람이었다. 아버지는 가족을 먹여 살리려고 여러 곳을 돌아다녔다. 그러다가 일이 정 없으면 중국에 있는 한국 영사관을 찾았다. 그곳에 가면 일을 주었다.

남한에 가면 살 수 있다는 생각에 아버지는 한국 영사관에 뛰어 들어가서 아무나 만나셨다. '사정 좀 봐달라, 도와달라.' 고 했다. 한국 영사관에서는 한국으로 보내 줄 수 없다고 했다. 그 대신 돈을 좀 주어서 잠깐 목숨을 유지했다.
그러다가 한국 가는 길이 열렸다. 북경에 가면 된다고 했다. 북한인 몇 명이 길에서 버스를 탔다. 그러나 버스에서 신분증을 조사했다. 일행 거의 모두가 중국어를 잘해서 신분증이 없어도 우기면 됐지만 마음이 약한 여성분이 하나 있었다. 결국 신분증이 없어서 의심을 받은 일행은 경찰서에 잡혀갔다. 그리고 곧 모두 감옥에 갇혔다.

나는 잡혀갈 때 불안했다. '두만강을 건널 때 엄마가 '잡히면 죽는다.'고 했지. 이렇게 죽는 건가?' 그런 생각을 했다. 이송 과정에서 아버지가 기차에서 탈출했다. 그런데 얼마 안 있어 탈출에 성공한 아버지가 다시 잡혀오는 것을 보았다. 잡혀오는 아버지를 보는 것은 끔찍하게 무서웠다.

12살 때는 신의주로 이송되었다. 우리는 신의주에 도착해서 신의주 다리를 걸어서 건넜다. 무서웠다. 그들은 사람을 죽이지는 않았다. 탈출했던 사람만 잡혀오는 감방, 노동시키는 곳으로 송치되었다.

감옥에서는 밥으로 옥수수 알갱이를 주었다. 반찬 없이 삶아서 먹는 옥수수였다. 가끔 영양실조로 기절하는 사람들이 더러 있었다.

나는 중국에 사는 동안 중국의 식습관이 몸에 배서 북의 음식을 먹기가 무척 힘들었다. 그 당시 중국 음식이 내 입맛이었다. 중국 음식 하면 생각나는 게 중국 라면이다. 우리 라면과 비슷한데 중국 맛이 난다. 나중에 나는 중국 음식에는 '굴소스' 나 '향신료' 그리고 조미료가 들어가서 중국 음식 특유의 맛을 낸다는 것을 알았다.

중국에서는 부숴 먹는 라면을 먹은 적이 있다. 이 라면은 면 발이 딱딱하지 않고 바삭바삭하다. 한편 중국 과자는 소금기가 조금 있다. 중국 음식의 특징 하나는 기름이 많다는 것이다. 먹다 보니 적응이 되어 맛있게 느껴졌던 것이다. 아침 식사로 중국에서는 만두 다섯 배 정도 크기의 빵을 뜯어서 먹는다. 소 다를 넣어서 만든 밀가루 빵이다. 이것을 아침 식사로 먹는다. 어릴 때 중국 음식을 먹어서 그런지, 나는 식성으로 치자면 중 국인에 가깝다. 라면을 좋아하는 것도 어쩌면 조미료에 길들어 져서인지 모르겠다.

그렇게 2개월 동안 감옥 생활을 하고 가족들은 원래 살던 고 향으로 풀려났다. 고향에 갔는데 마냥 스트레스였다. 엄마에 게 항상 누군가를 먹여 살려야 한다는 압박감을 준 거 같다.

북에도 집단 따돌림이 있다. 탈출했다가 잡혀온 아이들은 놀 림을 받기도 했다. 나는 나를 놀리는 북한 애들과 늘 싸웠다. 누가 나를 건드리면 나는 가만히 있지 않았다.

내가 폭력을 멈춘 것은 '한국에 와서 폭력을 쓰면 법적인 처 벌을 받는다.'는 얘기를 귀에 못이 박히도록 들어서이다. 북에서는 아이들끼리 싸우면 어른들이 말리면 그만이었다. 법적인 처벌은 하지 않는다. 나는 교육을 받은 다음부터는 누구와도 전혀 싸우지 않았다. 어떤 경우에도 비폭력인 태도로 일관했다. 노력하다 보니 이제는 몸에 뱄다.

버림받음에 대한 공포

'아버지' 하면 여러 가지 생각이 떠오른다. 제일 먼저 떠오르는 것은, 중국에서 살 때 아버지가 동생 승희를 다른 사람에게 입양시킨 일이다. 승희가 다른 사람 집으로 가는 것을 보며 나는 '나도 저렇게 버림받을 수 있겠구나. 나도 잘못 보이면 버려질 수 있겠구나.' 하는 생각을 했다. 불안했다.

그런데 승희를 입양시킨 후 엄마의 정신이 제 정신이 아니었다. 매일 동생 생각만 했다. 그래서 아버지가 다시 고생해서 승희를 찾으러 갔다. 그러나 아버지가 동생을 입양했던 집에 갔을 때 동생은 행복하게 새 생활에 적응한 상태였다. 그 사이에! 아마도 아기를 간절히 바라던 사람들이라서 승희에게 아주잘해 주었던 것 같다.

승희는 아버지가 불러도 그 집 사람들에게 붙어서 떨어지지 않았다. 그 집에서도 이미 입양된 동생을 내놓을 생각이 없었다. 결국 아버지가 집주인과 몸싸움을 하고 나서야 승희를 도로 데려올 수 있었다.

동생 다음 내 차례도 왔다. 입양은 아니지만 나는 아버지를 따라서 다른 곳에 갔었다. 중국에 고아를 맡아 기르는 부부가 있었다. 나도 거기에 보내졌다. 아버지는 당분간 거기 있으라고 했다. 나는 '아버지 안 오면 어떡하나, 제발 좀 와라!' 하면서 지냈다. 아버지와 친한 것도 아닌데 언제 올지 모르는 아버지가 너무 그리웠다.

아버지가 나를 보낼 때 부모가 있으면 안 받아 준다고 해서 고아원에는 내게 부모가 없다고 거짓말을 했다. 그 사실을 알기에 나는 고아원 부모에게 아버지를 찾아달라고 할 수도 없었다.

나는 아버지가 안 올까 봐 너무나 불안했다. 특히 '고아원에 버려졌다.'고 느낄 때면 불안감이 극에 달했다. 누굴 애타게 기다려 보긴 처음이었다. 나는 눈뜨면 '왔나, 안 왔나.'만 생각했다.

그 시절에 만났던 특이한 아이가 하나 생각난다. 그 아이는 오자마자 양손을 위로 들어 올리며 우리에게 인사를 했다. 온전치 못한 애였다. 아무리 고쳐 주려고 해도 그 아이는 인사할 때면 두 손을 번쩍 들고 스님이 부처님께 절하는 시늉을 했다. 고아원 부모들은 이 아이의 버릇을 바꾸기 위해 한없이 노력했다. 한참 후 그 아이의 그 버릇은 고쳐졌다.

그 고아의 집에는 거의 중국 아이들이 들어왔다. 부모가 없는 애들이었다. 그래도 그 아이들은 데리러 올 부모가 없으니까 편해 보였다. 적어도 내게는 그 애들이 잘 지내는 것처럼 보였다. 나는 엄마가 데리러 오겠다고 한 약속을 믿으면서도 안 올까 봐 '언제 오나, 언제 오나.' 매일 매일 초조했다.

그러던 2개월 지난 후의 어느 날이었다. 드디어! 아버지가 나타났다. 나는 아버지가 너무 반가워서 죽을 것 같았다. 좋아하지도 않던 아버지가 좋은 것 같기도 하고, 뭐라 말을 할 수 없는 그런 순간이었다.

길 잃음

그리고 또 불안했던 일이 있다. 시내에서 있었던 일이다. 아버지가 시장에서 나를 잃어 버렸다. 나는 울면서 시장에서 왔다 갔다 했다. 엄마가 나를 찾아 헤맸다. 그러다가 한참 후 엄마를 보았다. 자동차가 쌩쌩 달리고 있었다. 그러나 내 눈에는 자동차가 보이지 않았다. 엄마만 보였다. 나는 엄마만 보고 막 뛰었다. 하마터면 자동차에 치일 뻔 했다. 그 때의 충격 때문인지, 어떨 때 나는 지금도 엄마 손을 잡고 다닌다.

경계심

나는 길눈이 밝았다. 아무리 복잡한 길이라 해도 낯익은 것들을 찾아서 길을 다시 잘 찾는 편이다. 예전에는 경찰을 보면 무서웠다. 중국에서는 항상 안전부터 확인해야 했다.

1순위는 경찰 피하기,

2순위는 동네 입조심이었다.

시간이 지나면서 무서움은 수그러들었다. 이제 나는 웬만한 것은 무섭지 않다. 그러나 불안은 안 없어지는 것 같다. 나는 지금도 늘 불안하다.

다시 불안함

그리고 요즘 내 마음 속에서 다시 최고의 불안이 고개를 슬슬 든다. 남한에 살면서 어머니가 술을 드시니, 조금 더 나이가 드시면 돌아가실까 봐 슬슬 불안해지기 시작한다. 한번 불안감이 엄습해 오면 끝나지 않는 고통이 다시 시작되는 것처럼 괴롭다.

일주일 전, 엄마 때문에 친구 분이 찾아와 하소연한 적이 있다. 엄마가 술을 마시고 기억을 못하신다는 것이다. 동네에 피해를 준다는 것, 엄마가 술 마시고 손목 그은 것이 소문이 났다는 것을 얘기하시며 '너희 엄마 술을 못 먹게 하라.'고 하셨다. 나는 다시 불안해지기 시작했다. 동네에 피해를 끼칠까 불안하고, 돌아가실까 봐 불안하기 시작한 거다. 건강도 안 좋으신 분이 계속 술을 마시니 매일 같이 나는 불안하다.

아버지에 대한 불안

내 인생은 아버지가 화내지 않길 바라며 비위 맞추기를 시작하면서 불안해졌다. 그것이 내 '최초의 불안'이다. 내 느낌으로는 두만강을 건너던 때가 처음으로 불안을 느낀 때 같은데……. 그러나 잘 생각해 보니 나는 아버지에게서 불안을 처음 겪었다.

아버지는 술 마시면 말꼬투리를 잡고 물어지다가 어느 순간 팍 돈다. 그리고 뭔가 팍 뒤집는다.

일상생활에서도 뭐든지 아버지 마음대로 하려고 했다. 내 몸에는 아버지에 대한 두려움이 배어 있다. 아버지가 오면 뭐 하지도 않았는데 불안하다. 내 눈에 아버지가 안 보여야 안심한다. 아버지가 있을 때는 아무 것에도 집중을 하지 못한다. '아버지가 이런 존재인가?' 누구에게 물어보고 싶다. 아버지를 무서워하지 않고 웃으면서 자란 애를 보면 되게 부럽다. 나는 아버지의 사랑을 느낀 적이 없다.

나는 어릴 때부터 아버지에게 맞았다. 다른 아이들과 내가 싸우면 아버지는 남의 자식 편을 들고 나를 혼냈다. 대화는 거의 없었다. 아버지에 대해 공포심이 있었다.

맞아서 처음 다친 것은 북한에서 살 때 아버지가 고아 다섯 명을 집에 데려왔을 때이다. 우리 집 형편도 힘든데 고아를 데려와 집안 형편은 말이 아니었다. 그 때 데려온 어떤 형과 내가 싸웠다. 아버지는 내 편도 안 들고 항상 엄마와 싸우고, 팼다. 여덟 살 이전이었다. 아버지가 나를 발로 찼는데 허리가 삐끗해서 한동안 무척 아팠다. 그 후 곧 우리 가족은 중국으로 갔는데…… 그 고아들은 결국 버려졌을까?

엄마에 대한 감정

나는 맨날 어머니가 술 취한 모습을 본다. 어느 날 진로 선생님이 엄마에게 입원 치료를 권하셨다. 엄마는 치료를 결심하시고 한 달 간 병원에서 입원 치료를 받으셨다. 그러자 얼굴도 좋아지고 살도 빠지셨다. 나로 말하자면 어머니께서 병원에 계실 때 마음이 오랜만에 한결 편했다. 그런데 퇴원하신 지 얼마 안 돼서 엄마의 알코올 중독증이 재발했다. 이미 의사로부터 재발하기 쉽다는 말은 듣고 있었지만 나는 속상했다.

가끔 나는 엄마에게 서운하고 화난다. 대화를 잘 안 한다. 말이 안 통한다. 나는 이러다가 엄마와 나, 둘 다 인생이 어려워질까 봐 불안하다. 그래서 나라도 살기 위해 다른 곳에 위탁 교육이나 취업을 할까, 이런 생각을 해 보았다. 하지만 내가 없으면 엄마는 어떻게 될까? 내가 곁에 있으면 돌봐줄 수 있고 상태를 체크할 수 있다. 나는 병원에 다시 입원시킬 방법을 찾아보았다. 하지만 엄마는 그 때마다 안 좋은 소문을 얘기하신다. 엄마가 입원했던 병원은 정신병 환자들이 있는데, 정신병이 옮는다고 말씀하신다.

나 역시 어디에 속박되어 갇히는 것을 싫어한다. 그렇기 때문에 입원을 기피하는 엄마의 심정을 나는 십분 이해한다. 그러다 보니 내 마음으로는 차마 엄마를 다시 병원에 보내기 힘든 것이다.

엄마는 본래 멋있는 분이었다. 일하는 것과 풍류를 즐기시던 분이었다. 그런데 2009년에 외할아버지 돌아가셨다는 소식을 듣고 충격을 받으셨다. 어머니는 술을 마시기 시작했다. 날씬하던 몸이 불면서 하시던 일을 접으셨다.

고향의 추억

내 고향, 두만 강변. 아침이면 부활한 신처럼 태양이 그 영원한 미소를 비추기 시작한다. 부드럽게 동녘에서 천천히……. 어둠에 굴하지 않았다는 듯 언제나 온전한 태양빛이 새로 나온다. 그리고 한층 신이 나서 흐르는 강물 소리……. 매일 봐도 항상 새로운 선물로서의 아침이었다.

그러면서 우리가 수고한 하루가 끝나고 어느 덧 저녁이 되면 더 좋은 선물이 펼쳐졌다. 태양은 제 잠자리로 건너가기 전 포근한 노을 이불을 대지에 덮어 준다. 내일 아침이면 다시 나를 찾아 깨워 줄 빛! 태양님의 작별은 항상 따뜻하고 멋있었다. 다시 만날 때까지 편히 지내라는 듯 따스한 노을빛을 건네 준다. 그렇게 고향의 노을은 내 영혼의 이불이었다. 나는 어둠이 두렵지 않았다. 내 피곤과 설움과 분노를 위로하는 도탑고 풍요로운 정서가 음악처럼, 조각처럼 분명히, 그곳에 무르익어 있었던 것이다.

그대는 만남이나 작별이나 똑같이 아름답고 진정어린 저 영원한 태양의 순환을 지켜본 적이 있는가? 또 있는 그대로의 당신 모습을 밝을 때나 어두울 때나 말없이 비쳐 주는 강을 보았는가? 그런 친구가 있는가? 언제든 반갑게 만나고, 휴식의 축복이 필요할 때 헤어진다. 기쁘게 만나 기쁘게 헤어지는 믿음과 변하지 않을 약속.

고향의 햇살과 물살은 조용하고도 강렬한 나의 두 친구였다. 또한 이 친구들은 나만의 친구이자 모두의 친구이기도 했다. 누구나 가질 수 있지만 그 누구도 독점할 수 없는 형이상形而上의 친구. 이들의 품속에서 나는 내 쓰라린 아픔을 진정시키곤 했다.

어느 날 내가 학교의 진로 선생님께 고향 풍광을 얘기했을 때였다. 선생님은 '구글어스 위성 지도로 내 고향 동네를 찾아

볼 수 있다는데, 함께 찾아보자.'고 하셨다. 그러나 그럴 필요가 있을까? 함경도 내 고향 강가는 내 영혼 속에 각인되어 있다. 눈을 감지 않아도 불도장처럼 내 심장으로부터 활활 타올라 생생히 떠오르는 추억. 세상에 어떤 위성 사진이 그 살뜰하고 따뜻한 빛살들과 유장하게 출렁이는 물살을 보여 줄 수 있을까?

아아, 다시 내 마음에 슬픔이 가득 찬다. 한 겨울밤 기름 등잔에서 연기가 스멀스멀 집안의 밤공기를 메우듯 내 눈앞이 슬픔과 불안으로 흐릿해 오기 시작한다. 이윽고 내 눈시울은 뜨거워지기 시작한다. 나는 울고 싶은 건가? 모르겠다. 울고 싶기도 하고, 울음을 막고 싶기도 하다. 그러다 보면 내 눈망울에 불도장이라도 거듭 찍히는 듯 강렬한 무언가가 막 눈앞에 떠오르려 한다. 깊고 깊은 어둠 속에 이상하게 정겹기도 한, 복잡한 추억이 내 마음 속에 있는 것 같다.
이럴 때 나는 '아무래도 울지 말아야지.' 한다. 습관처럼 결심하고 나는 나의 감정을 억누르려 애쓴다. 부질없다는 것을 알면서도. 내리칠수록 튀어 오르는 공처럼 내 감정도 함부로 다루면 어떻게 될지 모른다. 하지만 또 억누르지 않으면 어디로든 내 마음은 터져 버릴 것 같다. 억누르고 또 억누르며 쓸모없이 노력하는 시간이 또 온 것이다. 아마도 내 정신이 있는 한, 이 감정이 좌절이나 죽음 쪽으로 쏠리지 않도록 나는 조심해야겠지만.

　사무치는 회한에 숨고르기도 질렸다. 요즘엔 마음이 아프기 시작하면 어찌할 바를 모르겠다. 익숙해지지 않는 이상한 고통. 다른 건 다 참을 수 있을 것 같다. 그런데 이 아픔은 견디기 어렵다. 아아, 내 고향, 그리운 할머니, 씩씩했던 어머니, 어린 내 동생.

　눈물을 참으며 머리가 무겁고 마음이 짓눌린 채 시간이 얼마나 지났을까? 눈물은 이제 애써도 나오지 않는다. 눈물이 마른 마음은 말라서 갈라터진 논바닥처럼 엉망인 느낌이다. 아아, 할머니는 살아 계실까? 두 번째 탈출에서 두고 온 할머니…….

　모든 게 그때뿐인 것처럼 느껴진다. 이제 한 마리 벌레처럼 누워 나는 누가 불러도 대답하지 않는다. 아무도 만나고 싶지 않다. 아무 것도 하기 싫다. 그저 하늘을 바라보거나 새소리만 들으며 가만히 있다. 가만히 있어야 한다. 며칠이든…….

익숙해지지 않는 고통

나의 꿈, 느긋한 Bar에서

느긋한 bar를 운영해 보고 싶다. 일상에 지친 이들이 와서 그 바 안에서 만큼은 세상과 단절된 것처럼 아무 생각 안하고 느긋하게 쉬는 집이다. 나는 사장이자 바텐더로 그들과 이야기한다. 조금씩 편해지면 사람들은 자기 힘든 얘기, 지친 얘기를 내게 시작하겠지. 그러면 나는 그대로 듣고 있고.

중국, 북한, 몽고 그리고 감옥 등을 거쳐, 사회가 받아 주지 않는 인생을 살아가는 기분이 어떤 것인지 나는 겪었다. 그러나 그럼에도 나는 사람들에게 당신의 그 기분을 안다고, 이해한다고 하지 않을 것이다. 누군가 나처럼 '아무도 도울 수 없는 듯한' 삭막한 고립감에 몸서리를 친다 해도 말이다. 느낌이란 아무리 비슷해도 사람마다 제각기 지닌 기막힌 사연에 따라 다다를 것이기 때문이다. 또한 자신만이 알 수 있는 기분이라 해도 어떤 때는 자기도 모르던가, 말로 표현할 수 없는 것이기 때문이다. 그래서 나는 슬프고 괴로운 사람이라면 그저 가만히 마주하는 것으로 만족할 것이다.

그 때쯤이면 따뜻한 햇빛과 파릇파릇한 자연을 조용히 바라보는 시간이 늘어날 것이다. 느긋한 바텐더니까. 언젠가 꼭 한 번 해 보고 싶다. 느긋한 바아……, 아름다울 것이다.

상처 위에 피는 꽃

박두규

1956년 전북 임실군 강진면에서 태어났습니다. 초등학교 4학년 때부터 전주로 유학 가서 자취와 하숙 등을 하며 학교를 다녔습니다. 전주고등학교를 다니는 동안 문학 동인을 구성해 동인지 〈글내詩川〉를 3집까지 펴내며 문청 시절을 시작했고, 대학을 졸업하자마자 바로 전남으로 내려와 교사 생활을 시작했습니다. 첫 부임 2년 후인 1985년에 〈남민시南民詩〉 창립 동인으로 문단에 나왔으나 자의 반 타의 반으로 절필을 했고, 1992년 〈창작과 비평〉 가을호에 시를 발표하면서 작품 활동을 다시 시작했습니다. 전교조 창립과 함께 18년 동안 한 해도 거르지 않고 지역에서 각 단위의 조직 실무를 담당하였으며, 50세에 이르러 새로운 삶의 지향을 세우고 생명 평화 결사 창립 원년부터 생명 평화 운동을 시작하였습니다. 1995년에 첫 시집 《사과꽃 편지》를 펴냈고, 이어 《당몰샘》, 《숲에 들다》, 《두텁나루숲, 그대》 등을 펴냈으며, 지리산 관련 포토포엠 에세이 《고라니에게 길을 묻다》를 상재하였습니다. 현재 전남자연과학고등학교 교사로 근무하면서 한국작가회의 이사, 국립공원을지키는시민의모임 공동 대표, 생명평화결사 부위원장, 문화 계간지 〈지리산 人〉 편집인 등의 역할을 통해 대안 문화와 대안 문명을 꿈꾸는 생명 평화 운동과 생태 환경 운동을 하고 있습니다.

절망의 우물에서 건져낸 시

¶
아버지의 무박 2일 – 유년 시절

둘째 누나는 눈도 뜨지 않고 징징거리는 나를 끌다시피 냇가로 데리고 갔다. 일곱 살짜리 코흘리개의 목에는 하얀 수건 한 장이 걸쳐 있고 누나의 억센 손에 끌려 삐뚤빼뚤 억지 걸음을 걸었다. 문이랄 것도 없는 뒷문을 나서 방천으로 내려가면 바로 섬진강의 지류 중 하나로, 마을 바로 옆을 지나가는 갈담천이 있다. 우리 일곱 명의 형제자매들은 시간차가 조금 다르기는 했지만 모두 이곳에서 아침 세수를 했다. 살짝 안개가 낀 아침, 냇가로 가는 길가엔 유독 나팔꽃이 많이 피어 있었다. 냇가에 쪼그리고 앉아 흐르는 물을 바라보면 물에서 김이 모락모락 올라왔다. 마을을 포근하게 감싸고 있는 안개들은 모두 냇가의 물들이 뿜어 올린 것 같았다. 내가 물가에 쪼그리고 앉아 멍하니 앞산을 바라보고 있으면 누나는 내 조막만한 얼굴을 쓱쓱 문질러 주고 수건으로 닦아 주었다. 돌아오는 길에 누나가 나팔꽃을 꺾어 줄 즈음에야 나는 잠에서 완전히 깨어났다.

그래도 이런 날은 운이 좋은 날이다. 누나의 손목에 붙잡히는 것은 아버지의 손목에 붙들리는 것에 비하면 천당과 지옥의 차이였다. 아버지는 아침 일이 많으셨지만 어떤 날은 한 손엔 내 손을 잡고 한 손엔 돼지에게 줄 구정물음식 찌꺼기가 섞인 물 한 수대를 들고 텃밭으로 가곤 했다. 아버지는 텃밭 일을 하시면서 반드시 나에게도 일을 주셨다. 돌멩이를 주워 버리는 일이나 풀을 뽑는 일이나 내가 할 수 있는 일을 꼭 시켰다. 그것도 모자라 밭 주변에 심어져 있는 나무들의 이름을 일본어로 외게 했다. 저 나무는 각기노끼감나무, 이 나무는 ○○노끼 하면서 알려 주고, 물어봐서 대답을 못하면 그 우왁스런 손으로 사정없이 군밤을 먹이곤 했다. 감나무가 많았던지 지금도 생각나는 것은 각기노끼뿐이다. 아버지는 일제 강점기에 국민학교를 잠깐 다닌 것이 학력의 전부였다. 그래서 그런지 향학열이 높았고 신문도 처음부터 끝까지 꼼꼼히 다 읽으시는 분이었다.

아버지에 대한 기억은 자전거로부터 온다. 내가 어렸을 때 고향에서 본 자전거는 세 가지 종류였다. 하나는 옆 마을에서 출퇴근하는 국민학교 황선생님이 타고 다니던 자전거였는데, 안장 뒤에는 손수건으로 싼 도시락과 몇 권의 책이 항상 묶여 있는 신사 자전거였다. 퇴근하며 울퉁불퉁한 신작로를 달릴 때면 빈 도시락의 딸그닥거리는 소리조차 멋있는 날씬한 자전거였다. 그리고 또 하나는 주장집 술 배달꾼 춘풍이네 아버지가 타고 다니는 짐바리였다. 춘풍이네 아버지는 동네 사람들이 동네개라고 불렀는데 얼굴에 큰 땀구멍이 숭숭 나고 붉으스름한 코에 아침인데도 늘 술 냄새를 풍겼다. 하지만 짐바리 자전거에 한 말짜리 술통을 예닐곱 개씩이나 매달고 종일토록 인근 동네까지 돌아다녀 모두들 근동에서는 가장 자전거를 잘 타는 사람이라고 말했다. 마지막 하나는 조합장 아들이 타고 다니던 세발자전거인데 그 빨간 세발자전거는 동네의 크고 작은 모든 아이들을 꼼짝 못하게 하는 위력을 가지고 있었다.

하지만 내 기억 속에서 가장 깊게 각인되어 있는 자전거는 아버지의 삐거덕거리는 낡은 자전거다. 아버지는 만주와 베이징 그리고 함흥 근처 어디를 떠돌다 삼팔선이 굳어질 즈음에 어머니의 동네에 정착했다는데, 어찌어찌해서 낡을 대로 낡은 자전거 한 대를 갖게 되었다. 그리고 그 자전거는 아버지를 만나면서 더 삐거덕거렸다. 어머니의 말을 옮기면 아버지는 새벽밥을 먹자마자 바로 짐 자전거를 타고 나갔다고 한다. 임실을 거쳐 남원을 지나 아버지의 외가가 있는 운봉까지 가면 한나절이 훌쩍 지나 늦은 점심때가 되었고, 돼지 새끼 대여섯 마리를 사서 짐바리 자전거에 실으면 해가 기울기 전에 출발할 수 있었다고 한다. 새끼 돼지들과 함께 밤새도록 아무도 없는 산길의 신작로를 달리다 보면 남원 어디쯤이 나오고 선잠을 깬 노인네가 길가에 나와 오줌을 싸며 지금이 몇 시인지나 알고 이 밤중에 다니느냐며 말을 걸었단다. 머리에 하얗게 서리를 이고 집에 오면 아직 여명의 새벽이었는데, 도착한 즉시 잠잘 틈도 없이 고봉밥 한 그릇 먹고 다시 정읍 태인 장까지 이내 달렸단다. 태인장에 가서 그 돼지를 다 팔면 새끼 돼지 한 마리 정도의 이문을 남길 수 있었는데, 어머니는 저 양반이 돼야지 한 마리 생기는 맛에 잠 한 소금도 안 자고 이틀 동안 자전거만 타고 댕긴다고 하면서도 한 번도 말린 적이 없었단다. 7남매를 낳을 때까지 그렇게 번 돈으로 아버지는 신작로 가에 조그만 가게를 내고 아들이 셋이니 별이 셋이라며 삼성상회라는 그럴듯한 간판을 달았는데, 동네에서 함석으로 만든 간판을 단 점방은 우리집이 처음이었다고 한다.

잠도 없이 이틀을 꼬박 달려야 했던 자전거와 아버지의 세월, 나는 지금도 가끔 그 세월을 생각한다. 삐거덕거리는 자전거와 길가에 버려진 단잠이 우리 일곱 형제를 키웠고 아버지의 병을 키웠다. 아버지는 돈이 아까워 술 한 잔, 담배 한 모금도

상처 위에 피는 꽃

하지 않았건만 훗날 간경화로 세상을 버렸다.

　나는 그런 아버지 덕분에 당시 국민학교라고 불렸던 초딩 시절을 저학년1~3년은 시골에서, 고학년4~6년은 도시에서 보냈다. 아버지는 나를 명문 중학교에 보내기 위해 무리하면서도 4학년 때 전주시로 전학시켰다. 도시로 간 후 나는 고립된 섬이 되었다. 초등학교 졸업할 때까지 3년간은 누나와 자취생활을 했지만 나중에는 누나마저 졸업을 하고 시골로 내려갔다. 중학생이 된 이후 줄곧 이 집 저 집 하숙생으로 떠돌았다. 초딩 시절 나는 길 잃은 어린 고라니처럼 도시의 숲을 여기저기 떠돌았다. 나는 말 그대로 자유, 아무도 상관하지 않는 자유방임의 상태로 방치되어 있었고, 사실은 외로웠다. 지금이니까 외로움이라고 말하지 그때는 그게 외로운 건지 뭔지도 몰랐다. 그냥 혼자서 시간을 보내며 무료한지도, 뭔지도 모르고 시내를 걸어 다녔고, 다리가 아프면 길가에 앉아 쉬었고, 무언가 구경거리가 있으면 걸음을 멈추고 마냥 구경했다. 그러다 배가 고프면 집에 와서 누나가 해놓은 식은 밥을 혼자서 차려 먹었다. 그때만 해도 도서관 시설이 미비해 읽을 책도 없었고, 아예 책이라는 것은 생각을 하지 않고 살았다. 내가 갈 수 있는 문화시설은 만화방과 극장뿐이었다. 어쩌다 돈이 생기게 되면 만화를 봤고, 영화를 보았다. 그렇게 초딩 시절을 보내면서 나는 혼자 있는 것에 익숙해졌다. 그래서 그런지 어른이 된 지금도 나는 혼자 있는 것이 편하다.

§

〈글내詩川〉 동인지 – 고교 시절

중학교에 진학하면서 달라진 것은 학교에 근사한 도서관이 있다는 것이었다. 지금도 그렇지만 당시 중·고등학교에 3층짜리 학교 도서관 건물이 따로 있고 전문 사서교사가 있는 곳은 전국적으로도 거의 없었을 것이다. 내가 진학한 학교는 전주북중학교였는데지금은 없어졌다, 전주고등학교와 한 울타리 안에 있었으며 도서관도 같이 사용하였다. 도서실 건물 1층은 신문들과 신간 잡지들을 열람할 수 있었고, 2층은 책들이 가득해서 언제든 볼 수 있었으며, 3층은 공부하는 곳이었다. 1학년 때 나는 주로 2층에서 동화책을 읽었다. 우리나라는 물론 중국, 일본, 인도, 러시아, 덴마크, 프랑스, 노르웨이, 미국, 칠레 등 아시아와 유럽 그리고 아메리카를 망라하는, 그야말로 세계 모든 나라의 동화가 시리즈로 엮어져 엄청나게 많았던 것 같다. 나는 1학년 동안은 거의 초딩 수준의 동화책에서 벗어나지 못했던 것 같다. 집에 가 봐야 지금처럼 TV나 컴퓨터가 있는 것도 아니어서 혼자 사는 나에게 도서관은 정말 고마운 놀이터였다. 중2부터 비로소 외국의 번안 소설들이나 《삼국지》, 《수호지》 등을 읽기 시작했다.

　내 인생에 문학은 의도하지 않은 일상의 사건으로 왔다. 문학이 나에게 온 것은 고등학교 1학년 때였다. 당시에는 개교기념일을 전후로 학교를 개방하는 행사들이 있었는데, 그때 시화전이 있었다. 나는 그때만 해도 시나 문학에는 전혀 관심이 없었는데, 중학교 때부터 늘 같이 붙어 다니던 친구가 시화전에 같이 시를 내자고 하였다. 친구 따라 강남 간다고 그때 친구들끼리는 어떤 일이든 가리지 않고 누가 하자면 바로 같이 하던 때였다. 나는 낑낑대며 시화전에 응모할 시 한 편을 써서 응모했는데, 당시 시인이면서 국어를 가르치시던 선생님께서 나를 교무실로 오라고 했다. 당시는 무슨 특별한 일이 아니면 교무실에 불려가지 않았다. 나는 무척 긴장하여 선생님께 갔는데, 뜻밖에 선생님께서는 "박군, 자네는 시를 쓰면 잘 쓰겠어. 감성이 아주 좋아." 하시는 것이었다. 칭찬이 매우 귀했던 그 시절에 교무실로 직접 오라고 해서 들은 각별한 칭찬 때문에 나는 그날 집에 돌아와 내 생애 최초의 시였을 그 시를 아마 10번도 더 읽고 또 읽어 보고 했을 것이다.

　시화전은 교문을 들어서면서부터 중앙 건물 현관까지 운동장 옆으로 한 100m 정도의 진입로에 있는 아름드리나무들 아래 전시되었다. 그 시화는 선생님들이나 학생들이 등하교할 때마다 읽어 보곤 하였다. 그때 어느 날 시화전을 같이 하자고 제안했던 친구가 새로운 소식을 가지고 왔다. 그때 시화전에 참가했던 학생들 몇몇이 모여 시동인을 만들려고 한다는 것이었다. 나는 '동인'이 무엇인지도 잘 몰랐고, 다만 국어 시간에 '백조' 동인이며 '폐허', '창조' 등의 동인지가 있다는 말을 들었을 뿐이었다. 그리고 그것은 일제시대에나 있었던 옛날 일이라고만 생각하고 있었다. 어쨌든 친구 녀석을 따라 가 보니 대여섯 명이 모여 있었던 것 같다. 이병천소설가. mbc PD, 이두엽신문사 사장, 이재형불문학자. 번역작가. 프랑스 거주, 하재봉시인, 소설가, 영화평론가. 방송인, 은경표프로덕션 PD 등이었다. 우리는 '글내詩川'라는 시동인을 결성하였다. 당시 리더 격인 이병천이 자기 동네 이름 '시천'을 따서 지은 것이지만 매우 신선했고, 우리의 활동 또한 매우 신선(?)했다.

　그때 나는 시를 교과서에서만당시 교과서 시는 모두 일제 강점기의 시인들뿐이었다. 접했지 현재 활동하고 있는 기성 시인들의 시는 전혀 모르고 있었다. 그런데 이병천, 이재형, 이두엽 등은 이미 현재 문단에서 활동하는 기성 시인들의 시집을 읽으며 습작을 하고 있었다. 그리고 동서양의 고전들을 섭렵해 나가는 중이었고, 그들의 기성 시인들을 흉내 낸 시들을 보면 나는 그야말로

젖비린내 나는 동시(?) 수준의 시를 쓰는 편이었다. 우리는 도내에 있는 백일장을 다니며 장원을 휩쓸었지만_{주로 이병천이 장원을 했다.} 나는 한 번도 장원을 하지 못했다. 그 당시에는 장원을 하면 우승컵 같은 것을 주었는데 우리 동인들은 그 우승컵을 가지고 한별당_{전주천 근처의 식당가}의 식당 구석진 방에서 그 장원컵에 막걸리를 따라 마시며 돌리곤 했다. 기성 문인들을 흉내 내며 술에 취하고 기행들을 저지르고 설익은 성인시를 쓰며 한껏 센 치맨탈한 동인 시절을 보냈다. 나는 친구들에 대한 문학적 열등감 같은 것이 있어서 학교 공부는 작파하고 당시 기성 문인들이 펴낸 문학 서적을 읽으며 습작에 전념했다. 그때 읽었던 사람들은 시에서는 서정주, 고은, 정현종, 오규원 등이었고, 이청준, 유현종 등의 소설과 김주연, 김현, 김치수, 김병익 등의 평론을 읽었던 것이 생각난다. 나는 3학년 때에야 겨우 친구들 수준에 이를 수 있었는데, 그것도 친구들이 대학 진학에 힘쓰고 있을 때 나는 죽어라고 문학만 했기 때문이었다. 어쨌든 우리는 '글내' 동인지를 두 권 만들고 졸업했다. 3학년 때는 후배들 몇 명을 동인으로 맞이했는데, 우리가 졸업하고 나서 몇 년 후에 '글내' 동인지는 바로 없어진 것으로 기억한다. 물론 나는 대학에 실패했고 재수 생활에 들어갔다.

¶

외롭고 그립고 막막했던 시절에 만난 자유로운 영혼

1974년에서 75년으로 이어지는 겨울, 스무 살의 혹독한 절망이 3일간의 폭설로 내렸다. 고등학교 시절 치기어린 문학동인 '글내' 활동으로 대학 진학에 실패하고 친구들도 제각기 길을 따라 뿔뿔이 흩어지자 나는 어디로든 떠나지 않으면 미쳐버릴 것 같았다. 내가 찾아간 내소사는 나를 맞이할 준비가 하나도 되어 있지 않았다. 어떻게 겨우 곰소항까지는 차편으로 닿을 수 있었으나 곰소에서 내소사까지 6km 정도의 눈길은 두 다리로 해결할 수밖에 없었다. 버스마저 단절된 도로는 제 맘껏 눈을 쌓고 있었다. 잿빛 우울한 시간으로 눈이 내리고 나는 정적의 한가운데를 혼자서 걸었다. 세상은 고장 난 전화벨처럼 나에게 어떤 신호음도 주지 않았다. 간경화로 누워 있는 아버지도, 분주하게 잰걸음을 하고 있을 어머니도, 눈길을 걷는 나도, 누군가를 떠올릴 겨를도 없이 스스로에게만 몰두하기에도 부족한 시간들이었다. 축축하게 젖어오는 신발을 끌며 아무 생각도 없이 어서 내소사에 도착하기만을 바랐다. 그곳엔 누군가가 기다리고 있고, 무엇인가가 있을 것만 같았다. 눈발이 잦아든 저녁 무렵, 나는 내소사 입구의 전나무 숲에 몸을 부렸다. 기진한 몸을 눈밭에 쓰러뜨리니 하늘을 찌르는 전나무들이 눈에 들어왔다. 사방천지의 눈을 뚫고 하늘로 솟구치는 푸른 전나무들과 그 사이를 건너 다니는 철없는 굴뚝새를 보며 절망에 촉촉이 젖은 무거운 몸을 일으켜 내소사로 걸어 들어갔다.

내소사에서 하루하루의 시간은 모두가 절망이 내면화 되는 시간이었다. 나는 내소사에서 재수를 하기로 마음먹었다. 재수학원 다니러 서울로 올라간 친구들이 없지 않았지만 돈 나올 곳 없는 놈이 무슨 서울, 저렴하게 밥 먹고 잘 만한 곳으로는 절집만한 곳이 없었다. 재수 계획을 세우며 이미 서울로 진학한 친구들에게 뒤질 수는 없다는 생각으로 1년 동안 재수 공부를 하면서도 책을 100권 읽기로 했다. 올 한 해 이런저런 시간을 제외하면 10달 정도는 독서를 할 수 있을 것이고, 한 달에 10권이니 1주일에 2권 이상 읽으면 되고 한 권에 5시간 정도 소요된다 하고 1주일에 10시간, 그러니까 168시간 중에 10시간이니, 그 정도는 독서에 시간을 할애해도 충분할 거라는 계산이 나왔다. 그리고 돈도 시간도 부족하니 그 당시 학생들에게 인기 좋았던 값싼 문고본을 읽기로 했다. 을유문고나 삼중당문고 등은 저렴하고 부피도 적었고, 소설, 시 등 문학이나 역사, 철학, 예술 등을 망라하고 있었으며, 국내나 세계적 고전들을 엮어서 만든 손아귀에 꼭 들어오는 작은 책들이었다. 지금 생각해도 적절한 선택이었다.

그때 읽었던 책들 중에 가장 오랫동안 나를 붙잡아 두었던 책은 헤르만 헤세의 《크눌프》였던 것 같다. 그 당시 치기 어린 절망과는 또 다른 막연한 그리움의 일상으로 진입하게 된 것도 《크눌프》의 영향이 컸다고 본다. 어린 날의 아픈 사랑을 계기로 일생을 떠돌게 된 방랑자 크눌프를 보며 안개 속의 막연함 같은 '자유로운 영혼'을 느끼지 않았나 싶다. 안주하며 사는 자들을 만나고 다니며 늘 자유에 대한 그리움을 조금씩 일깨워 주던 방랑자 크눌프, 지금의 우리처럼 편리한 도시에 정착해 살면서도 끝내 만족하지 못하고 사는 사람들의 내면 어딘가에는 크눌프의 영혼이 잠재해 있을 거라는 생각이다. 당시에는 '자유로운 영혼'이라는 의미가 무엇인지도 제대로 알지 못했겠지만 나는 그 즈음 대학을 가고 취직을 하는 미래에 대한 그림을 강하게 쥐고 있지는 않았던 것 같다. 공부보다는 책 읽는 것이 더 재미있었고, 책 읽는 것보다는 버스 종점의 마을로 내려와 하루 종일 버스를 기다리거나기다릴 사람은 없었고 그냥 주변의 산들을 오르내리는 데에 더 많은 시간을 할애했으니 말이다. 말하자면 외로웠고, 그리웠고, 막막했던 것이리라. 그 즈음 내 젊은 영혼의 어느 구석에 들어온 크눌프가 사랑하는 여인들에게 불었던 그 섬세한 가락의 휘파람을 불고 있었는지도 모르겠다.

짧은 한 세상을 살면서도 계획대로 되는 인생이 어디 있던가. 몸이 나른해지기 시작하는 여름 무렵이 되어 나는 내소사 전나무 숲 안쪽에 있는 지장암으로 거처를 옮기면서 마음은 온통 예쁜 비구니 스님에게 가 있었다. 스무 살 청춘의 눈에 그녀는 성녀처럼 범접할 수 없는 아름다움을 가지고 있었다. 당시 하루해가 뜨는 것은 오로지 그녀를 보기 위한 것일 뿐이었다. 늘 늦잠을 자던 나는 개과천선하여 아침 예불을 같이 드렸고 참선에도 참여하는 등 함께 있을 수 있는 시간은 모두 함께 있기 위해 노력했다. 전나무 숲에 달이 걸리는 날이면 술 한 잔 하고 올라와 법당을 돌며 불이 꺼질 때까지 스님 방 근처를 맴돌다 돌아왔고 밤새도록 수십 편의 시를 쓰곤 했다. 그리고 스님과 좀 수준 높은 대화를 하기 위해서그때 말로 쪽팔리지 않으려고 해안 스님이 풀어 쓰신 《금강경》도 읽고 절에서 발간한 이런저런 책도 보긴 했는데, 역시 불경은 잘 읽히지 않아서 문고본으로 구입한 소설 《싯타르타》를 읽게 되었다. 당시 이상하게도 헤세의 소설들이 나에게는 가장 잘 읽혔고, 그의 소설은 거의 다 읽었던 것 같다. 그런데 어렴풋하지만 그때 나는 헤세를 통해 분명히 어떤 화살 하나를 가슴에 맞았던 것 같다. 스님도 스님이지만 헤세는 아무 것도 모르는 내 어린 영혼을 손잡고 수많은 껍질로 덧씌워 있는 세상과 세상의 절망과 절망 뒤의 진리나 자유 같은 순수 영역을 소풍 가듯 데리고 다니며 구경시키지 않았나 하는 생각을 한다. 하지만 당시 《싯타르타》는 별로였던 것 같다. 오히려 《나르치스 운트 골드문트》나 《페터 카멘친트》, 《데미안》, 《황야의 이리》 등이 나를 깊게 침잠시켰다. 《싯타르타》는 나중에 어른이 되어 '생명평화결사' 일을 하면서 다시 읽었는데, 언젠가 도법 스님과 대화하던 중 스님께서 재미있게 읽은 소설이라는 말씀을 듣고 궁금해져서 다시 읽었던 것이다.

나는 지금도 10개월 정도의 지장암 세월이 내 청춘의 절반을 차지하고 있다고 생각한다. 물론 이듬해 대학에 진학하긴 했으나 전기, 후기 다 떨어지고 지방의 야간대학을 가게 되었다. 어려운 가정 형편을 앞세워 주경야독을 택했다고 했으나 사실은 순전히 지장암 세월 10개월의 현실적 결과였다. 그래도 나는 재수하는 동안 어쨌든 100권의 책을 채워 읽었으며, 부치지 않는 편지와 혼자만 읽고 버려야 할 시를 수도 없이 썼다. 지금 생각해 보니 절망의 끝을 잠시 보았던 그 시절, 《크눌프》를 포함한 100권의 책과 매일 밤 썼던 편지와 시와 그 막연한 그리움은 시인의 삶으로 진입하기 위한 한차례의 심한 홍역이었으리라. 나는 그 후로도 오랫동안 좌충우돌의 문청 시절을 보냈으며, 그런 '방황하는 영혼'으로 살면서도 은근히 믿는 구석이 있었다면 헤세 소설의 주인공들이었다. 나의 방황은 그들의 고

뇌에 비하면 한참이나 양반 축에 들었기 때문이다.

흔들리는 땅 – 대학 시절

나는 지방 대학의 국어교육과에 합격했고 '글내' 동인들이나 친구들은 모두 서울로 진학하면서 흩어졌다. 그 해에 아버지는 간경화로 끝내 돌아가셨고, 등록금을 내기도 어려웠다. 나는 3수 한다는 친구 박배엽_{시인, 작고}과 어울리며 매일 술만 먹고 다녔다. 집에는 아예 들어가지 않았고 한 달이면 두세 번 정도 옷 갈아입으러 다녀오는 것이 전부였다. 박배엽은 중·고등학교 동창인데, 그 당시 시쳇말로 고등학교 때 놀던 친구였다. 187cm 정도의 큰 키에 학생 깡패 출신으로 가방엔 늘 두 개의 손도끼가 들려 있던 친구였다. 하지만 그는 '야자수'라는 학생 깡패 조직을 하면서도 자기들 조직의 '회지'를 발간했던 특이한 친구였다. 나는 중학교와 고등학교를 그와 함께 다녔지만 그때까지는 그냥 아는 사이였고, 재수하면서부터 서로 친해 대학시절 그리고 그 이후 그가 죽을 때까지 가장 친한 친구가 되었다. 그의 아버지는 방직회사 전무이사여서 매우 부자였다. 그 덕분에 우리는 늘 통행금지 시간까지 술을 마시고 사창가를 배

절망의 우물에서 건져낸 시

회하거나, 여인숙에서 자거나, 다른 친구 집을 찾아가거나, 담을 넘어 그의 방으로 가서 자곤 했다. 배엽이는 졸업과 함께 나를 만나면서 학창 시절의 깡패짓을 그만두었고, '회지'를 발간하던 실력으로 문학을 시작했다. 하지만 그는 이미 나보다 훨씬 먼저 예술적 정서를 체화하고 있었다. 그의 예민한 감성과 놀라운 통찰력은 괜한 것이 아니었다. 그는 좋은 가정 환경 덕분에 그 당시 여느 가정에는 없는 고급 전축과 클래식 음반들이 있었고, 브리테니커 백과사전과 화가들의 화집과 온갖 인문학 서적들과 시집 소설들이 그의 방에 가득했다. 나는 우리 집보다 더 자주 드나들었던 그의 집에서 어느 정도 문학과 문화에 대한 갈증을 해소할 수 있었다.

나의 대학 시절은 세상의 모든 절망이 번갯불처럼 선명하게 나만을 표적 삼아 찍어 내리고 있다는 생각을 떨치지 못하고 살던 시절이었다. 내 생의 가장 거센 에너지가 내 몸을 관류하고 있던 시절이었고, 아버지가 수년 째 간경화로 투병하시다 돌아가시고 형은 두세 차례 이런저런 사업에 실패한 후 외지로 떠돌던 때라, 나는 시내버스 차비를 걱정하며 하루를 시작하곤 했다. 집에 들어가야 별 낙이 없었던 때여서 한 달이면 20일 정도를 친구들이나 선후배의 집, 자취방, 하숙집까지 전전하여 외박을 하고 다녔다. 필요하면 양말은 물론이고 팬티까지 그날 자는 집에서 해결하였고, 누가 되었건 같이만 있다면 나의 존재는 늘 그에 딸린 덤으로 처리되었다.

하지만 방학이 되면 사정이 좀 달랐다. 학기 등록을 위한 아르바이트를 했는데, 3학년 여름방학 때는 제법 큰 건수가 하나 생겼다. 친구 아버지가 운영하는 110톤 급 안강망 어선을 타게 된 것이다. 중국 앞바다 동지나해까지 나가서 조기와 갈치를 잡는 배였는데, 친구놈 말로는 만선만 하게 되면 순수한 내 몫으로 삼사십만 원 정도는 떨어질 것이라고 했다. 중학생 가르치고 한 달에 3만 원 받을 때니까 그 정도면 한 학기 등록금을 내고도 몇 만원이 남는 큰돈이어서 이건 죽기 살기로 반드시 타야만 하는 거였다. 내친 김에 군산에 있는 친구집에 가서 자고 이튿날 친구 아버님께 배를 태워 달라고 졸랐다. 아버님은 만약 먼 바다에 나가 멀미라도 심하게 하게 되면 죽게 되는 경우도 있어서 헬기까지 대절해야 하는 사태가 생기기도 하니 절대 안 된다는 거였다. 나는 친구 집에서 사오일 정도를 더 묵으며 기어이 허락을 받아 내었다.

장항 제련소의 굴뚝이 성냥골만큼이나 작아지는 것을 보며 나는 군산항을 떠났다. 파도가 부서지는 뱃전에서 담배 연기를 흩날리는 기분은 말할 수 없이 좋았다. 무엇보다도 음습한 도시의 그 절망감으로부터 벗어났다는 사실이 믿어지지 않을 정도로 좋았고, 한 번에 돈 문제가 해결되니 좋았고, 내가 머물 던 도시로부터 멀리 벗어나면 벗어날수록 뭔지 새로운 세상이 열릴 것만 같아서 약간의 흥분마저 일었다. 배는 먼 바다로 가기 전 일단 흑산도에 들러 모든 어구를 재점검하고 조업하는 동안 내내 먹을 흑돼지 한 마리를 잡아 얼음 창고에 넣었다. 그 때 처음으로 보았던 흑산도 앞바다 자갈밭에 물 부딪는 소리와 까마득한 절벽을 건너뛰던 산양의 모습은 지금도 선명하게 남아 있다.

배에는 열 두서너 명 정도가 타지 않았나 싶은데, 나는 하장 조수라는 직분으로 승선했다. 배에는 장이 셋인데 선장, 기관장, 하장이 그것이다. 하장은 선원들의 먹을거리를 책임지는 사람이었는데, 나는 말하자면 주방장 보조였던 셈이다. 하지만 일은 많았다. 어군 탐지기에 고기 떼가 발견되어 한번 조업하기 시작하면 일이 마무리 될 때까지는 모두가 이틀이고 사흘이고 간에 날밤을 꼬박 세워 가며 작업을 끝내야만 쉴 수 있었다. 고기 떼를 좇아서 그물을 치고 두르고 올리고 하여 갑판 위에 가득 고기를 쌓으면 선원들은 달라 들어 조기와 갈치만을 골라 상품, 중품, 하품으로 분류하여 어창에 넣고 나면 갑판엔 다른 어종이라는 이유 하나만으로 버려져야 할 고기가 반절도 넘은 성싶었다.

그 고기들을 바다에 버리는 일이 내 몫이었다. 내가 하장 조

상처 위에 피는 꽃

수니 그 고기 중에서 반찬할 고기들을 골라 내며 버려야 한다는 것이 그 이유였다. 아직도 펄적펄쩍 뛰는 멀쩡한 고기들을 삽으로 퍼서 버리자니 너무나 아까웠지만 하장의 명령이 떨어지면 새우면 새우, 꽃게면 꽃게, 몇 종의 고기 얼마큼만 골라 내고 모두를 말끔히 바다에 버려야만 했다. 허리가 휘는 듯한 삽질을 반나절 가까이 하고 나면, 나는 그대로 고꾸라져 갑판에 벌렁 누울 수밖에 없었다. 바다에 버려진 고기들을 먹기 위해 모여든 갈매기 떼로 새까맣게 뒤덮인 하늘을 보며 나는 도시에 두고 온 나의 절망을 떠올렸다.

  배를 타는 도중 많은 애로 사항 중 순전히 동물적인 애로 사항 하나만 말하자면 우선은 화장실이 문제였다. 밤이 되어 화장실을 찾으니 아무리 둘러봐도 실내 어디에도 화장실은 없었다. 나중에 어쩔 수 없는 상태가 되어 물어 보니 갑판의 배 뒤 꽁무니를 가리키는 것이 아닌가. 설마 거기서 어떻게 그냥 해 보라는 것은 아니겠지 하며 가 보니 배의 꽁무니 밖 허공에 삐죽 나온, 꼭 두 발을 디딜 만큼의 아슬아슬한 발판이 바다 위에 있는 게 아닌가. 그러니까 볼 일을 보려면 배 밖의 발판을 밟고 뒷전에 만들어 놓은 손잡이를 붙들고 있어야 하는 것이었다. 물론 나를 우울하게 했던 뱃속의 것들은 곧바로 바다로 떨어지는 것이었는데, 그건 떨어진다기보다는 한참을 허공에 날리다가 바닷물에 빠지는 것이었다. 그나마도 엉덩이를 까고 배 꽁무니에 매달려 어느 정도 적응이 된 다음의 일이었다. 나중에는 하늘의 그렁그렁한 별들을 가득 이고 선선한 밤바람에 적절한 파도를 타며 흔들리는 배 꽁무니에서의 이 호젓한 배설의 시간은 나에게 각별한 즐거움을 주기도 했으나 비바람이 몰아치고 로울링과 피칭이 심한 날은 실로 목숨을 건 한판 승부라고나 해야 될 일이었다.

여러 우여곡절이 있기는 했으나 어쨌거나 나는 귀항 일에 맞추어 무사히 돌아올 수 있었다. 나의 도시는 여름방학이 거의 끝나 가고 있었고, 친구놈들은 일확천금하고 돌아올 나를 손꼽아 기다리고 있었다. 하지만 요번 조업은 조기와 갈치를 어창에 다 채우지 못하고 비어 있는 배의 어창엔 어쩔 수 없이 돌아오는 길에 쥐포 만드는 고기'쥐치리'라고 하는 값싼 고기만 잔뜩 채워 왔다. 따라서 배당금은 예상보다 터무니없이 줄어져서 내가 꿈꾸었던 등록금은 날라 가고 나에게는 겨우 칠만 오천원과 조기 한 상자가 떨어질 뿐이었다. 하지만 이 어처구니없는 실망감보다 더 괴로운 것은 또다시 동물적인 애로 사항이었다. 배를 내리기 전에 선장이 지나는 말처럼 피식 던졌던 말이 있었는데 "야 임마, 너 고생 많이 했는데 배에서 내리면 땅이 움직일 거다. 하루만 더 고생해라."고 했는데 진짜로 땅이 움직이는 것이었다. 한 걸음 내딛을 때마다 배가 출렁이는 것처럼 땅이 출렁출렁 움직이는 거였다. 나는 벌떼처럼 몰려온 친구들에게 진하게 술을 사고 뚝너머로 몰려가 방마다 숏타임으로 넣어 주고 나서 참으로 오랜만에 집으로 돌아가는데 그때까지도 땅은 출렁이고 있었다. 내 걸음은 다리가 하나 짧은 것처럼 헛디딜 듯 말 듯 땅은 출렁, 출렁거렸다. 한 순간도 쉬지 않고 흔들리며 보내야 했던 그 시절, 그 하루도 어김없이 흔들리고 있었다.

¶

에필로그

나는 많은 과목의 학점을 빵꾸 내고 군대에 갈 때까지 고스란히 젊음을 탕진했다. 아니 그 말은 부적절하다. 내 안의 모든 절망을 퍼올렸다고 해야 할 것이다. 그리고 그 시절, 시 한 편 제대로 쓰지 않았으나, 그 시절 자체는 지금도 내 문학의 본류를 이루는 중요한 물줄기의 하나라고 생각한다. 나의 문학은 군대를 제대하고 본격적으로 시작되었고, 졸업 후 군부독재 정권의 폭압으로 문예지들이 수난을 당할 때 각 지역의 시인들은 시대의 변혁운동에 동참하고 스스로의 작품을 발표할 공간을 위해 동인을 결성하였다. 그 무렵, 전북에서도 젊은 시인들이 모여 동인을 구성하였다. 백학기, 정인섭, 이병천, 박남준, 박배엽, 최동현, 박두규…… 이렇게 일곱 명이 모여 동인 결성을 하였고, 1985년 처음으로 동인지 〈남민시南民詩〉를 발간하였다. 나의 문학은 이렇게 처음으로 세상에 나왔다. 참으로 어둡고 암울했던 시절이었다.

박명순

1961년 충남 조치원에서 태어나 자랐습니다. 고등학교는 대전에서 다녔고, 공주사대 국어교육과를 졸업하였습니다. 공주대학교에서 석사·박사 과정을 마쳤으며, 시, 소설 평론 등을 발표하며 작품 활동을 시작했습니다. 그동안 연구 논문 〈벽초 홍명희의 임꺽정 연구〉, 〈채만식 소설의 페미니즘 연구〉, 〈바흐친의 눈으로 이문구 소설 읽기〉, 〈공선옥 소설의 생태 페미니즘〉, 〈채만식 소설과 돈〉, 〈최인훈론〉, 〈한설야론〉 등을 발표하였습니다. 중학교 국어 교과서를 집필하였고, 교육 에세이 등을 써서 발표하였습니다. 현재 공주대 겸임교수, 천안동중학교 국어교사로 재직 중입니다. 앞으로 청소년을 키워드로, 타자성과 주체성의 관계를 재정립하는 평론 활동을 계획하고 있습니다. 기회가 된다면 성장소설, 교육소설도 쓰고 싶습니다.

빛바랜 사진첩을 열다

¶
아주 오래된 흑백 사진

1950년대를 연상시키는 담벼락이 있다.

우리 집 담이 아니다. 우리 집은 어떠한 담도 가져본 적이 없었으나, 소유가 궁금한 것은 결코 아니고 단지, 그 담을 배경으로 찍은 주인공이 '나'라는 점이 중요하다. 생후 2~3개월쯤 되었을까. 아주 어린 아기일 때의 모습인데, 얼굴의 눈, 코, 입의 윤곽만 있을 뿐 분위기나 형상이 누구인지 분간할 수가 없다. 내가 태어난 직후 방문한 작은아버지께서 까만 광목에 조카를 안고 찍은 빛바랜 사진이다. 작은아버지의 환한 미소가 나를 반겨 주는 메시지같다.

"태어나느라 고생 많았다. 축하해!"

사진 속의 주인공은 앞으로 태어날 형제들을 이끌어 갈 팔남매의 맏이답게 의젓함을 연출한다. 생후 2~3개월의 '나'는 팔남매를 이끌어 갈 역사적 숙명감 속으로 그렇게 뚜벅뚜벅 걸어 나올 준비를 하고 있었다.

'나는 민족중흥의 역사적 사명을 띠고 가난한 집안의 맏딸로 태어났다.'라고 선언이라도 해야 할 판이었다.

가부장제 집안이었지만 '맏딸은 살림 밑천'이라며, 나의 탄생은 적극적인 환영의 분위기로 받아들여졌다 한다. 나는 사진의 자양분을 먹으며 팔남매의 맏딸로 성장하였다. 하지만 주위의 기대와 달리 나는 팔남매의 맏이라는 자리에 늘 반감과 부담감을 가지고 살았다.

먼저 빵에 대한 기억이다.

그날은 아버지가 빵을 사 준다고 해서 나와 남동생 두 명이 심장 박동소리에 두근두근 발맞추는 즐거움으로 따라갔다. 더운 여름이었던가. 용돈을 주거나, 먹을 것을 사 준 적이 한 번도 없었던 젊은 아버지가 그때 왜 빵을 사 준다고 했을까? 아버지는 기분 좋게 취했던 것 같다. 배운 것 없는 가난한 아버지는 자식농사는 성공이라는 기쁨에 들떠 있었을 지도 모른다. 딸 하나에 아들 둘은 만족할 만한 서열일지도 모른다. 가끔 궁금해진다. 그때 어떤 기분으로 빵을 사 주는 아버지 역할을 자처했던 것일까?

빠른 아버지의 걸음을 바쁘게 쫓아 비지땀을 흘려 가며 구멍가게에 당도했을 때의 기분은 성공을 눈앞에 둔 의기양양함과 기쁨이었다. 아버지가 가게 문을 '드르륵' 열었다. 처음으로 큰 가게 문턱을 넘어서는 기분은 어떠했던가. 그때까지 가게 문을 열고 들어가 본 기억이 없다. 얼핏 쳐다보거나, 문틈으로 훔쳐 본 게 전부다. 멀리서 본 가게는 동화 속의 주인공에게만 허용하는 '은하철도 999'나, '과자나라'나, 또는 '비밀의 화원' 처럼 신비스럽기만 하다. 하지만 가까운 곳에서 문틈으로 볼 때의 심정은 뭐랄까? 손에 닿을 듯 피어있는 꽃을 꺾고 싶은 충동질이 발동한다. 눈앞에 아른거리는 충동은,

　"아, 나도 들어가고 싶다."

　"손에 과자 봉지를 들고 싶다."

　그런데 지금 그 안으로 미끄러지듯이 빠져든 것이다. 가게 안은 새로운 세상이었다. 문을 들어서자 상품들이 양쪽으로 나뉘어 진열되어 있었다. 오른편으로는 칸칸이 진열된 사각형 유리상자마다 사탕이 들어 있었다. 낯익은 것은 눈깔사탕, 박하사탕뿐이었고, 처음 보는 과자가 화사하게 담겨 있었다. 왼편으로는 단 한 번도 먹어본 적이 없는 빵들이 봉지에 담겨 있었다. 어른 손바닥보다 더 커 보였다. 막걸리집에서 파는 술빵이나 찐빵, 집에서 만들어 먹는 개떡은 간혹 먹어 본 기억이 있다. 그런데 봉지에 든 빵은 처음이다. 그때 내 마음은 무지개

빛깔 풍선처럼 한없이 두근거리며 날아오르고 있었다. 내 생애 가장 아름다운 한 순간을 장식할 만한 풍성함으로 부풀어 있었으리라.

그런데 아버지는 빵을 두 개만 사셨다. 의아스럽기는 했지만 그때까지도 내 몫의 빵이 없을 거라는 생각은 전혀 하지 못했다. 한 개씩 못 가질 경우에, 어른들이 적당히 나누어 주거나 누나인 나에게 주면 공평하게 배분하여 먹게 되어 있었다. 그런데 이번엔 좀 달랐다. 아버지는 가게 문을 열자마자,

"빵 두 개 얼마유?"

가게 주인은 아마 놀라며 분명 이렇게 말했을 것이다.

"박씨가 왠일여, 애들 빵 사 주러 왔어?"

"젤루 맛있는 빵으로 줘유."

아버지는 항상 호탕한 표정으로 큰소리를 치곤 했다. 돈을 건넨 후 손에 든 두 개의 빵을 아주 대견한 표정으로 남동생들에게 하나씩 주었다. 내 몫은 없었다.

'아부지, 내 빵은유?'

그 말은 끝내 입에서 터져 나오지 않았다. 내려오는 길은 동생도 아버지도 나에게 눈길조차 건네지 않아서 눈물이 솟구치기 직전이었다. 동생들은 빵을 받은 기쁨과 그 맛에 취했을 것이고, 아버지는 스스로 대견함에 만족스러웠을 것이다. 올 때처럼 아버지가 앞에서 걷고 그 뒤를 동생들이 따랐다. 동생들

은 봉지를 벗기지도 않은 빵을 손에 들고 아주 조금씩 떼어 먹으며 여유롭게 언덕길을 내려왔다.

투명인간이 되어 사라지고 싶었던 그때 그 심정. 나도 모르게 발길이 빨라졌나 보다. 나는 아버지보다도 훨씬 먼저 집에 도착했다. 나의 젊은 아버지는 잔인할 정도로 무심했던 것 아닐까? 그때나 지금이나 나는 기분이 나쁘거나 속상하면 한참 동안 입을 닫아 버린다. 어떻게 집에까지 왔는지 모른다. 방에 들어가 이불을 뒤집어쓰고 터져 나오는 울음을 삼켰다 터트렸다 반복했던 기억은 지금도 나를 쓸쓸함에 젖게 만든다. 기껏 빵 한 개 따위로 서럽게 울어야 했던 그 때 그 아이를 이제 내가 위로해 줄 수 있을 것 같다.

유년의 기억은 대개 그렇게 어둡고 칙칙한 배경으로 등장한다.

술에 취한 채, 아무런 이유 없이 나만 쫓아다니며 손에 닥치는 대로 집어 던지며 폭력을 휘두르던 아버지를 생각하면 지금도 가슴이 떨린다. 아버지를 피해 깜깜한 창고에 들어가서 잠들기도 했다. 한밤중 깨어난 창고 안의 어둠, 괴물처럼 낯선 물건들이 주는 공포감으로 며칠을 가위눌림에 시달린 적도 있다. 지금 생각해 보면 맞았던 기억이 더 서운하고 무서울 텐데…… 아니다. 그 어떤 상처도, 내 기억 속에서 빵의 서운함만큼 강렬하지 않다. 동생들만 빵을 먹었다는 그 기억은 나도 함께 먹어야 한다는 독기로 남아 있다. 그게 나의 멍자국이다.

이후 여자들이 먹거리에서 차별받는 것을 서서히 몸에 익히게 되었다. 닭을 삶으면 국물밖에 먹을 수 없었다. 아버지에게만 주어졌던 점심 밥상 대궁도 늘 동생들 차지였다. 여자들은 밥그릇도 국그릇도 없었다. 먼저 아버지, 할머니, 남동생들 밥을 공기에 푼 후 나머지는 큰 그릇에 밥을 푼다. 우리들 딸과 엄마는 모둠으로 푼 양푼 그릇에 한꺼번에 수저를 꽂아 끼니를 때웠다. 어린 시절 내 몫의 밥그릇과 국그릇을 챙겨서 밥을 먹어 본 기억은 단 한 번도 없다. 젓가락을 받아 본 기억도 나지 않는다.

나중 얘기지만 대학 시절, 시위 주동자로 무기정학을 받은 다음 빵 공장에 취업한 적이 있다. 지금은 대부분 공정이 자동화되었지만 그때는 오븐에 밀가루 반죽을 넣어 빵을 만드는 과정에 수작업이 많았다. 오븐에서 10분, 20분마다 빵이 나온다. 고소한 냄새를 풍기며 황홀하게 부풀어 오른 빵을 봉지에 담지 않고 입에 넣어 녹여 먹는 즐거움이 있었다. 평생 먹을 빵을 모두 먹었다고 생각할 정도로 놀랄 만큼 많은 빵을 먹었다. 감시일 하면서 먹는 것은 위생상 등의 이유로 금지되었다.의 눈을 피해서 몰래 먹는 빵의 맛이 각별했고, 우리끼리 웃고 떠들면서 잠시나마 즐거웠다. 동시에 품격을 떨어뜨린다는 생각 때문에 괴로워했던 것 같다.

또 다른 가족 사진 하나

가족 사진이 있었다. 이건 놀라운 일이다.

팔남매 모두 돌사진 백일 사진 단 한 장이 없는 집에서 유일한 가족 사진이 보관된 것이다. 그러함에도 백일 사진과 돌 사진을 갖지 못한 허전함은 매우 크다. 결혼식을 하지 못했던 사람들이 뒤늦게 결혼식을 올리고 사진을 찍고 하는 이유가 이와 비슷할지도 모른다. 하지만 단 한 장 있었던 가족 사진을 대할 때마다 부딪쳤던 아픈 감정은 말로 표현하기 곤란하였다. '차라리 없었으면 좋았을 것을' 하는 심정에 가깝다고 할까? 화목함이나 단란함과는 한참 거리가 멀고, 사춘기 외모에 대한 열등감을 조장하는 원인이 될 만큼 나의 모습은 더욱 가관이다.

젊고 통통한 엄마와 깡마르고 단단한 모습의 아버지가 있다. 약간 굳어 있는 표정이 어색하지만 두 분의 모습은 그런대로 평범하다. 그리고 남동생 둘과 내가 있다. 셋 다 유난히 머리통이 크다. 엄마가 안고 있는 빡빡 머리 남동생은 심하게 인상을 찡그리고 있다. 고집이 세고 유난히 성깔을 떨어대서 곤욕을 치른 적이 많았다 한다. 아버지와 어머니 사이에 선 남동생은 기계충 흔적을 머리에 지닌 채 멍한 표정이다. 세 살, 네살의 연년생 남동생과 일곱 살의 내가 그렇게 어설프게 서 있다. 귀엽거나 사랑스러워 보이지 않는다. 특히 내가 가장 심했다. 퉁퉁 부은 얼굴에 온갖 심술이 덕지덕지 붙은 불룩한 뺨을 실룩거리는 중이다. 머리띠가 예쁘게 장식해 주지도 않으면서 어색하게 둘러져 한쪽 눈의 다래끼를 더 돋보여 준다. 다래끼 때문인지 전체적으로 퉁퉁 부은 듯한 인상을 주는 얼굴에 입을 꽉 오므린 모습이 고집스럽고 독해 보인다. 한쪽 손에 무엇인가를 힘주어 꽉 쥐고 있는 일곱 살 여자애의 모습이 있다. 나는 이 여자애와 함께 초등학교 6년, 중학교 3년을 지냈다. 도대체 이 여자아이는 무엇이 그토록 불만이었던 것일까?

사진을 찍기 전에 막대사탕 사건이 있었다 한다. 남동생 둘 중 한 명은 엄마 품에 안기고, 한 명은 엄마 치마꼬리를 잡고 걸었다. 나도 엄마 치마꼬리를 잡을 듯 말듯하며 걸었을 것이다. 아버지만 혼자서 걸었다. 우리와 거리감을 주는 것이 서로에게 편하다는 듯이. 그때,

"민규야, 거 민규 에미 아녀?

넙죽이 아주머니가 환한 웃음으로 우리를 부른다. 옆집에 살다 이사 간 순옥이 엄마다. 이 장사 저 장사 돌아다니는 줄 알고 있었지만 시장 한구석에 좌판을 벌여 놓고 팔고 있는 모습을 접하는 것은 처음이다. 한 무더기 애들이 '떼기'를 하느라 수런거린다. 한참 이러저러한 이야기를 나누다 집안 안부를 물으며 푸짐하게 웃는다. 순옥이 엄마 옆에서 장사하는 아주머니들

이 우리를 보고 한 마디씩 한다.

"아따, 그놈 잘 생겼다. 머리통이 대갈장군이네. 장군감이여 장군감……."

나를 보고도 인사삼아 한 마디 한다.

"엄마 닮아서 인물이 좋아. 달덩이같이 훤하구먼. 크면 한 인물 하겠어."

그 때는 복스러운 얼굴형이 인정받아서인지 어렸을 때 이런 말을 들으면 칭찬으로 받아들였다. 그러다가 순옥이 엄마가 좌판에 늘어놓은 사탕에 눈길이 팔린 우리를 보더니 덥석 한 개씩 집어 준다. 순옥이 엄마네서 멀어지며 정신없이 사탕을 빨아먹고 있는데,

"으아앙"

갑자기 터져 나온 자지러진 울음소리에 모두들 깜짝 놀란다. 남동생이 입에 넣어 굴리며 사탕을 빨아먹다 흙에 떨어뜨린 것이다. 아무리 달래도 울음소리는 그치지 않는다. 씻어다 다시 손에 쥐어 주어도 남동생은 계속 울기만 한다. 더 이상 달랠 방법이 없자 젊은 엄마는 내 것을 주려고 손을 내민다. 하지만 나는 뺏기지 않겠다고 있는 힘을 다해 손을 쥐고 있었던 것이다. 그렇게 손에 힘을 주고 악다구니를 쓰다가 사진을 찍게 된 모양이다.

중·고등학교 시절의 나의 사진을 보면, 수수하며 귀염성 있

는 모습이다. 그런데 왜 중고교 시절 내내 '내 안의 나'를 일곱 살 여자아이의 흑백 사진 영상이 지배했을까? 뚱뚱하고 탐욕스럽고 심술궂은 그 이미지가 곧 그대로 이어져 예전 그 사진의 수렁에서 벗어날 수 없었다. 인간관계가 어긋날 때마다 그 사진의 나를 떠올리며 괴로워했다. 외모에 대한 관심을 포기하고자 의도적으로 노력했다. 머리는 짧게 하고 남자처럼 수더분하게 하고 다녔다. 사진을 찢어 버릴 수도 있었을텐데 그런 생각 자체가 금기였다. 가족 사진의 절대성은 가족을 부정할 수 없다는 지상 과제와 일맥상통했다. 체념과 순응으로 살아갈 뿐이다. 이 글은 흑백 사진과 영상들을 편집하여 '나를 찾아가는' 노력이리라.

주인공으로 등장했던 엄마의 사진

흑백 사진 속에는 세 명의 처녀들이 나란히 등장한다. 한복을 입고 딱딱하게 굳어 있지만 온몸으로 풋풋함과 터질듯한 젊음의 향기가 뿜어져 나온다. 조신한 표정으로 앞만 보고 있는 모습이지만 각자의 이름이 있고, 이름에 걸맞게 주인공으로서의 당당함이 풍긴다. 저렇게 당당한 모습의 엄마를 대한다는

상처 위에 피는 꽃

것은 낯설기만 하다. 갈래머리를 어깨까지 땋아 내린 모습이 귀엽다. 눈이 크고 코가 오똑하고 이마가 훤해 시원시원한 분위기를 연출한다. 굳게 닫힌 입술이 두텁지만 볼수록 개성과 매력이 넘치는 꿈많은 처녀의 모습이다.

　친하게 지내던 동네 처녀들이 큰맘 먹고 사진을 찍기로 하고 일 년 동안 준비를 했단다. 돈을 모으고 옷을 준비하고 날을 잡아서 시외버스 터미널 옆에 있는 사진관으로 향했을 것이다. 함께 약속한 친구들은 다섯 명이었는데, 왜 두 명의 친구가 빠졌는지 정확히는 모른다. 처음 시집가는 친구가 생겼을 때 한 약속이라고 한다. 이모와의 대화 속에서 사진 속 이름이 나올 때마다 엄마의 처녀 시절이 나에게 영상으로 편집되어 돌아간다.

　"영자야, 숙희야, 미순아."

　서로의 이름을 부르며 들로 산으로 나물도 뜯고 밭도 매는 엄마 친구들. 부모 눈을 피해 몰래 나들이 다니던 친구들. 한두 번 들었던 엄마의 과거 이야기에서 엄마는 주인공이다. 그렇다. 엄마에게도 처녀 시절이 있었다는 것은 당연한 사실이다. 그 당연한 사실이 신비스럽기만 한 것은 그 후 내 눈에 비친 엄마의 모습이 늘 누군가를 위한 보조자였기 때문인지도 모른다.

엄마는 그늘이었다

  엄마는 할머니와 아버지의 그늘이었다. 가끔 쉴 수 있고 자신의 존재를 확인시켜 주는 그 그늘이다. 아마 엄마가 그런 역할을 한 것 아닐까싶다. 그뿐만이 아닐 것이다. 엄마의 그늘은 우리 가족에게 순간의 편안함과 휴식을 제공하고 마음 놓고 펼칠 수 있는 상설 무대를 만들어 주었다. 이 무대에서 엄마는 아버지와 할머니의 수족처럼 움직였던 것이다. 이 그림자는 비춰주는 존재만이 아니라 비추는 존재이기도 한 것 같다. 할머니가 보살님처럼 기억되는 것, 아버지가 교육을 제대로 받았다면 큰 인물이 되었을 것이라는 강한 이미지를 심어준 것은 엄마 때문이라는 생각이 든다. 그 대신 당신 혼자 늘 종종걸음으로 동동거리며 우왕좌왕했다. 엄마가 일관성이 없는 사람이라는 인상을 심어 준 것은 할머니와 아버지 때문임을 눈치 챈 것은 최근의 일이다.

  엄마는 심부름을 하는 사람이었고, 가족들 뒤치닥꺼리만으로 하루를 온몸으로 마감하는 사람이었다. 가족들은 엄마가 부엌에서 해야 할 일을 제쳐놓고 아버지와 함께 오일장을 쫓아다닌 것으로 생각했다. 김치가 떨어져서 식구들이 짜증을 내면 엄마는 밤을 새워서 김치를 담았다. 고춧가루가 몇 개 떠다니는 허연 김치 국물에 머리카락이 보이기도 했고, 복숭아 이파리가 열무와 함께 씹히기도 하였다. 꾸벅꾸벅 졸면서 김치를 담는 엄마를 도와주는 사람은 아무도 없었다. 밤늦게 일을 하는 엄마를 볼 때마다 화를 버럭 내는 아버지.

"저 둔정배리! 어휴, 왜 밤에 일을 하냐고? 답답하기는."

일하는 엄마를 방해하며 불을 끄고 방으로 들어가는 아버지.

'쯧쯧' 혀를 차며 흉을 보는 할머니.

"남이 볼까 창피스럽다. 밤에 김치 담그면 들어왔던 복도 나간다."

할머니의 타박 소리를 들으며 우리들은 엄마의 욕심과 억척스러움이 부끄러웠다. 그 부끄러움을 감추려고, 김치를 먹을 때마다 머리카락, 복숭아 이파리를 끄집어 내며 음식 타박을 하였다. 엄마에게 하고 싶은 말을 못하거나 조심하는 식구들은 단 한 명도 없었다. 온갖 지청구, 반찬 투정을 했고 바깥으로, 오일장으로 쫓아 다니는 엄마를 흉보는 것이 일상이었다.

엄마가 장에 가는 걸 가장 싫어했던 사람은 할머니였다. 그 이유는 엄마 대신 밥상을 차리고 부엌일을 해야 했기 때문일지도 모른다. 또 손녀딸이 공부하는 걸 싫어하셨던 것처럼 엄마가 장에 가는 걸 싫어하셨을 것이다. 여자는 집에 있어야 한다는 이유 때문일 것이다.

"쯧쯧 여자가, 틈만 나면 장에 못 쫓아가 안달하는 꼴이라니⋯⋯."

틈만 나면 할머니가 엄마를 흉보는 대사도 그러했다.

엄마의 판단이 집안 식구들에게 인정을 받을 때도 아주 가끔 있었다. 그날은 며칠 동안 폭설이 쏟아져 교통도 두절되고 도로 사정도 좋지 않았다. 온 세상이 얼음으로 꽁꽁 얼어붙고 눈으로 새하얗던 무렵이었다. 먼데 장은 엄두도 못 내고 가까운 대평리 장을 갈까 말까 망설이는 아버지에게 엄마가 재촉한다.

"남들 아무도 안 오는 이런 날 가야지유."

하면서 종용하였다.

"어차피 농사일도 할 게 없으니 차비 벌이만 하면 되잖어유."

차비, 점심값, 신발값 타령으로 머뭇거리는 아버지.

"사람들이 없어서 장사를 못하면 점심은 굶으면 되유."

아버지를 이끌면서 떠났다. 눈이 이렇게 쌓였으니 당연히 엄마 아버지가 하루종일 가족과 함께 밥해 먹고, 뒹굴뒹굴하는 모습을 은근히 기대했었다. 기대감이 실망스러움으로 번지더니 엄마에 대한 원망의 무늬가 또렷해졌다. 그러니 짐보따리를 들고 집을 나서는 두 분이 조금도 안쓰럽지 않았다. 뿐만 아니라 가족을 팽개치고 애정 여행이나 가는 사람을 대하는 것처럼 섭섭하고 속상하기까지 하였다. 대놓고 드러낼 수 없는 속상함을 자는 척 버티는 것으로 은근하게 원망스러움을 내비쳤다. 그날 일찍 돌아오신 부모님 표정은 함박웃음이었다.

"하얀 눈 위에 판을 벌여 놓고 있는데 발은 시리지, 볼은 쓰라립지, 한숨만 나오더라."

아무도 오지 않은 장터를 독차지하며 벌인 좌판이 동정의 분위기를 펼쳤던 것 같았다. "우리를 보더니 그냥 가는 사람 없이 김이며, 청태며, 미역을 사 주며 덕담까지 들었다."

요즘 표현으로 하면 대박이었다는 것이다. 무용담을 늘어놓으며 뿌듯해하는 엄마. 다른 날 같으면 흥청거렸을 장바닥이 엄동설한의 강추위와 얼어붙은 눈으로 썰렁했을 그곳에서 오직 엄마와 아버지만이 전을 펴고 김과 미역을 팔았으니, 보는 사람들은 얼마나 딱하고 안타까웠을까? 동정 비슷한 마음으로 물건을 팔아 주었을 것이다. 한 푼도 깎지 않고 쉽게 물건을 사는 손님들을 만난 엄마와 아버지는 신바람에 들떠 흐뭇해하셨다. 장을 독차지하고 물건을 팔아서 신났고, 깎지 않고 물건을 사 줘서 고마웠고, 아버지가 흐뭇해하니 엄마는 덩달아 신바람이 난 것 같았다. 그때 엄마의 나이는 서른 예닐곱이었으니 마음이 젊고 발랄한 것도 당연할 것이다. 주체적으로 펼치지 못하는 인생이나마 가끔 엄마식대로 일을 만들어 위안 삼았던 것일까 싶기도 하다.

엄마는 얼마나 바쁘고 힘들었을까?

그런 생각을 해 줄 만큼 인정과 여유가 없었던 세월을 보낸 것일지도 모른다. 게다가 엄마의 의욕과 활동력이 지나치게 왕성했다. 아프다는 말 한 마디, 힘들다는 말 한 번 없었고, 큰소리는 더 더욱 내지 못했다. 푸념조차 받아주지 않았다.

"왜 고생을 사서 해? 누가 하라고 했어. 시키지 않는 일을 왜 하는데?"

직격탄으로 쏟아지는 지청구뿐, 어떤 위로도 기대할 수 없었다.

"혼자 하기 힘들으니 거들어 주게."

"도와줄 수 있나요?"

이런 말을 할 기회를 아무에게도 주지 않았다. 누군가 도움이 필요하다는 낌새만 있어도 엄마는 자신이 하던 일을 팽개치고, 온몸으로 달려들었기 때문이다. 엄마가 할 수 없는 일도 있었고, 엄마가 서둘러 나서서 망친 듯한 느낌을 받을 때도 있었다. 가족 모두 잘되면 내탓, 못되면 엄마탓을 했다. 그 모든 일들을 지휘하고 솔선수범하는 바람잡이이자, 우리들의 손발처럼 움직였지만 온갖 허물만 차지했었는지도 모른다. 어쨌든 엄마는 모든 일을 앞장서서 행했지만 늘 뒷전 취급이었다. 할머니, 아버지의 심부름꾼이었다. 진정한 그늘이었다.

우리는 엄마가 차려 주는 밥상보다는 할머니의 밥상을 먹고 자랐다. 엄마는 늘 바빴다. 20년 가까이 임신과 출산을 반복해야 했고, 시키는 일에 보태서 많은 일을 했다. 팔남매를 키우면서 그 많은 일들을 어떻게 했을까? 엄마는 가게를 보면서 시장의 물건을 가져와야 했으며, 농사와 살림을 병행하면서 아버지를 따라 오일장을 다녔다.

자녀들 학교 문제나 집안 문제로 관공서에 다닐 일이 있을 때는 학교로 면사무소로 농협으로 쫓아 다니느라고 또 바빴다. 간신히 한글을 깨친 실력은 엄마나 아버지나 비슷할 텐데 엄마는 용감하게 관공서를 출입하고 서류 작성을 하였다. 자식들이 어렸을 때는 아무나 붙잡고 물어 가며, 대필을 부탁하면서까지 일처리를 하였다. 아버지는 바쁘다는 핑계를 대면서 번거롭거나 어려운 일은 무조건 엄마에게 맡겼다.

엄마가 해야 할 일이 너무 많았다. 아침잠이 많은 할머니는 저녁 한 끼만을 맡으셨던 것 같다. 할머니가 차려 주신 밥상은 늘 맛깔스러웠고, 푸짐했고, 맛있었던 것으로 기억된다. 생각해 보면 엄마가 차려준 밥상도 소홀했던 것은 아니었지만, 기억의 저장 장치에 할머니의 밥상이 차지하는 비중이 컸기 때문인 듯하다.

할머니는 우리에게는 이웃과 나누는 정을 보여 주었고, 가족에게는 정성스럽게 음식을 만들어 주셨다. 할머니가 베푸는 인정과 사랑만큼 엄마는 더 배가 곯았고, 생활이 고달팠다 한다.

할머니는 '어떻게 하면 좋은 재료로 좋은 음식을 만들까?' 고심했고, 엄마는 '어떻게 하면 하나라도 더 팔아서 교육비에 보탤까?' 하며 돈주머니에 더욱 신경을 썼다. 우리들은 할머니가 이웃사람에게 베푸는 인정과 푸짐한 음식 그리고 엄마의 야박함과 계산속을 저울질했다.

엄마는 유일하게 닭을 잡을 줄 아는 우리집 어른이었다. 할머니나 아버지는 점잖으신 분들이어서 닭 잡는 일 같은 것은 해 본 적이 없었을 것이다. 하지만 엄마가 잡은 닭고기나 토끼고기는 아버지나 자식들 몫이었다. 할머니는 비린 것을 거의 입에 대지 못하셨지만 아버지는 조금씩 잡수셨다. 물론 우리들도 육식 체질이 아니므로 주로 살코기로만 먹었다. 엄마는 다른 냄비에 닭발, 닭모가지 닭똥집 염통 허파를 넣어 끓여서 따로 드셨다. 우리는 '왜 그걸 드시냐?'고 '살코기를 드시라.'고 했지만 살코기만 먹는 가족들 몫은 간신히 두어 젓가락뿐이었다. 닭 한 마리 잡아서 열두 식구가 나누기에는 턱도 없이 모자랐던 것이다. 혼자 한 냄비를 차지한 것이 미안해서 엄마는 자꾸만 우리에게,

"고소하고 맛있네. 이게 영양가도 더 많을겨. 이 쫄깃쫄깃한 닭발 좀 먹어 봐라."

계속 권하다가 지청구만 먹었다. 그랬다. 엄마가 고통스러운 만큼 우리들은 그 그늘 속 편안함을 누리면서 쉬고, 맘껏 푸

념까지 하면서 고상한 척할 수 있었던 것이다.

¶

할머니 환갑, 친인척 대가족 사진

할머니 환갑 사진이 있다. 아버지 육남매와 그들 식솔들이 함께한 자리다. 우리 집과 비슷하거나 더 가난한 친척들이 어렵게 한자리에 모인 사진이었다. 고등교육을 꿈꾸기 어려웠던 시절, 여자들은 초등학교, 남자들은 중학교 졸업이 최고 학부였다.

그런데 '개천에서 용난다.'고 둘째 고모 오빠가 공부를 잘 해서 장학생으로 상고를 졸업한 후 서울의 큰 은행에 취업하게 되었다. 그런데 취업 서류에 보증인 두 명이 필요했으니 고모와 고모부는 오빠 취업에 필수적인 보증인을 세울 방도를 마련하지 못했다. 청천면 어룡리 산골을 떠나본 적이 없었던 그분들의 마을에서 농사짓는 사람들은 고만고만한 소농이었다. 재산세를 납부하는 보증인을 세울 수 없어 고모부가 새벽밥을 먹고 20리 길을 걸어 청천에서 미원행 완행버스를 타고, 또 청주를 거쳐 조치원까지 아버지를 찾아왔을 때는 저녁 어스름이었다. 아버지는 당시 벽돌 공장을 차려 사업이 잘 나가는 동네사

람을 찾아가 보증인 문제를 해결했다 한다. 친척들에게 아버지
는 맨주먹으로 객지에 나가 자수성가한 인물이었다.

사진의 중심부에 큰고모와 할머니가 있다. 그 주변에 아버
지와 작은 아버지가 있고, 두 번째 줄에 고모들과 고모부들이
서 있다. 승려이신 큰 고모는 신비로운 인물이다. 아버지 형제
분들은 모두 인물이 좋은 편이지만, 큰고모는 또 특별한 분위
기가 있다. '두 뺨에 흐르는 빛물이 고와서 서러워라' 조지훈의
〈승무〉의 시구를 연상시키는 처연한 아름다움이 뚝뚝 떨어진
다. 이러한 분위기는 큰고모가 입은 잿빛 승복과 삭발한 머리
때문만은 아니다. 쩌렁쩌렁한 목소리는 외모와 어울리지 않는
듯하지만 카리스마를 내뿜으며 교주다운 위상을 만들어 준다.
큰고모는 자그마한 절을 대규모 사찰로 키워 낸 불교인이었다.
성장 과정부터 예사롭지 않다. 어린 시절 일본에 양녀로 갔다
가 결혼을 하였으나 정신대에 끌려간 후유증으로 출산을 못해
고모부가 첩을 얻자 실성을 하여 바닷물에 빠졌다가 간신히 목
숨을 구했다는 이야기들이 그러하다. 그렇게 사이비 교주 비슷
한 카리스마로 신도를 끌어 모았다. 외모에서 풍기는 신비로움
이 실제로 신통력을 발휘하였는지 절의 신도들은 사업에서 큰
성공을 거둔 사람이 꽤 있었던 것으로 알고 있다. 큰고모가 신
도들에게 연설 비슷한 것을 하는 걸 들어 본 적이 있다.

"내가 한 번 죽었던 적이 있었어. 바닷물에 뛰어들었다가 까

무라친 걸로 아는데, 그때 숨이 멎었던 거야. 그때 내가 바닷물에 달려들었던 것은 용왕님의 부르심 때문이었지. 거기서 용왕님을 만났어. 나에게 특별 사명을 주시기 위해 불렀다고 두 손을 꼭 잡고 당부하시니 내가 그 명을 거역할 수 없지. 특별 사명이란 애 못 낳는 여자들을 위로하고 구원해 주라는 거였어. 왜 애를 못 낳느냐. 두 가지 이유가 있어. 정성이 부족하거나 또, 애기 씨가 없기 때문이야. 정성을 들여서 애 낳도록 도와주고, 애기 씨가 없어서 못 낳는 경우는 이 세상 모든 애기를 내 애기로 알고 키워 줘야 해. 자, 알아들었으면 우리 일단 정성을 들여 보자구.”

　고모의 말에는 범접하기 힘든 위엄이 서려 있었다. 애 못 낳는 여자의 설움이 뼈마디 마디에 녹아 무늬를 새겼다. 설움의 무늬들이 한풀이 춤을 마치면 고모의 신도들은 소리 없이 눈물만 흘릴 뿐이었다. 고모 혼자 장단 치고 북 치고 다 했다. 신도들은,

　“예, 예, 스님. 예예, 주지스님. 정성이 부족해서, 정성이 부족해서…….”

　큰고모가 부처님이기나 한 것처럼 두 손을 합장하여 절하며 카타르시스의 절정을 치달았다.

　고등학교 진학을 앞두고 있던 겨울방학.

어느 날 영화 속 장면처럼 흑백 사진의 집안 어르신들이 한 꺼번에 집이 비좁게 들이닥쳤다. 그때 나는 화로를 옆에 끼고 앉아서 작은 상에 놓인 박계형의 《머무르고 싶었던 순간들》을 읽고 있었다. 아랫목에 이불이 깔려 있었고 집 안에 하나뿐인 장롱은 거울이 있던 자리가 떨어져 베니어 합판을 간신히 붙여 놓은 방이었다. 윗목에 점심으로 먹다 남은 고구마가 소쿠리에 담겨 있었다. 나에게는 편안한 방이었지만 타인에게 보이기에 는 부끄러울만치 초라한 방이었다. 나는 부모님들이 오일장에 장사하러 가서서 갑자기 오신 손님들께 어떻게 대접을 해 드려 야 하나 쩔쩔맸다.

어른들은 그때부터 나의 진학을 무산시키기 위한 합동 작전 을 펼쳤다. 연출을 지휘한 것은 당연히 큰고모였다. 자리에 앉 기도 전에 눈을 부라리면서 손가락으로 삿대질을 하시던 고모 님의 표정은 무섭다기보다 희극적으로 느껴졌다. 지극히 인간 적이고 속물적인 맨얼굴의 큰고모가 전혀 두렵지 않았다. 어른 으로서의 권위도 교주로서의 위엄도 상실한 채 열여섯 소녀를 상대로 으르렁대는 모습이 두렵기는커녕 우스울 지경이었다.

"니 까짓 것들 시집가면 다 그만인 겨. 박씨 가문은 니 남동 생들에게 달려 있는 겨. 죽기 살기로 해야 니 남동생들 가르치 기도 벅찬데, 니 애비가 무쇠냐? 돌덩어리냐? 툭 하면 나한테 달려와 '누님, 애들 눈이 무서워유.' 엉엉 눈물까지 쏟는 꼴을 더 이상은 못 보겠다아–."

"여자가 중핵교 나왔으면 자–앙하지, 가–암히 고등핵교까지 넘보려 하다니 천벌이 무섭지 않으냐아–? 너 가르치다가 남동생들 못 가르치면 어쩔테냐아–? 응? 집안을 말아먹고 싶어서 이러냐아–? 정신 차려라. 니 아버지만이 아니라 니 동생들 아버지고, 내 동생이라는 걸 명심해라. 너 하나만 생각하면 안 되는 겨어– 알아들었어?"

핵심은 '더 이상 당신의 동생 등골을 빼먹지 말라.'는 것이다.

전혀 예상하지 못했던 일이었다. 학교에 대한 애착이나 공부에 대한 열정이 없었던 나에게 이 일은 엉뚱한 자극이 되었다. '더 이상 상급학교 진학은 불가하다. 취직한 후 돈을 벌어 남동생 뒷바라지를 하라.'는 강요는 부당하다는 생각에 숨겨진 독기가 발동하여 무슨 일이 있어도 대학교까지 나와야겠다는 생각이 확고해지는 순간이었다. 나는 중학교 진학을 포기하고 성냥공장에 간 순희를 통해 고학의 어려움이나 배움을 양보한 후의 비참한 결말을 이미 알아 버렸던 것이다. 기 싸움에서 나는 전혀 눌리지 않았다.

"중학교 나와 취직해서 돈을 벌어요? 몇 푼이나 번대요? 그 돈 동생들 학비는커녕 시집 밑천도 안 될 걸요?"

"융자도 받고 아르바이트로 대학 공부 해서 동생들 가르칠 거예요."

빛바랜 사진첩을 열다

"저는요, 못 생겨서 회사에 취직도 못한답니다. 공무원이 되어야지요. 그래서 대학교까지 나와야 하고요."

고모님들은 어른 집단과 일대 다수로 붙어서 전혀 기죽지 않고, 또박또박 주장하는 나를 보고 혀를 차더니 빠른 걸음으로 '쌩' 하니 나가셨다. 이 일은 고모님들에게는 소득 없는 헛발질이었지만, 나에게는 앞으로 부딪쳐야 할 세상의 모습을 또렷하게 각인시킨 계기가 되었다. 내가 끝까지 양보하지 말아야 할 무엇이 있다는 것을 깨닫게 해 주었던 것이다. 가난한 집 팔남매의 맏딸로 살면서 원래 조숙한 편이었지만, 이 사건은 나를 한 번 더 조숙하게 만들었다.

이분들은 대학 진학 때 한 번 더 방문하신다.

나의 고집을 꺾지 못할 줄 알았는지 주문 내용이 달랐다. '대학 졸업 후 결혼을 늦게 하라는 것과 결혼 전 수입은 부모님께 빚 갚을 때까지 드리라.'고 한 발 물러선 종용이다. 큰고모는 조용히 나를 불러서 우리 집의 부채 상황을 알려 주었다. 내가 대학 진학을 포기하거나 대학 진학 후 절에서 후계자 수업을 받는다면 모든 부채를 해결해 주겠다고 했다. 큰고모가 신도들에게 설교했던 카리스마만 기억에 남아 있다면 나는 큰고모의 후계자가 되었을 수도 있었다. 하지만 내 기억에 더 강하게 남아 있는 것은 삿대질을 하며 고등학교 진학을 포기하고 동생들을 위해 공장에 들어가라고 고함치던 그 모습이었다.

그때 나에게 종교는 신성불가침 영역이었다. 속물 근성이 덕지덕지 붙은 나에게는 결코 어울리지 않는 것으로 생각하였다. 그리고 내가 불교인이 될지언정 고모의 절을 상속받을 수 없다고 생각했다. 결벽증 비슷하게 여겨지지만 그때는 전혀 고려해볼 가치도 없는 일이었다. 나는 도스토예프스키의 《죄와 벌》을 읽는 틈틈이 '대학을 진학해야 하는 열 가지 이유'를 준비해서 대응하려고 준비했었다. 설명할 기회가 사라져 조금은 싱거운 해프닝이 되고 말았다. 하지만 어른들 앞에서 기죽지 않으려고 빳빳하게 독기를 뿜었던 그 시간의 에너지가 너무 과도했던 것인가. 그 이후 친척들과의 만남을 의도적으로 회피하는 자신을 발견한다.

§

일숙이와 나란히 자전거 끌며 찍은 사진

조치원에서 청주로 향한 가로수가 있다.

시야를 가릴 정도로 가로수는 울창하다. 그 길을 일숙이와 자전거로 나란히 달리던 시절이 있었나 보다. 둘이 각각 자전거를 잡고 찍은 사진이다. 나는 나팔바지에 머플러를 하고 웃으려 애쓰고, 일숙이는 언니가 입던 헐렁한 옷을 입고 특유의 먼 산 바라보는 막막한 표정으로 서 있다. 예전에는 자전거 하나로 둘이 함께 타고 조치원에서 미호천까지 가본 적이 몇 번 있었다. 이날은 자전거를 두 개 준비했으니 얼마나 신나게 달렸을까? 가로수길을 달리다 지치면 아스팔트에 누워 하늘을 바라보았다. 일숙이와 찍은 사진을 보니 중학교 시절의 나에게도 즐거움이 있었나 보다. 친구가 주는 위안과 기쁨이 무엇보다 크고 소중한 중학교 시절. 그렇다, 나에게는 일숙이가 있었다.

내가 태어난 이후 엄마는 매해 임신을 했고, 한 해 걸러 아이를 낳았다. 두 명을 실패하였음에도 팔남매가 되었다. 중학교 1학년 여름 엄마의 마지막 출산이 이루어졌다. 내가 직접 수발을 들지는 않았지만, 청소와 설거지, 빨래하고 물 길어오고…… 아침, 점심, 저녁으로 눈코 뜰 새 없이 바빴다.

나의 기억 속 평화롭고 안락한 가정은 단 한 순간도 존재하지 않았다. 늘 시끄러웠고 싸움판 같았다. 먹고, 자고, 일하는 곳일 뿐 단 한 번도 따뜻한 말 한마디 들어본 적이 없었다. 간혹 책을 펴 놓고 숙제라도 하고 있으면,

"여자가 판사가 될래, 검사가 될래, 공부는 무슨 얼어 죽을 공부."

"설거지 해! 빨래 걷어야지! 여자가 목소리는 커 가지고 쯧……."

할머니의 혀 차는 소리는 항상 나를 향한 것이었다.

상처 위에 피는 꽃

예순다섯 명 반 애들 가운데 대여섯 아이들이 중학교 진학을 못하고 공장으로, 식모살이로, 양복점 시다, 차장이나 트럭 조수로 떠났던 시절 이야기다. 순희는 성냥 공장으로 갔다. 성냥 공장에 취직한다고 꿈에 부풀어 있던 순희의 야무진 목소리가 지금도 귀에 쟁쟁하다.

"이 년 동안 성냥 공장에 취업해서 돈을 벌어 한 푼도 쓰지 않고 모을 거야."

"틈틈이 공부한 후 집에서 일 년간 집중적으로 공부해서 검정고시를 준비하여 야간 고등학교에 진학할 거야."

"그러면 너네랑 똑같이 고등학교 졸업할 수 있어. 학비는 성냥 공장 다니며 번 돈으로 내가 낼 거야."

성냥 공장에 다니며 받은 월급을 한 푼도 안 쓰고 저축하면 고등학교 3년간 등록금이 된다는 셈법을 실감나게 보여 주었다. 주간에 직장을 다니며 번 돈은 부모님께 드리겠다는 순희의 결심에 질투심까지 느낄 정도였다. 그랬다. 내가 부모님의 눈치 보며 중·고등학교를 다닐 때, 순희는 자립으로 공부할 생각을 한 것이다. 나는 놀란 입을 다물지 못하고 경탄했지만 순희를 따라 성냥 공장으로 가는 길을 선택하지 못했다. 어린 내 눈에 보이는 성냥 공장 문턱은 너무 낮고 초라했으며, 그곳에 드나드는 작업복 색깔과 나이와 표정은 창백한 무채색이었다. 가끔 마주치는 얼굴 표정에서 순희의 꿈이 작업복 속에 묻

빛바랜 사진첩을 열다

혀 버리는 데 걸린 시간이 너무 짧았던 것은 이런 예상을 뒷받침하기에 충분했다. 순희는 어리숙했고, 나는 영악했던 것일까? 그보다는 순희네 사정이 더 어려웠을 것이다.

특별히 친했던 것도 아닌데 순희는 왜 그렇게 중요한 얘기를 나에게 했던 것일까? 순희는 중학교 진학을 포기하면서 여럿에게 야무진 꿈을 털어놓았을 때 내가 유독 감탄하며 맞장구를 쳐 주었기 때문이었을지도 모른다. 아니면 반에서 3,4등을 했던 경쟁자로서 나를 선택한 걸 수도 있다.

순희의 야무진 꿈을 응원하였지만 믿음은 확실하지 못했다. 순희처럼 중학교 진학을 하지 못했던 친구들이 몇 명 있었는데, 그 친구들을 나의 모습으로 겹쳐 보곤 하였다. 독기 어린 강단이 없었다면 나는 분명히 중학교에 진학하지 못했을 것이다. 그 친구들은 나의 중학교 생활을 지탱하게 해 주었던 힘이면서 방황하게 하는 구실도 하였다. 중학생이 되어 교복을 입어 보는 것이 오직 하나의 꿈이며 희망인 친구를 생각하면 다행스러움과 고통스러움 두 감정이 교차한다. 학교 생활에 충실해야 한다고 다짐하지만 친구의 곁으로 가고 싶은 충동도 때때로 발동하여 먼 데 산을 보며 방황하는 날들을 보내기도 하였다.

성냥갑이 필수품에서 제외된 지금은 그만큼 순희도 나도 변했을 것이다. 중학교 때부터 우리들은 운동화와 교복, 뾰족구두와 양장의 어색함으로 멀리서 만나도 반갑게 다가서지 못했

다. 피어나는 봉오리처럼 예뻤던 모습이 잠깐이었고, 바람만
불어도 쓰러질듯 피곤함에 찌든 얼굴을 만나는 것은 반가움보
다 고통이 컸다. 어느 순간부터 우리는 서로를 피했을 것이다.
순희의 이루지 못한 꿈은 중·고등학교 내내 나에게 드리워진
검은 그림자이기도 했다. 가난이나 동생들 때문에 나의 꿈이
피기도 전에 시들어 버리는 것은 생각만으로도 끔찍했다.

　일숙이는 어떤 친구였나?

　일숙이를 떠올리면 숨이 멎는 고요함 속에서 이슬같이 촉촉
하고 말랑말랑한 눈길이 천천히 와 닿는다. 나보다 무엇이든지
'뛰어났다.' 라고 말하면 반쯤은 뭔가 할 말을 보태 준 것 같지
만 나머지 반은 말로 표현하기 힘들다. 그만큼 나에게 많은 의
미를 불러일으키는 친구다. 지금도 내 삶이 가장 막막하고 답
답할 때면 생각나는 친구요, 문제의 본질을 찾게 만드는 영원
한 사춘기 소녀다. 그녀는 소리 없이 공부도 잘했고, 시도 잘
썼다. 늘 나에게 많은 것을 주고 싶어 했다. 점심시간이면 대
부분 일숙이의 도시락을 나눠 먹었다. 흰쌀밥 위에 보리를 까
맣게 덮은 도시락 반찬은 늘 김치였다. 배추김치, 열무김치,
간혹 깍두기도 있었다. 둘이 함께 먹는 밥은 재미있었다. 밥이
코로 들어가는지, 입으로 들어가는지 모를 만치 떠들고 웃고,
그렇게 도시락을 먹었다. 처음에는 어색하고 쑥스럽기도 했지
만 약간 큰 도시락에 담아온 밥을 나눠 먹으며, 재미있고 맛있

는 시간이 점점 쌓여 갔다. 내가 도시락을 못 싸온 이유는 혼분식 도시락 검사 때문이었다.

어린 시절 깡보리밥을 먹는 것을 당연시했다. 밥을 안칠 때 쌀을 한 공기 분량만 넣어 아버지나 할머니 밥에만 조금씩 넣었고 우리들은 시커먼 깡보리밥을 먹어야 했다. 쌀이 절반 넘게 섞인 밥을 먹게 된 건 순전히 정부미 때문이었다. 중학교 들어갈 즈음해서 보리쌀보다 정부미가 더 싸서 우리 집은 정부미만 먹었는데, 도시락 검사에서 보리가 적다고 날마다 손바닥을 맞았다. 찰기가 없이 푸석한 정부미보다 푹 퍼진 구수한 보리밥이 먹기에는 훨씬 좋았다. 하지만 정부미가 싸고 양이 많았으므로 선택의 여지가 없었다. 대부분의 아이들이 도시락 밑에 흰쌀밥을 담고 위만 까맣게 보리를 덮었는데, 뻔히 알면서도 선생님은 눈감아 주었다. '눈 가리고 아웅' 해야만 통과되었던 혼분식 도시락 검사 때문에 나는 아예 도시락을 싸오지 않고 오래된 식빵으로 검사를 대신했다.

하지만 다른 이유도 있었다. 김치만 싸 준다고 불평하는 애들을 부러워할 정도로 우리 집 살림은 반찬으로 쌀 김치조차 없었다. 빨간 배추김치는 김장 때만 잠깐 먹어 보는 별미였다. 평소에 상에 오르는 건 시커먼 푸성기 건더기와 국물이 반반인 그런 김치였다. 열무 푸성귀나 국물을 도시락 반찬으로 싸갈 수는 도저히 없었다. 엄마가 간장에 졸인 멸치를 도시락 옆에 담아 준 적이 있었다. 잔뜩 기대감을 가져 보았지만, 그때마다 밥, 책, 가방, 공책 모두가 멸치 비린내와 간장 냄새에 절어 영원히 없어지지 않았다. 그 후 도시락을 싸는 것을 포기하니까 편했다. 일숙이가 몇 번 권하여 도시락을 함께 먹게 되었고, 가끔 빵을 한 개 또는 두 개 사서 나눠 먹기도 하였다. 일숙이는 찐고구마를 가져오기도 하고, 때로는 옥수수, 감자를 가져왔다. 학교에서 그런 먹거리는 촌스럽고 어색하다. 그런데 이상하게도 일숙이와 함께 있으면 그 모든 일들이 재미있고, 멋있고, 특별했다. 집에서는 내가 도시락을 가져가지 않는 날들이 이어지자 처음에는 걱정했지만 점차 무관심해졌다. 모두들 바쁘고 힘들게 사느라 지쳐 있었다.

중학교 2학년 겨울방학, 눈이 치렁치렁하게 내리던 밤이었다.

일숙이는 그 먼 밤길을 두 시간 이상 떡 보따리를 들고 걸어왔다. 밤새 풀어놓았던 이야기 보따리는 순간 순간 불꽃이 튀기도 했고, 눈물 방울이 아른거리기도 했다. 끝도 없이 펼쳐지는 이야기 속에 생활에 찌든 불평불만이 터뜨려지는 것은 나였지만, 이를 근원적인 슬픔이나 허무함으로 정리하여 대화의 이어짐을 깊이 있게 이끌곤 하는 것은 일숙이였다.

그때 소녀 일숙이는 아버지를 일찍 여의고 새아버지와 살고 있었다. 집안일이 몸에 밴 농촌 아이였다. 휴일이면 들일 논일 가리지 않아야 했고, 밥, 설거지, 빨래가 모두 일숙이가 할 일이었다. 말은 안 했지만 우리 집을 부러워하는 눈치였다. 태어나자마자 못 생겼다고 고개를 돌려 놓고 아무에게도 보여 주지 않았고, 한 번도 밖에 업고 나가지 않았다는 엄마 말을 아주 조용히 남의 이야기처럼 옮기기도 했다. 아버지가 돌아가신 해에 자신을 낳았기에 엄마의 아픔을 일숙이는 이해할 수 있을 것 같다고 했다.

일숙이는 나에게 새로운 세계와의 만남을 선물했다. 슬프지만, 못 생겼지만 아름다움을 느낄 수 있는 진정성의 힘을…….
속마음을 느낄 수 있는 눈빛을 주고받았다. 그렇게 우리는 서로의 집을 오가며 함께 먹고, 걷고, 아무에게도 하지 못했던 부끄러움, 아픔, 자랑거리를 주고 받았다. 둘이 자전거를 타고 가로수길을 달리기도 했고, 교회 행사인 '문학의 밤'을 쫓아 다니기도 했다. 함께 있으면 마음이 즐거웠고 평화로웠다. 일숙이와 함께 웃고 떠들면서 활발하게 생활하면서도 혼자가 되면 마음 한 구석이 허전하고 외로웠던 시절이었다. 하지만 일숙이도 고등학교 진학을 포기하여 내게 또 하나의 멍으로 남은 친구이다. 나는 왜 일숙이가 진학을 포기하도록 방조하였을까? 진학하지 않고 평생 시만 쓰며 살겠다는 일숙이에게 나는 오직 부러운 표정으로 절대적 지지를 보냈을 뿐이다. 일숙이가 진학을 포기한 이유는 한 가지다. 타지의 학교에 보내지 않겠다는 엄마에게 진학 포기라는 무기로 저항한다는 것이다. 우리는 그토록 철이 없었던 것일까? 나는 적극 동조하며 일숙이를 부추겼을 뿐이다.

또 하나의 자전거 사진.

아버지 짐 자전거를 타고 다녔다. 하루에 서너 번씩 시장을 오가며 물건을 날라야 하는 아버지의 생업 수단이었다. 우리 집은 슈퍼 비슷한 작은 잡화 가게를 하였다. 제사상에 올릴 용품들부터 김칫거리, 과일, 생선 건어물, 과자 부스러기, 콩나물, 두부 같은 생필품을 팔았다. 손님은 늘 많았다. 외상 거래만 아니었으면 진짜 살 만했을지 모른다. 하지만 벌이는 쓰임새를 충당하지 못했던 것 같다. 늘어나는 식구들 먹거리와 학비 대기에 턱없이 부족하여 늘 빚을 얻느라 절절매는 부모님 모습은 일상적 풍경이었다.

자전거를 배운 후 나는 아침마다 도매상회에 가서 파 한 단, 오뎅 한 묶음 가져 오는 일을 하게 되었다. 도매상회까지는 자전거로 20분 정도 걸렸으니 왕복으로 거의 한 시간 가까이 걸리는 거리였다. 가게는 새벽에 문을 연다. 아침을 하기 위해 가게에 들르는 사람들을 위해 필수적으로 갖추어야 할 것이 콩나물과 두부이다. 콩나물과 두부는 하루에 두 번 직접 물건을 배달해 주므로 팔기만 하면 된다. 문제는 생선과 파, 오뎅이다. 하루 이상 묵히면 신선도가 떨어지기 때문에 꼭 당일에 사와야 한다. 하루에 두 번 찬거리를 사서 식사를 준비하는 주부들은 물건의 신선도와 값을 까다롭게 따진다. 생선은 저녁쯤 가게에 전을 폈다. 오전에 아버지가 날라오는 물건은 주로 김칫거리 종류였다. 주부들이 아침을 먹고 가족들을 직장이나 학교로 보낸 후 김치를 담그기 때문이다. 냉장고가 없던 시절이라 그날 먹을 반찬을 그날 장만해야 했을 것이다. 있는 반찬으로 점심을 먹거나 건너 뛰고 주부들은 그날의 가장 중요한 식사인 저녁거리를 장만하러 가게를 몇 번씩 왔다 간다. 이때 가게에 활기를 불어 넣는 것이 생선이다. 겨울에는 동태, 생태, 도루묵, 꽁치, 고등어 등 푸짐하다. 동태는 사계절 내내 등장하는 생선이다. 겨울에는 하루에 한 상자씩 가져다 거의 팔았을 정도로 인기가 좋았다. 동태를 기본으로 하고 계절에 따라 오징어, 이면수, 아지, 갈치, 병어, 도루묵 등 골고루 가져왔다. 한겨울을 제외하고는 하루 걸러 물건을 준비했다. 생물은 그날 모두 팔아야 한다. 저장 시설이 없었으므로 남는 것은 먹어서 없애든지, 떨이로 팔아치우든지, 어쨌든 없애야만 한다.

여름에는 생선 썩는 냄새가 고약했다. 아무리 얼음을 얹어도 어느 틈엔가 쉬파리가 알을 낳는다. 쉬파리는 여느 파리보다 날렵하면서 몸매가 튼실하고 단단했다. 고등어 몸피의 푸른 물결무늬 같은 청색을 빛내면서 윙윙 날아다니면 어느 순간 생선

에는 쉬파리의 알이 슬어 있었다. 아차 방심하는 사이에 그 알
이 고물고물한 구더기 생명으로 자라나는 것을 하루에도 몇 번
씩 보는 여름이었다. 꿈틀거리는 것을 보게 되면 한동안 생선
냄비에 숟가락이 가지 않게 된다. 꿈틀거리면서 한 마리씩 돌
아다니는 걸 보게 되면 재래식 변소에서 만나는 구더기의 징그
러움과 혐오감으로 온몸이 오그라 붙는다. 그때 우리 집에는
늘 썩은 생선 냄새가 배어 있었으니 우리들 몸에도 배어 있었
을 것이다.

　우리는 그 일상에 젖어 맡지 못하는 냄새를 지니고 살았다.
초등학생 남동생이 학교에서 쫓겨 온 적이 있다. 장학 시찰이
있는 날 담임 선생이 아침부터 돌려보냈다. 남동생의 몸에서
생선 냄새가 나면 장학사에게 누가 된다는 것이다. 그 선생은
우리 동네 사람이었고, 그 후로도 길에서 마주치면 꼬박 고개
숙여 인사를 했다.

　오뎅은 초등학교 4학년 무렵 처음 먹어 본 음식이다. 새로
나온 음식은 무엇이든 고급으로 통했는데 비교적 값도 비싸지
않아 많이 찾았다. 햄과 비슷한 맛과 영양 때문에 도시락 반찬
으로 특히 인기가 있었다. 당연히 아침에 구비해야 할 물건이
되었다. 아버지가 오뎅 하나 때문에 시장에 다녀오려면 아침
손님을 엄마 혼자 받아야 한다. 그러자니 아침식사와 도시락을
준비하시는 엄마가 쩔쩔매는 날이 많아졌다.

집안에 자전거라고는 아버지의 짐 자전거 하나밖에 없었다. 그 무렵 집집마다 들여놓기 시작한 새 자전거를 구경한 후부터 아버지의 자전거가 초라해 보였다. 아버지의 짐 자전거는 짐 칸이 앞의 운전자 칸보다 무겁고 큰 데다가 낡을 대로 낡아 거의 괴물에 가깝게 느껴졌다. 그래도 새로 배운 자전거 타는 즐거움이 컸기 때문에 이 자전거나마 비는 틈이 있으면 올라타곤 하였다. 아침에 파와 오뎅을 도매상에서 떼어 오면 저녁에 자전거를 타도 좋다는 허락을 받았다.

자전거 타는 일도 재미있었고 오뎅과 파를 짐칸에 싣고 올 때 뿌듯함도 좋았다. 처음에는 주변의 칭송과 대견해 하시는 부모님 때문에 어깨가 우쭐하는 감격도 있었다. 한 달쯤 되면서 아침에 일을 시키기 위해 인정사정없이 깨우는 엄마의 목소리가 짜증스러워졌다. 늦을까 봐 깜짝 놀라 발딱발딱 일어나는 긴장감이 사라진 만큼 자전거 타는 일의 재미도 특별하지 않았다. 엄마 일을 덜어 준다는 효심도 사라져 가는 칭찬 속에 묻혀 버렸다.

그날은 평소보다 늦게 일어나서 부랴부랴 자전거를 챙겨 시장으로 향했다.

급하게 출발하느라 자전거용 복장으로 준비해 둔 긴팔 긴바지를 찾지 못하여 반팔 체육복을 입고 갔다. 돌아오는 길에 한 무리의 남자애들을 만났다. 멀리서도 한눈에 알아볼 수 있는

상처 위에 피는 꽃

내 또래의 중학생들. 그들 가운데 초등학교 때 같이 웅변대회에 나갔던 석환이의 유독 하얗고 단정한 얼굴선이 눈에 띈다. 순간 가슴이 쿵쾅쿵쾅 숨을 쉴 수 없을 만큼 두근거린다.

　부딪치는 건 순식간이었다. 자전거와 걸음의 속도 차이 때문에 늦추는 것도 불가능하고 피할 수 있는 방법도 없다. 버스가 다니는 길이지만 도로는 폭이 좁았다. 약간의 오르막이 있는 길이라 내려서 천천히 걸어가던 길이었다. 하지만 남학생들 앞을 가로질러 짐 자전거를 끌고 간다는 건 끔찍스러운 일이었다. 책가방을 들고 단정하게 교복을 입은 그들의 정면에 대파 다발과 오뎅이 묶여 털털거리는 시커먼 짐 자전거를 끌고 지나가야 하다니…… 어떻게 이런 일이 일어날 수가 있을까? 머릿속이 하얘지면서 오르막길에서 페달이 자꾸 헛돌았다. 브레이크를 밟다가 핸들을 무의식적으로 도로 중앙과 반대 방향으로 돌려, 내 몸은 순식간에 시궁창으로 쑤셔 박혔다.

　다행인지 불행인지 남자아이들은 전혀 알지 못한 채 등굣길을 가는 중이었다. 한참을 시궁창에서 끙끙대다가 어른의 도움으로 간신히 망가진 자전거와 굴러 떨어진 파와 흙이 묻은 오뎅 꾸러미를 챙겨 일어났다. 아직도 화끈거리는 얼굴은 모욕감 때문인지 상처 입은 아픔 때문인지 분명하지 않았다. 이후 아침 자전거 장보기는 막을 내렸다.

커트 머리 증명사진

학업을 계속할 수 없다는 징후가 짙었다. 부모님의 경제력이 조마조마했고, 소설 읽기에 파묻혀 학교 공부를 소홀히 하는 상황이 불안했고, 왠지 외톨이가 된 위태로움 속에서 떠나야 한다고 생각했다. 운명적인 결단이랄까, 운명에의 순응이랄까, 그런 느낌 그런 무의식 속에서 가출이 준비되었다. 단발머리를 깎았다. 학생티가 안 나게 커트를 했다. 취직 준비를 위해 이력서를 작성하고 커트머리 증명사진을 붙였다. 이력서는 두 장을 준비했다. 비용 절감을 위해 입던 옷과 필기도구, 책을 트렁크에 쌌다. 일기장과 함께.

트렁크가 있었다. 중1 때 가출을 준비하면서 샀던 트렁크였다. 빨간 바탕에 흰색과 푸른 색의 체크 무늬가 기억난다. 누구나 한 번쯤 가출을 생각하기도 하지만 가방을 사는 경우는 많지 않으리라. 그 가방을 볼 때마다 나만의 정원을 가진 것처럼 마음이 설레기도 했었다. 일탈에의 유혹은 가출과 죽음을 떠올리게 한다.

승려가 되는 것도 여러 가지로 좋아 보였다. 깔끔하게 생의 번잡함을 지울 수도 있을 것 같았다. 하지만 절에는 자주 찾아갔지만 끝내 출가는 시도해 보지 않았다. 절에 오라는 권유를

상처 위에 피는 꽃

많이 받아서 오히려 반발심도 작용했던 것 같다. 언젠가는 절에 올 사람이라는 말이 왠지 거부감을 일으켰다. 먼저 세속적인 경험을 많이 해 보려고 작정했다. 진하게 슬퍼하고 진하게 사랑하고 독하게 싸우며 살고 싶다고 생각했다.

죽음을 생각해 본 적은 많지만 실행에 옮긴 적은 없다. 늘 죽음의 반쪽 얼굴을 지켜보면서 살아 있음에 더 몰두할 수 있었던 것 아닐까 싶기도 하다. 그 대신 두렵지도 신비하지도 않고 그냥 친밀하게 여겨졌다. 다만 아직은 때가 아니라고 시기를 가늠할 뿐이었다. 언젠가 만날 그 날을 구태여 앞당길 것도 없고 미루려고 애쓸 필요도 없다고 생각하였다.

가출을 하게 된 직접적인 동기나 충동적 상황이 있었던 것은 아니다.

하지만 생활의 모든 것들이 뒤죽박죽이었다. 고등학교 생활이 외롭고 팍팍했기 때문인지도 모른다. 하위권에서 헤어 나올 가능성이 없는 성적 때문에 늘 무거운 짐을 머리에 이고 다니는 느낌이었다. 성냥 공장에 간 순희나, 버스 차장이 된 일숙이와 심정적으로 가까웠지만 막상 함께 만나면 할 말이 없고 겉도는 느낌도 서걱거리고 불편했다. 급우들은 모두 어린애였고 추억을 모르는 미숙아 같았다. 그만큼 내가 선 자리가 불안하고 위태로왔다. 부모님과 동생들의 가난한 얼굴이 나를 쫓아다녀 편안한 곳이 없었다. 학비를 낼 수 없을 정도는 아니지만 경제적 궁핍이 초라하게 느껴졌다. 이 초라함을 채워 줄 수 있는 문학적 향기나 천재적 열정이 타오르는 결정적인 사건을 기대하다가 실망하기를 되풀이했다. 이러한 불안감은 누구에게나 조금씩 있었겠지만 나는 더 이상 버틸 힘이 없었다.

도피하고 싶었을 것이다. 팔남매의 맏딸로 부모의 등골을 빼먹으며 다녔던 고등학교. 동생들에게 모범 답안지여야 했고, 부모님께 자랑스러운 딸이어야 했다. 그러나 성적은 완전 바닥이었고, 아무도 나를 눈여겨보거나 인정해 주지 않았다. 문학서클에 가입하기 위해 써야 했던 시는 끝내 완성하지 못했다.

고2 초여름 가정 수업 시간이었다. 평소에 내가 가장 좋아했던 가정 선생님이 힘겹게 학교를 간신히 다니고 있던 나겉으로 볼 때는 평범하고 건강한 여학생일 뿐이겠지만를 한 방에 날려 버렸다. 먹테 안경에 검은 정장을 즐겨 입었던 가냘픈 그녀는 육중한 내 몸이 날아갈 만큼 강하게 뺨을 올려 부쳤다. 그 순간 가출을 결심한 것이다. 유일하게 즐거움을 주었던 가정 선생님이 나를 학교로부터 밀어낸 것이다.

'역시, 난 떠날 수밖에 없어.'

레이스 뜨기를 하는 시간이었다. 나는 장갑이나 목도리를 짜는 털실 뜨개질을 좋아한다. 레이스 뜨기는 왠지 답답하고 비실용적이라 흥미가 없었다. 레이스와 거리가 먼 우리 집 환경을 떠올리며 무의식적으로 거부감이 있었을지도 모른다. 그런데 선생님이 내 주변에 다가와서 나를 주시했을 때 잠시 황홀했던 것 같다. 선생님을 흠모에 가까운 감정으로 대했기 때문에 나에게 보여 주는 관심이라고 생각했다. 선생님은 형식적인 어투로,

"너, 바늘 잡는 손이 이상한데. 다시 제대로 잡아 봐."

나는 레이스 뜨기에 몰두하고 있었고, 내가 젓가락질을 못하는 것처럼 바늘잡기도 못하는 거라는 체념이 있었다. 남들과 다르게 살아왔고, 남들처럼 예뻐지려고 노력하는 것이 부끄럽다고 생각했다. 남들처럼 형식을 갖추어 살았으면 고등학생이 되지도 못했다는 그런 생각에 휩싸였을 즈음이다.

'제대로 하는 게 아무 것도 없으며 그런 부족한 모습이 너 자체이다.'

이런 생각으로 귀결되는 열등의식의 덩어리를 끌어안고 입을 열었던 거 같다.

"저는 원래 그래요."

이 말이 누군가의 자존심을 심하게 상하게 만들 수도 있는가? 가정 선생님은 교육적 체벌이라고 받아들이기 힘든 분노를 표출한 것이다. 나를 따귀 한 대로 짓밟은 다음 교무실에 꿇려 놓고 하루 종일 반성문을 쓰게 했다. 처음 한동안은 상황 파악을 못해서 어리벙벙하다가, 정신을 가다듬은 다음에는 반감과 억울함이 밀려오기 전에 슬픔이 내 몸을 구석구석 적셨다. 눈

빛바랜 사진첩을 열다

물을 흘리지는 않았다. 다만 귀싸대기의 상처를 영원히 지우지 않으리라 작정했다. 내가 마음을 열면 상처가 들어찬다는 교훈 아닌 교훈을 얻었다. 사람을 흠모하면 좋아한 만큼 많이 아프다. 이후 나는 대인 기피증과 우울증을 얻었고, 그 치료 과정이 내 전생애의 모든 것이 되다시피 했다.

멀리 떠나면 내가 더 강해질 수 있을 것 같았다. 내가 죽어버리면 나는 편하겠지만 사랑하는 나의 가족에게 슬픔을 준다는 것이 빚처럼 생각되었다. 팔남매 맏딸로서 동생들을 책임질 수 있는 힘도 능력도 나에게는 없을 것 같았다. 부모님 등골을 더 이상 빼먹을 수 없다. 사랑할 수도 없고 미워할 수도 없는 사람들과의 관계가 힘겨웠다.

가끔 생각해 본다. 지금 나는 그 당시보다 얼마나 지혜로워졌을까? 다시 그런 상황이 된다면 나는 어떤 선택을 하였을까? 역사에 가정이 없듯이 나의 과거에도 가정은 의미가 없다. 그러함에도 나는 묻고 또 물어보곤 한다. 자문에 대한 결론은 늘 한가지다. '어쩔 수 없었다.'는 것. 그때 그런 상황에서라면 나는 또 '가출을 할 수밖에 없다.'는 것이다.

나는 1년 늦게 다시 학교로 돌아갔고, 이후 소외감이나 고독은 일상적인 것이 되었다. 대신 나는 고독을 두려워하지 않게 되었고, '다른 아이'로 살아가는 것에 익숙해졌다. 우리 모두는

상처 위에 피는 꽃

서로에게 '다른 아이'임을 너무 일찍 알아 버린 것이다.

나의 집도 그 자리 그곳에서 같은 표정의 할머니와 엄마가 가족과 함께 살고 있었다. 하지만 나에게 가족은 이제 다른 의미로 다가왔다.

§

다른 집 거실에서 찍으려 했던 가족 사진

내 생애에 운이 좋았던 경우는 과연 몇 퍼센트쯤일까?

가끔 그런 생각을 한다. 팔남매의 맏딸로 태어났다는 것을 운이 좋은 경우로 보기는 어려울 것이다. 하지만 내 식대로 인생을 설계하고, 책임지고 살 수 있었던 것은 행운 같기도 하다.

내가 살던 조치원 신흥동에서 비슷한 연배의 아이들은 수시로 가출을 시도했다. 하루 이틀 나갔다 들어왔다 하는 경우가 다반사였다. 가출한 애들은 표시가 났다. 갑자기 키가 커지고 머리 모양이 달라졌다. 대부분 머리를 길렀고 노랗게 물들이는 경우도 있었다. 특히 그 당시 남학생들은 거의 빡빡 깎다시피 해서 머리만 길러도 어른처럼 보였다.

나는 그들과 다른 의미의 가출을 시도하고 싶었지만 결과는 같았다. 집을 떠나서야 비로소 집의 의미를 조금씩 알게 된 것이다.

집 나가기 전날 밤 집에 와서 늦은 저녁을 먹으려고 부엌으로 가는데 할머니가 차려논 밥상이 있었다. 고추를 많이 썰어 넣어 무친 새우젓과 열무김치. 먹다 남은 된장냄비가 놓여 있고 삼베 보자기가 덮여 있었다. 보리가 반 이상 섞인 찬밥을 한 숟갈 뜨고 그 위에 새우젓에 있는 고추를 올려놓고 입에 넣었다. 꿀맛 같았다.

'왜 이렇게 밥이 맛있지?'

우걱우걱 밥숟갈 놀리는 동작과 입안의 활동이 점점 빨라진다. 그때 컴컴한 부엌에 들어오신 할머니가 물끄러미 밥 먹는 나를 보시더니 찬물을 떠서 밥상위에 올려놓으셨다. 새우젓에 들어 있는 새우와 고추만으로 맛나게 밥을 먹고 물 한 그릇을 다 마셨다. 밥이 꿀맛 같다는 생각을 이상하게 여긴 기억이 어제 같은데, 35년 전 일이다.

집을 나가서 다시 돌아오기까지는 부정했던 집에 대해 긍정의 눈을 뜨게 되는 과정이라고 말할 수 있을 것 같다. 집을 떠나서야 비로소 '우리 집', '나의 집'을 왜 그토록 부정하려고만 했을까? 이런 의문을 갖게 되었다. 단 한 번도 집을 위해서 내가 무엇을 어떻게 할 수 있을까에 대해 생각하지 않았던 것이 이상했다. 나중에 취직해서, 아니면 성공해서, 나중에 돈 벌

상처 위에 피는 꽃

어서 부모님 호강시켜 드리고 동생들도 교육시키겠다는 생각은 늘 했었지만, 그것은 강박관념이었고, 누군가에 의해 주입된 강제 의무 사항이었는지도 모른다. 처음으로 진지하게 팔남매의 맏딸이라는 나의 존재를 내 안에서 찾는 물음들이 이어졌다. 왜 나는 떠날 생각만 했던 것일까? 떠나기 위한 준비 기간으로만 살았을까?

나의 첫 취직 자리는 그 당시 표현으로 식모였다. 그때는 무작정 상경한 가출 소녀도 많았고, 웬만큼 사는 집에는 잔심부름하는 애나 부엌일하는 아줌마를 두고 살 때였다. 잔심부름하는 애는 의식주만 해결해 주면 되었고, 부엌일하는 아줌마는 공장 월급의 절반 정도만 주면 되었기에 큰 부담이 없었다. 오늘날에는 공장에서 받는 월급보다 파출부 월급이 더 많다. 입주라는 조건이 예전에는 숙식을 해결해 주는 조건으로 월급에 포함되었지만 현재는 입주 자체가 노동시간으로 보수에 포함되기 때문이다. 솔직히 나도 공장 같은 곳으로 가고 싶었다. 공장에 취직하는 것은 사회 활동으로 호기심도 발동했지만 식모살이라는 특수 신분의 삶에 대해서는 상상조차 해 본 적이 없었다.

그런데 막상 밤차를 타고 서울역에 내리는 순간부터 기세가 꺾이기 시작했다. 나처럼 트렁크 비슷한 큰 가방을 든 여자들이 많았고, 그들이 내릴 때마다 어김없이 누군가가 달라붙었다. 껌을 씹으며 뭔가를 기다리는 여자들이 끝없이 이어져 있는 것도 이상했다. 나는 가슴이 두근거리고 알 수 없는 세계에 대한 두려움이 쌓여 갔다. 내가 가출 소녀처럼 보여서는 안 된다는 생각 하나만으로 곁눈질 하거나 두리번거리지 않으면서 앞으로만 걸어 버스를 탔다. 서울 시내버스를 타면 몇 바퀴를 돌든지 차비는 한 번만 낸다고 들었는데 아니었다. 차가 멈추었을 때다.

"왜 이리 꾸물대? 빨리 내려!"

몸집이 가냘프고 어려 보였지만 입매가 야무졌고 눈매가 날카로운 차장이었다.

"저, 다시 타고 가면 안 되나요?"

내 친구 중에는 버스 차장이 있었고, 나이가 나와 비슷할 것 같았지만 왠지 반말이 안 나왔다. 차장은 위아래를 훑어보며 말한다.

"모르면 물어보고 내려야지, 왜 종점까지 타고 왔어? 안 돼!"

찔러도 피 한 방울 안 나올 듯 단호하다.

"이 차는 청소 마치고 배차 받은 후 출발한다. 저 앞차를 타."

"그럼 차비를 다시 내야 해요?"

당연한 걸 왜 묻느냐는 투다. 그러다가 곤란한 표정을 짓고 있는 내 모습이 안쓰러웠는지 앞에 있는 차까지 데리고 가서 다른 차장에게 인계 해준다. 덕분에 차비 한 번이 굳었다.

"이번에는 제대로 잘 찾아서 내려. 어디까지 가는데?"

머리로 생각하고, 입으로 뱉어 내려 하는데 대답도 듣지 않고 벌써 가 버린다. 서울 사람들은 동작이 빠르다는 것을 저절로 알게 되었다. 무작정 끝까지 갈 수가 없어서 한적하고 깨끗한 곳을 택하여 내렸다. 멀리 공장도 보이는 것 같아서 일단 작은 가게에 들어갔다. 곳곳에 사람 구함 월급 30만 원 보장 등의 구인광고가 붙어 있었다. 몇 군데 직업 소개소에도 들어가 보았다. 커트 머리를 했음에도 사람들은 학생 취급하는 것이 신기했다.

"학생이 할 일은 없다."

손사래를 치며 나를 내쫓았다. 어떤 사람은 다급하게 말했다.

"여학생이 왜 이런 데서 얼쩡거려? 큰일 나려고."

집 나온 소녀를 걱정해 주는 그 어른들의 따뜻한 마음에 작은 흔들림이 생겼다. 이런 곳에 오래 머물면 안 될 것 같았다. 직업 소개소에서 청소년들을 팔아먹는다는 말이 뜬소문 같고 세상은 나쁜 사람보다 착한 사람이 더 많을 거라는 생각이 막연하게 들었다. 동시에 나에게 관심조차 갖지 않아서 조금은 서운했다. 내가 눈에 띄는 미모를 지녔다면 만사를 제치고도 서로 쟁탈전을 벌이기라도 했을지 누가 알겠는가? 평범한 내 외모가 다행스럽기도 하고 서운하기도 했다.

빛바랜 사진첩을 열다

그렇게 다니다 보니, 끈질기게 내 눈에 보이는 전단지가 있었다. 전봇대마다, 벽 틈마다 '숙식 제공에 월수 30만 원'이라는 글귀와 함께 전화번호가 큰 글씨로 많이 붙어 있다. 어찌어찌 전단지를 쫓아가다 보니 화살표가 지하였다. 한 번 부딪혀 보자는 비장한 각오로 계단을 내려갔다. 맥주홀 같은 곳이었는데 여자들이 많았다. 한결같이 머리가 길고 화장이 짙고 몸에 달라붙는 반짝이는 옷을 입고 있다. 나는 그곳 주방에서 설거지나 해야 어울릴 것 같았다.

'그런데 설거지만 해도 30만 원을 줄까?'

내려가서 기웃거리지만 아무도 말을 걸지 않는다. 다시 터덜터덜 계단을 올라왔다. 숙식 제공에 월수 30만 원은 나에게 그림의 떡일 뿐 꿈도 꾸지 말라고 하는 소리가 들리는 듯했다. 나는 고개를 끄덕거리며 한숨을 쉴 수밖에 없었다.

'맞아, 월수 30은 무슨, 3만 원만 받아도 감지덕지해야지.'

그렇게 빈둥거리면서 서울 변두리 곳곳을 누비고 다녔다. 아침은 빵과 우유를 먹었고 점심은 빵만 먹었다. 경비를 아껴야 한다는 절박감도 있었다. 하루종일 걷고 밥도 못 먹어 지친 상태였다. 머리가 허연 고운 할머니가 슈퍼를 향해 가고 있었고 나도 동시에 그 슈퍼를 들어갔다. 슈퍼 문을 들어서자 마자,

"저, 제가 취직할 자리 없을까요?"

묻고 있는데 머리가 허연 할머니가 관심을 가져 준다. 그 눈치를 채고 슈퍼 아줌마가 "잘 됐네. 이 할머니 따라가면 되겠어."

어리둥절하는 나에게 아줌마가 설명을 한다.

"이 할머니 조카네 집에서 사람을 구하는데 안성맞춤이구면."

"할머니도 어서 내려 가셔야지요. 사람을 못 구해서 붙들려 계시더니. 잘 됐네요."

할머니는 물끄러미 나를 쳐다보며 안쓰러움과 점검하는 표정을 동시에 짓는다. 얼굴에 보일 듯 말 듯한 잔잔한 웃음도 배어 나온다. 하얀 머리털과 수많은 주름살이 여유와 품격으로 자리잡아서 인상이 곱고 착해 보인다.

"어떠니? 한번 가 볼래? 애들도 착하고 주인도 좋은 사람이다."

망설이는 나에게 슈퍼 아줌마가 수다스럽게 권유한다.

"가서 얌전히 잘 있으면 살림 배우고, 시집갈 밑천 준비하고 딱이네. 운 좋은 줄 알아. 공장 같은 데 잘못 다니다 보면 허파에 바람이나 들고, 순진한 사람 버리는 건 시간 문제니까."

일단 숙식이 해결된다니 다행이다. 이미 해가 지고 있다는 것도 불안했다. 간신히 하루를 보냈는데 또 정처없이 밤을 보내야 한다는 건 감당하기 어려운 두려움이다.

'일단 할머니를 따라 가 보자.'고 마음먹었다. 너무 갑자기

우연스럽게 일어난 일들이 의심스럽다.

'나를 잡아 팔아 먹으려는 술책인가?'

별별 상상을 다 한다. 비슷비슷하게 지은 양옥집들이 끝도 없이 이어졌다. 문패가 있었다. 성이 나와 같은 '박'이라니 일단 조금 안심이 된다. 근거 없는 말에 의지하는 성격이 아님에도 불구하고 '박씨 치고 악독한 사람 없다.'는 말, '술 먹는 박씨 치고 비단결 아닌 사람 없다.'는 말이 떠오르며 점차 맘이 놓인다.

주인집은 특별하다 할 만큼 좋은 사람들이었다. 중학교 1학년 여학생, 초등학교 5학년 남학생 둘 다 예쁘고 착하고 공부를 잘했다. 남자애가 밤마다 오줌을 싸서 그 이부자리를 빨아야 하는 것이 큰 일거리 중 하나였을 뿐, 아무 걱정이 없어 보이는 집안이었다. 여학생은 과외도 모르고 학원도 안 다니면서 전교 1등을 한단다. 영특하고 세련된 아이는 가끔 내가 보는 책을 읽기도 하고, 검정고시 준비에 도움이 될 거라며 나에게 자신의 책을 가져다 주기도 하였다. 처음 일주일은 할머니가 하는 대로 따라서 했다. 하루 세 번 밥, 설거지, 빨래, 청소가 주된 일이다.

우리 집의 먹거리와는 전혀 다르다. 콩나물 요리를 할 때 머리와 꼬리를 따는 것이 생소했고, 풋고추를 사용할 때 속에 들어 있는 고추씨를 빼는 것이 다르다면 또 달랐다. 밥그릇 국그

상처 위에 피는 꽃

릇이 달랐고, 식탁을 사용하는 것이 멋있어 보였다. 밤을 삶아서 먹을 때는 칼로 반을 잘라서 작은 찻숟가락으로 쏙쏙 파서 먹는 것조차 깔끔하고 세련돼 보였다.

일주일 일을 가르쳐 주신다던 할머니가 사흘만에 내려가야 했지만 혼자 집안 일을 하는 것도 나쁘지 않았다. 일을 마치고 오후 세 시까지 나 혼자만의 자유 시간이 주어졌기 때문이다. 세탁기 빨래나 전기밥솥으로 하는 밥 그리고 가스레인지로 하는 음식 만들기는 소꿉놀이 같았다. 집에서는 열 명 이상의 식사 준비를 아궁이 불을 때거나 연탄불만으로 해야 했던 나에게 도시의 네 식구 살림은 아기자기한 재미까지 있었다.

주인 아줌마는 초등학교 선생인데, 현모양처 스타일이었다. 아저씨는 고등학교 역사 선생인데 집안에서 큰소리 나는 일이 거의 없었다. 그 덕분인지 식구들은 다정다감하고 아기자기한 재미 속에 살았다. 주말이면 한 번 이상은 외식을 하러 나갔다. 나에게도 같이 가자는 말을 꼭 한다. 고맙지만 교양 있는 행동 뒤에 붙어 있는 점잖은 얼굴이 오히려 거북스럽기도 했다.

이 집과 똑같은 구조로 지은 옆집에도 내 또래의 아가씨가 있다. 긴 머리를 뒤로 묶고 마스크와 앞치마를 하고 털이개 같은 걸로 집안 전체를 탁탁 털며 다니거나, 라디오를 크게 틀어 놓고 팝송 같은 걸 큰 소리로 따라 부르는 모습이 명랑하고 세련된 인상을 풍긴다. 어디 나가서 대학생이라고 해도 빠지지

빛바랜 사진첩을 열다

않을 것 같다. 할머니에게 들은 바에 의하면 아가씨가 손이 맵고 빨라서 일도 잘 하고 눈치도 있고 야무진데, 대학생 남자를 사귀어 바람이 났다는 것이다.

'서울 식모는 대학생하고도 사귀는구나.'

그런 생각이 들면서 나는 식모를 하더라도 시골에서 해야 어울릴 것 같았다. 서울의 대학생과 사귀기에 내 얼굴은 면적이 너무 넓고, 머리길이가 지나치게 짧다는 생각 때문이다.

집에 전화를 한 게 실수일까? 집안일을 마치고 혼자 있는 시간은 한가롭고 편안했다. 하지만 책도 잘 안 읽히고, 공부도 안 되고 마음이 싱숭생숭 불안하다. 그러다 전화 생각을 했다. 그때. 우리 집에는 전화가 없었지만 간혹 가마니 공장 전화를 이용할 수 있다는 생각을 하고 전화번호까지 챙겨온 것이다. 그 집에서는 귀찮은 내색 없이 친절하게 전화 심부름을 해 주었다. 전화를 할 때는 얼마의 돈을 내지만 받을 때는 발품만 팔면 된다. 나는 그 거실에 들어가 보지 않았지만 동네 사람들과 달리 차원 높게 살아가는 표시가 있음을 느낌으로 안다.

'집안이 깔끔하대.'

'가마니 공장 여편네가 얌전하고 싹수가 있다네.'

대충 그런 말들이 떠돌았다. 전화를 받을 수 있게 해 주는 건 큰 신세를 지는 것처럼 고마워했다. 그런 저런 생각을 하면서 전화를 걸어 신분을 밝혔다

상처 위에 피는 꽃

"죄송하지만 저, 어물전집 딸인데요. 집에 전화할 일이 있어서요."

그리고 일단 전화를 끊은 후 충분히 전달되었을 거라고 생각되는 시간에 다시 전화를 한다. 그러면 전달을 받고 달려온 엄마가 전화를 받는 것이다. 첫 번째 통화에서 엄마는 울음 섞인 목소리로,

"고맙다. 고맙다. 밥이나 굶지 않니? 딴 생각 말고 집에 와라."

"너무 걱정하지 마유. 휴학 처리가 잘 되었나 궁금해서유. 내년에 내려가서 복학해야지유."

아마 나는 평생 처음으로 엄마에게 존대말을 했을 것이다.

"월하리 사는 니 친구가 왔다갔다 하면서 아버지 도장 가지고 가서 정리했다."

대견하다는 투로 말씀하신다.

한 달 간 같은 방을 썼던 검정고시 출신 친구. 같은 방을 썼기 때문인지 속마음을 털어놓을 수도 있었다.

"집안이 어려워서 학업을 계속할 수 없어서 1년 쉬고자 한다. 그러니 나중에 휴학처리하게 도와달라."

친구에게 이렇게만 부탁해 놓은 일이 잘 풀린 모양이다. 그래도 엄마의 '고맙다.'는 말은 뭔가 이상하다. 동생들을 위해서 돈이라도 벌러 간 것으로 여기는 것 같아서, 나는 괜히 찔렸

빛바랜 사진첩을 열다

다. 그때부터 마음이 불편했다. 내가 있어야 할 자리가 어디인
가 혼란스러웠기 때문이다.

　하지만 계획한 일 년을 채울 수 없었다. 나의 마음은 예상과
달리 집을 향한 그리움이 밀물처럼 밀려 왔기 때문이다. 내가
벗어나기를 그토록 열망했던 나의 집. 가장 끔찍스러웠던 순간
들. 큰소리. 싸움. 여름이면 생선 냄새가 진동을 하며 파리가
알을 슬어 구더기가 고물고물하는 곳. 집 앞 욕쟁이 할머니네
술집에서 비 오는 날이면 흘러나왔던 '홍도야 우지마라 오빠가
있다', '눈물젖은 두만강' 노랫소리조차 그리워하고 있음을 알
았을 때는 잠시 혼란스러웠다. 할머니의 구박조차 정겨움으로
떠오르는 것을 어쩔 수 없었다. 할머니의 얼굴과 엄마의 얼굴
이 겹쳐지기도 했다. 짓밟히고 무시당하고 살면서 울음 비슷한
짜증 섞인 음성에 눈치만 보며 사는 인생이라고 부정했던 엄마
의 얼굴이 내 가슴 속에 집요하게 파고 드는 것은 무슨 조화속
인가?
　그러다가 간식을 만드는 일로 기분이 상하는 일이 생겼다.
주인집 애들이 오후 세 시쯤 집에 오면 바로 간식을 준비하는
일이 오후 작업의 시작이다. 간식은 다양했지만, 특별히 준비
된 것이 없으면 부침개를 한두 입으로 먹을 만큼 작게 부쳐준
다. 부침개에 넣는 것도 호박이나 부추 정도로 간단한 먹거리

112
상처 위에 피는 꽃

였다. 그것마저 준비된 것이 없으면 밀가루만 부쳐서 그 속에 설탕을 넣어 준다. 애들은 학교에서 오자마자 준비해 놓은 간식을 가져가서 맛있게 먹었다. 먹기 전이나 먹고 난 후에는 늘,

"잘 먹겠습니다. 고맙습니다."

오히려 내가 황송할 지경으로 인사성이 좋았다. 그런데 하루는 내가 작은 실험을 한 게 실수였다. 부추를 넣어 부치던 부침개에 설탕을 넣은 것이다. 이것저것 섞거나 요리를 새롭게 시도하는 것이 예전이나 지금이나 변함없는 나의 취미 생활이다. 실력을 발휘한 셈이다. 그런데 집에서와는 전혀 다른 반응이다. 애들이 깜짝 놀라 접시를 가져왔다.

"어, 이거 맛이 왜 이래? 이상해요. 으윽, 못 먹겠어요."

고개를 썰래썰래 흔든다.

"누나, 이상하다. 왜 설탕이 들어갔는데 맛이 없지? 이런 맛은 처음이야."

"글쎄 말이야. 졸만 들어가도 맛있고, 설탕만 들어가도 맛있는데 두 개가 한꺼번에 들어가니까 이상해."

주인집 남매가 주고받는 말들이 밉살스럽다. 맛이 이상해진 건 사실이니까 틀리는 말은 아니다. 하지만 좀 낯선 요리일 뿐. 못 먹을 정도는 아니라는 생각이 들었다. 이렇게까지 호들갑 떨지 않아도 될 일 아닌가?' 이렇게 나의 신분에 어울리지 않는 생각을 하고 있었다.

빛바랜 사진첩을 열다

하지만, 시간이 지날수록 무안하고 창피했다. 괜히, 죄를 지은 사람처럼 쩔쩔매는 내 모습이 싫었다. 처음으로 남의집살이하는 일의 어려움과 의미에 대해 곱씹게 되었다. 동생들에 대한 생각이 떠오른 것도 그 때문이었을 것이다.

우리 집 동생들은 내가 만든 음식을 무조건 좋아했다. 엄마가 만드는 것보다 내가 만드는 음식은 색깔이나 모양이 참신했다. 양념을 아끼지 않고, 그릇이나 음식 담을 때도 가정 시간에 배운 지식을 총동원하여 멋을 부렸기 때문이다. 이상하게 만든 음식, 두 번 젓가락질이 안 가는 음식도 내가 일부러 맛있는 척하고 먹으면 서로 달려들어 먹으며 맛있다고 했다. 전폭적으로 나를 지지해 주고 신뢰해 주는 사람들이 있었음을 나는 잊고 있었던 것이다. 동시에 내가 하녀처럼 주인 식구들 입맛이나 비위 맞추는 사람이라는 것이 굴욕스러웠다고 할까? 평생 이렇게 살 수는 없다는 비장한 결심도 생겼다.

평소 집안일이 몸에 배었었기 때문에 식모 생활이 엄청 힘들었던 것은 아니다.

아침 다섯 시에 알람이 울리면 일어난다. 머리를 묶어 넘기고, 정결하게 준비를 한 후 깨끗한 손걸레로 부엌 전체의 먼지를 닦아 낸다. 씻어 불린 쌀을 전기밥솥에 넣어 물을 맞춘다. 그 다음에는 아줌마가 일러준 대로 준비된 국거리를 냄비에 안친다. 이 집은 모든 국에 소고기를 넣는 것이 특이하다. 나는 소고기를 싫어했기에 국을 잘 안 먹었다.

"왜 국을 안 먹지? 우리는 음식 차별 안 한다. 똑같이 먹는다."

내가 고기를 잘 못 먹는다고 하자. 아줌마는 싫어하는 낯빛은 아니었다. 하지만,

"음식을 가리면 안 된다."

아줌마가 직접 퍼준 국을 먹어야 했다. 소고기를 넣은 콩나물국은 느끼하지 않고 시원하고 얼큰하니 입맛에 맞았다. 맛있게 먹었더니 아줌마도 좋아한다.

국을 안쳐 놓고 도시락 반찬 준비를 한다. 햄을 잘라서 부치고 계란말이에 넣을 야채를 잘게 다진다. 그렇게 준비를 하고 있으면 아줌마가 나와서 전기밥솥에 안쳐 놓은 밥물을 점검하고 취사 스위치를 누른다. 국이 끓으면 간을 보고 양념을 한다. 도시락 반찬은 날마다 같은 것을 싸지 않도록 준비하지만 햄과 계란말이는 귀퉁이 한 부분을 차지하는 단골손님이다. 계란말이 할 때 아줌마가 감탄사를 뱉으며 요란하게 칭찬한다.

"순이가 우리 학교 처녀 선생보다 낫다."

옆 반 처녀 선생이 시집갈 날짜를 잡아 놓았는데 걱정이라고 덧붙인다.

"선생들 중에서 이렇게 계란말이 터지지도 않고 타지도 않게 깨끗하게 만들 줄 아는 사람은 없다 없어."

늘 칭찬만 들었다. 수고했다, 고맙다, 잘했다, 점점 실력이

늘어가네, 그런 상냥한 말이 쌓여 갔다.

"이제 내가 아침에 더 늦게 일어나도 되겠어."

그런데 이상한 일이다. 아무리 칭찬을 들어도 도무지 기쁘지가 않은 것이다. 계란말이 전문가에 대한 존경심이 없었기 때문일 것이다. 집에서 하는 일보다 크게 힘들지 않게 하루하루가 흘러갔다. 김치 담그는 일도 재미나고 보람있는 일임을 처음 알게 되었다. 똑같은 일도 이렇게 다를 수 있구나, 하는 느낌은 콜롬부스의 신대륙처럼 나에게는 새로운 세상을 만난 듯한 경이로움이었다.

배추 두 포기를 정성껏 다듬어서 네 쪽으로 잘라서 절인다. 배추가 절여지는 동안에 양념을 준비한다. 준비된 양념을 알맞게 절여진 배추에 버무린다. 정성껏 버무린 배추를 미리 준비해둔 예쁘고 깨끗한 통에 차곡차곡 담는다. 온갖 정성과 양념으로 범벅을 한 김치를 하룻저녁 밖에 두었다가 냉장고에 넣은 다음 한 끼마다 포기의 일부를 작은 접시에 썰어서 먹고 남는 것은 다시 김치통에 넣지 않고 처리한다.

"식구들이 알맞게 숙성된 김치만 먹으니 김치대기가 힘들다."

"특히, 요즘은 김치가 아니라 금치다 금치! 김칫거리가 여간 비싸야지."

주인 아줌마는 투덜대면서,

"나는 생김치도 좋아하고 신김치도 좋은데, 너는 어떠니?"

상처 위에 피는 꽃

"저는 아무거나 김치는 다 좋아요. 신김치를 더 잘 먹지요."

나는 동네에서 아무도 못 먹는 신 김치도 맛있게 먹어서 유명해진 적도 있다.

"잘 됐구나. 그럼 너하고 나는 김치 그릇을 따로 만들어서 먹자."

나를 위해 주는 말인지 처분 곤란한 김치 해결을 하라는 말인지 해석하기가 애매하다. 고개가 갸웃해지면서 왠지 남의 옷을 몰래 입은 것처럼 불편해진다.

주인 식구들은 나에게 한 번도 소리를 지르거나 혼낸 적이 없다. 내가 식모의 신분이 아니었다면, 그 집의 분위기는 내가 원했던 이상 세계였을지도 모른다. 모든 것이 품격을 지니고 있었고 합당한 이유와 가치를 지니고 있었다. 집에서와 비슷한 일을 했지만 재료가 고급스러웠고, 그릇이 세련되었고, 음식 양이 반의반도 안 되었기 때문에 어렵다는 생각조차 들지 않았다. 작은 밥솥과 귀엽게 생긴 냄비를 다루는 것도 신기했다. 그럼에도 점점 불편해지고 있음을 느끼며 마음이 무거워졌다. 무엇 때문일까? 딱 꼬집어 말할 수는 없었다. 날마다 듣는 칭찬도 지겨워졌기 때문일까?

무엇보다 다른 것은 음식을 만들 때의 정성과 기쁨이었다. 우리 집에서 할머니가 제사 음식 다룰 때의 그 정성이 매번 끼니를 준비할 때마다 이루어질 수 있다는 것은 놀라움 그 자체였다. 제사 음식 만들 때의 정성과 노력은 할머니와 엄마의 몫이었지만 여자들은 제사상에 절도 올리지 못했다. 정성껏 음식을 만들었지만 그 기쁨과 보람은 함께 누리지 못하는 불공평만을 보아왔던 나에게 주인집 풍경은 색다른 경험이기도 하였다. 주인 아줌마가 다른 식구보다 일찍 일어나고 집안일을 하는 것이 힘들어 보이기는 했지만 일방적인 희생처럼 보이지는 않았다. 주인 아저씨와 함께 출근했고, 거의 비슷하게 퇴근했다. 옷차림도 좋았고, 가끔 친구들과 놀러가기도 하면서 즐겁게 살아가고 있는 것으로 보였다.

아침은 분주함의 분위기가 다소 있었지만 늘 차분하게 일이 진행되었다. 콩나물 하나 다듬는 것도 무슨 큰일 치르듯 순서가 명징하다. 먼저 콩나물을 쟁반 위에 펼쳐 놓는다. 그 옆에 다듬은 콩나물을 담을 바구니를 놓았는데. 그 아래에는 쟁반이 받쳐 있어야 한다. 콩나물에서 가장 맛있는 부분이 콩이 달린 머리인데 이 집에서는 머리 부분과 꼬리 부분을 싹둑 잘라 버리고 먹는다. 경상도 식이라고 한다. 무칠 때는 간혹 머리를 함께 사용하기도 하지만 대부분 버린다. 내가 버리는 콩나물 머리가 아까워서 모아 놓았더니 알뜰하다고 또 칭찬이다. 한 개 한 개 콩나물을 다듬는 일처럼 반찬 한 가지 만드는 일도 정성껏 한다. 나도 모르게 행동거지가 신중해졌을 것이다. 분주하지 않게 집안일을 하니 조심스러워지고 맛이나 모양에 각별하게 신경을 쓰게 된다는 것을 알게 되었다.

"아, 요리하는 기분이 이런 거구나."

요리의 즐거움이라는 것을 느끼면서, 한편으로 밀려오는 안타까움 때문에 마음이 아팠다. '누구는 생존만을 위해 아귀다툼처럼 살고, 누구는 품격 있는 문화를 누리며 살아가는구나.' 하는 그 느낌이다.

철부지 아이들의 버릇없는 행동도 없었고, 어른들의 지나친 간섭이나 과잉 심부름도 없었다. 교양 있는 행동거지와 세련된 표정과 언행이 생활화 된 건전하고 착한 품성들이었다. '아, 이렇게 살아가는 인생이 있는 거구나.' 지지고 볶고, 싸우고, 큰소리가 끊어지지 않는 지겨운 일이 없이도 살아가는 사람들이 눈앞의 현실에 존재하였다. 그 때 마음속에서 많은 물음과 집요한 답변들이 있었을 것이다. 그 속에서 변화된 것은 무엇이었을까?

'아, 나도 저렇게 한번 살아 보고 싶다. 왜 나는 이런 집안에서 태어나지 못하였을까?'

단순한 부러움에 멈추지 않고 몇 가지 문제들이 정리가 되었다. 이곳 주인 식구들이 보여 주는 친절과 칭찬 그리고 인사성 바른 예의에는 뭔가 중요한 것이 빠져 있다는 것이다. 가령, 그런 것이 있는 것이다. 책에서 배울 수 없는 것. 누가 누구에게 일부러 가르쳐줄 수 없는 것들 말이다.

내가 가장 싫어했던 큰소리, 악다구니, 지청구, 비속어들. 나는 오히려 그것들을 그리워하고 있었다. 왜일까? 나는 할머니가 걸핏하면 나를 향하여,

"망할 년, 판사가 될래, 변호사가 될래, 기집애가 공부는 무슨 공부" 하셨던 그 지청구 속에서 저항의지를 품을 수 있는 자유를 누려 왔었던 것이다. 그 의지를 키워 오지 못한 것은 나의 책임이 아닐까?

엄마, 아버지, 할머니 모두 최선을 다하여 열심히 살았다는 것을 당연히 인정했다. 주인집 아줌마, 아저씨보다 더 일찍 일어났고 더 열심히 일했다. 자녀들에게 다정다감하게 가정교육 하는 방법을 몰랐다는 것은 그분들의 잘못만은 아니다. 주인집 식구들이 나에게 보여 준 친절하고 예의 바른 모습 속에서 나는 점점 더 부모님과 할머니의 큰 목소리의 지청구에 담긴 진정성을 깨달았는지도 모른다. 있는 그대로의 엄마와 아버지의 모습을 창피하게 생각했던 나를 돌이켜보았다. 단돈 10원도 용돈이라고 주어 본 적 없는 아버지.

"리트머스 종이 사야 해요. 물감 사야 해요."

학용품 산다고 할 때마다 캐묻지 않고 주셨지만 덧붙이는 말 속에 삶의 짜증스러움과 구차함이 묻어나는 것 때문에 고마움보다 불만을 품었었다.

"아껴 써라. 이렇게 달라는 대로 주다가는 우리는 굶어 죽는

다. 앞으로는 땅 파먹고 살아야겠다."

궁핍을 더욱 초라하게 만드는 가난한 언어들 때문에 더욱 창피스럽게 생각했는지도 모른다.

예전의 나는 그랬다. 엄마가 주인집 아줌마 같이 칭찬해 주고 친절하게 가르쳐 주길 바랐다. 학용품을 사 주고, 밥을 만들어 주고, 김치를 담그는 엄마보다, 책 속에 글자나, 그림으로 존재하는 엄마를 그리워하는 어리석음 때문이었다. 하지만 아니라는 것을 깨달았다. 정신없이 일하면서 두서없이 이것저것 시키다가 혼자 답답해하다가 갑자기 그릇을 집어던지며 솟구치는 울화를 어찌할 줄 모르는 엄마의 영상들에 담긴 눈물과 안간힘들이 처음으로 가슴에 파고들었다. 엄마의 모든 것이 마음에 드는 것은 아니지만 그 속에 가족만을 위해 살아왔던 엄마의 힘겨운 삶의 흔적이 배어 있는 것일 뿐이다. 그리고 그 그늘 덕으로 살아온 나의 모습도 엄마 모습에 들어 있음을 깨달았다.

할머니는 무남독녀로 태어나서 아들 없는 설움을 톡톡히 겪은 분이다. 부모님이 돌아가셔도 상주를 세울 수가 없어 발을 굴러야 했던 안타까움. 제사를 모실 수 없어서 절에 모셔야 했던 불효의 심정. 할머니는 그래서 더 강한 남아 선호 사상을 지니게 되었을 것이다. 그러함에도 할머니의 사랑은 향기롭다. 할머니의 두터운 온기가 배인 사랑의 진한 마음을 받아본 사람은 알 수 있다. 손자에게 더 강하게 쏠린 건 부인할 수 없는 사실이긴 하나, 사람의 마음이라는 것은 등분하여 나눈다고 해서 그 양이 줄어드는 것은 분명 아닌가 보다. 할머니가 손자에게 쏟고 남은 한 귀퉁이 정을 나에게 주었을 뿐인데도 그 농도가 자양분이 되어 지금도 훈훈함으로 남아 인간적 성장의 밑거름으로 작용한다.

그 이후 나는 지나치게 빨리 현실주의자가 되었다. 사람을 대할 때 기대감이나 요구를 갖지 않는다. 있는 그대로 그 사람의 모습을 받아들이는 것이 사람과 만나는 전부가 되었다. 대신에 내 주변에 있는 사람들의 속 깊은 곳에서 울려 나오는 소리에 귀 기울이게 되었다. 그 소리를 들을 수 있게 되자, 할머니는 할머니대로, 아버지는 아버지대로 엄마는 엄마대로 있는 그대로의 모습에서 고귀한 품격을 찾아낼 수 있었다. 열심히 살아온 사람만이 지니는 삶의 체취가 소중하게 느껴졌다. 좀더 세련되기를 기대하지도 않는다. 나중에 공부를 하면서 다양한 문화를 인정해 주는 문화 상대주의에 대한 이해심을 배웠다는 것을 알았다. 나도 모르게 물들었던 지식인 문화 절대주의의 오류를 조금이나마 깨달았던 것이다. 초등교육도 못 받으신 부모님에게 지식인의 성향과 가치관을 요구했던 나의 오류를 깨닫게 된 것이다.

한 달 만에 나의 가출은 막을 내렸고 월급을 챙겨서 내려왔다. 정확한 계산이 오고갔다.

"시외 전화비 네 통 6,000원 제외한 거다."

주는 대로 받았다. 주인 아줌마는 옷 몇 개는 빼고 나머지는 마음대로 가져가라고 했다. 주인이 보는 앞에서 쓸쓸하게 짐을 챙겼다.

"꼭 이 늦은 시간에 밤차를 타야겠니? 아침에 가라."

그러나 왠지 주인이 보는 앞에서 집을 나서야 당당할 것 같았다.

그렇게 받은 월급은 차비 빼고, 소고기 두 근 값이었다. 소고기 한 근 하고 동생들 먹을 과자를 사서 집으로 돌아왔다. 떠날 때처럼 트렁크 하나를 들었을 뿐이었다. 중학교 1학년 때부터 꿈꾸던 가출이 고등학교 2학년 때 실행되어 두 달 이상 준비한 보람도 없이 끝났다는 것에서 인생의 허무함도 처음으로 깨닫게 되었던 것 같다.

나는 서른 살까지의 새로운 인생 항로를 설계하고 있었다. 일단 대학교 입학해서 취직을 하여 돈을 벌어야 한다는 것. 서른 살이 되면 뭔가 해결될 것 같았다. 대학교를 졸업하고 돈을 벌자는 것 단 한 가지만을 목표로 세웠다. 막연하게 나의 평범함을 인정하면서 더욱 현실에 빠르게 적응할 수 있었다.

결국 나는 팔 남매의 맏딸 자리를 인정해야 했다. 내 스스로

받아들이니 일단 마음은 편안했다. 누구나 부모와 집안을 선택해서 태어날 수는 없다. 동시에,

'내가 원하는 가족의 풍경은 이게 아닌데.'

불평하며 살아왔던 과거와 나는 변해 있었다. 마음에 드는 다른 집안의 거실에서 가족 사진을 찍는 것의 불편함을 알아 버렸다고 할까? 그 어느 자리와도 바꿀 수 없는 내 자리가 있다는 것. 현재의 내가 집안을 위해서 할 수 있는 일이 있다는 것을 알면서 세상은 그만큼 무거워졌지만 한 발 가까워진 느낌이다.

하지만 서른 살이 되어서도 삶은 만만치가 않았다. 큰 산을 넘으면 더 높은 산이 앞을 가로막기도 했다. 그리고 마흔 살이 되어도, 쉰 살이 되어도, 떠나고 싶은 마음과 나를 붙잡는 마음은 꼭 그만큼의 거리를 지닌 채 늘 함께 붙어 있는 것이다. 어쩌면 접착된 두 마음이 나를 성장시키는 힘이었는지도 모른다.

그렇다. 한 번 떠나 본 사람만이 알 수 있는 세계가 있다. 몸만 떠나는 것의 허망함이다. 몸이 떠나 있어도 떠날 수 없는 것들이 더 많다는 것. 그리고 몸과 마음이 함께 떠날 수 있는 준비를 하며 살아간다는 것은 내 자리를 가장 소중히 여길 때만이 가능하다는 것에 대하여.

그동안 나는 팔남매의 맏딸이라는 무거운 내 짐만 쳐다보는 어리석음에 빠져 있었다. 물론 끼니를 거르며 오일장을 돌아야 하는 부모님의 고달픈 삶을 나의 것으로 할 수는 없다. 하지

상처 위에 피는 꽃

만 일부는 거부할 수 없다. 나보다 착하고 약한 동생들은 훨씬 지난한 삶을 살았을 것이다. 지금도 그 짐을 지고 산을 넘는 중이다.

박영희

1962년 전남 무안군 삼향면 남악리에서 태어나 임성초등학교를 졸업했습니다. 상경 후 신문 보급소와 공장을 전전하며 고입·대입 검정고시를 마쳤습니다. 1985년 문학 무크 〈민의〉 3집에 〈남악리〉 등을 발표하며 작품 활동을 시작했습니다. 그동안 《팽이는 서고 싶다》, 《즐거운 세탁》, 《나는 그때 학교에 있었다》 등 5권의 시집과, 시론집 《오늘, 오래된 시집을 읽다》, 평전 《김경숙》, 르뽀집 《길에서 만난 세상》(공저), 《아파서 우는 게 아닙니다》, 《사라져 가는 수공업자, 우리 시대의 장인들》, 《보이지 않는 사람들》, 《만주의 아이들》, 《내 마음이 편해질 때까지》, 《나는 대학에 가지 않았다》, 기행 산문집 《만주를 가다》, 청소년 소설 《대통령이 죽었다》 등을 펴냈습니다. 우리 사회의 소외 계층 이야기를 10년째 르뽀로 담아냈으며, 11월만 되면 배낭을 챙겨 만주로 훌쩍 떠납니다. 《만주를 가다》, 《만주의 아이들》은 그 여정에서 태어났습니다. 앞으로도 만주와 관련한 작품을 더 많이 만나게 될 것입니다.

나는 나일뿐

"고향을 물어도 될까요?"

"글쎄요, 그리워할 고향이 딱히 없어서요. 내게 있어서 삶은 행선지가 아닌 여정이었거든요. 오후 3시경 쁘드까를 마시면 속에 있는 얼음이 녹아내릴 때처럼 말이죠."

-영화 〈트랜스 시베리아〉에서

§

굴욕

네 개의 문 중에서 두 번째 문인, 중학교 문턱에서 날개가 꺾일 줄은 전혀 예상치 못한 일이었다. 초등학교 6년 과정에서 우등상을 비롯해 도교육감상, 전교 부회장까지 역임하지 않았던가. 이런 점들을 내세워 수차례 의사표현을 해 봤지만 아버지는 꿈쩍도 하지 않았다. 그 무렵 우리 집은 나보다 여덟 살 많은 장남 때문에 하루도 바람 잘 날이 없었는데 나는 그게 더 화가 났다. '왜, 왜 아버지는 공부하기 싫다는 큰형을 위해선 뒷돈까지 써 가며 (벌써 두 번째) 편입을 시키면서, 정작 공부를 그만두면 미쳐 버릴 것 같은 나는 안중에도 없는 것일까?'

더욱 자존심이 상한 건 한마을에서 나고 자란 여섯 명_{남자}의 죽마고우 중에서 나만 중학교에 입학하지 못했다는 점이다. 같은 대열에서의 갑작스런 이탈, 그것은 내게 견딜 수 없는 형벌로 다가왔다. 1975년 3월, 울며 겨자 먹기로 아버지가 내게 준 선물은 한 선생님이 두 과목 이상을 가르치는 삼향재건중학교였다. 하지만 그 학교는 별 재미가 없었다. 면 소재지에 위치해 있어 그토록 염원했던 통학열차를 탈 수 없는 데다, 교사들의 학력 또한 들쭉날쭉해 존경 따윈 이미 버스 떠난 뒤였다. 입학한 지 스무 날쯤 되었을까. 3학년 종화 형이 수학 선생에게 대드는 걸 목격하고 말았는데, 삼향재건중학교는 그처럼 심심풀이 땅콩이거나 껌 정도였다. 어떤 일이 있어도 이 학교를 꼭 졸업해야 한다는, 의지의 학생을 볼 수 없었다. 마치 닷새를 주기로 찾아오는 장날처럼 학교 분위기가 꼭 그랬다.

내 안 어딘가에서 까닭 모를 반항이 고개를 쳐든 건 5월경이었다. 들에 풀이 무성해지자 아버지는 등교 전 내 몫으로 소꼴

한 망을 지시했는데, 그걸 이행하려면 적어도 7시 전에 기상해야 했다. 그런 어느 날이었다. 손에 낫을 쥔 채 털레털레 집을 나선 나는 등교하는 유경이와 마주치고 말았다. 순간, 무슨 큰 죄라도 지은 양 고개를 들지 못했다. 엉거주춤 인사를 나누긴 했지만 지금의 이 화면이 어서 바뀌기만 바랐다.

수치심에 화가 난 나는 마을 뒷산을 향해 뛰었다. 당장 어디론가 숨고 싶은데 딱히 떠오르는 곳이 없었다. 그런데 이 무슨 낭패란 말인가! 나는 그만 더 큰 충격에 휩싸이고 말았다. 통학열차를 타기 위해 친구들이 바삐 신작로를 걷고 있었다. 그 광경을 마을 뒷산 소나무에 기대어 내려다보던 나는 낫으로 땅을 파기 시작했다. 지금 내가 할 수 있는 거라곤 그것밖에 없었다.

가을이 한창 익어 갈 무렵이었다. 집으로 찾아온 유경이가 이번 주 토요일 학교에서 단체로 영화를 본다며 오후 2시까지 호남극장 앞으로 나오라고 했다. 친구의 우정에 하마터면 눈물을 보일 뻔했다. 죽마지우 중에서 유경이가 내 마음을 가장 잘 알아주는 것 같아서였다.

유경이가 일러 준 대로 학교를 마친 나는 호남극장으로 향했다. 간만에 타는 합승버스라 그런지 가슴이 몹시 설렜다. 하지만 그것도 잠시. 호남극장 앞에 도착한 나는 숨을 제대로 쉴 수 없었다. 표를 예매하느라 꼬리에 꼬리를 물고 늘어선 학생들을 보는 순간 나도 모르게 주눅이 들고 말았다. 어제와 전혀 다른 세계가 펼쳐졌다.

숨죽인 채 유경이를 따라 나도 그 대열에 합류해 차례를 기다렸다. 그런데 잠시 후, 예기치 못한 일이 발생하고 말았다. 내 차례가 되어 매표구 안으로 학생증과 돈을 밀어 넣었지만 무슨 일인지 티켓은 나오지 않았다. 반려되어 나온 건 학생증과 돈이었다. 영문을 알 수 없는 나는 반달 모양의 매표구에 고개를 들이밀어 그 이유를 물었다. 그러자 매표를 담당한 여직원이 성난 목소리로 외쳤다.

－넌 일반학교가 아니잖아? 재건학교는 할인이 안 돼.

순간 나는 광장에 모인 수많은 군중들 앞에 알몸으로 서 있는 심정이었다. 기다랗게 줄을 서서 차례를 기다리는 정규 학교 학생들의 눈빛을 더 이상 지켜볼 자신이 없었다. 지금 내가 어디에 서 있는지, 두 다리가 후들거려 걸음을 떼는 것조차 힘들었다.

삼향재건학교를 때려친 건 그로부터 나흘 뒤였다. 기어이 나는 낫 끝으로 내 오른발 발등을 찍고 말았다. 내 몸을 걷지 못하도록 만들어야 뭐라도 변명을 할 수 있을 것 같았다. 또한 그것이 아버지를 향한 내 분노의 표출이자 복수라고 믿었다.

오늘도 주막에서, 아버지가 술을 마시고 있다는 전갈이 왔다. 어머니는 서둘러 밥부터 지었다. 아버지가 집에 도착하기 전 자식들에게 밥을 먹여 피난을 보내기 위해서였다. 하지만

상처 위에 피는 꽃

난 흥, 비웃고 말았다. 물론 나도 그동안은 사흘이 멀다 하고 주사를 부리는 아버지를 둔 죄로 이 집 저 집을 전전했고, 그마저도 귀찮을 땐 동생과 함께 볏짚을 쌓아둔 곳이나 담배밭에 짚을 깔고 한뎃잠을 자기 일쑤였다.

주막에서 술을 마시던 아버지가 대문 안으로 들어선 건 가장을 제외한 모든 식구가 이미 자취를 감춘 뒤였다. 시커먼 방에서 나는 똬리를 튼 한 마리 뱀처럼 무릎을 괸 채 앉아 있었다. 순간순간 엄습하는 공포와 함께 혼잣말을 되뇌기도 했다.

'여기서 그만 도망갈까? 안 돼. 오늘도 그러면 끝장이야!'

내 생각은 두 가지였다. 이번 기회에 아버지의 저 못된 술주정을 고쳐 보겠다는 것, 그리고 나머지 하나는 일반 중학교 입학이었다. 그러니까 호남극장 매표소 앞에서 발가벗겨진 날이었다. 대한민국에 인가 학교와 비인가 학교가 있다는 사실을 그때 처음 알았는데, 다시 말하면 후자는 불량식품과 같은 것이었다.

-너, 이 새끼! 니가 이 애비를 이겨 보겠다 이거냐?

불도 켜지 않은 어둠 속에서, 아버지의 구타가 시작되었다. 두 주먹을 불끈 움켜쥔 채 저항해 봤지만 소용없는 짓이었다. 제주도에서 일본군과 함께 군 시절을 보냈다는 아버지의 구타에 내 하체는 마비되어 갔고, 이제 신음조차 나오지 않았다.

피똥이 잦아든 건 나흘쯤 지나서였다. 두 개를 동시에 얻어

보려 아버지에게 맞섰다가 그만 본전치기도 못한 나로서는 무엇보다 집을 나설 엄두가 나지 않았다. 하나같이 어른들은 내 편이 아니었다. 머리에 피도 안 마른 것이 아버지한테 대든다며, 오히려 끌끌 혀를 찼다. 보아하니 친구들도 오십보백보였다. 앞으로 너와 놀지 말랬다며 슬금슬금 피하기 일쑤였다.

그 어느 해보다 추운 겨울이 지나고 해빙의 봄이 찾아올 무렵, 나는 다시 희망을 꿈꾸었다. 한 학년 늦었더라도 일반 학교만 보내 주면 공부로 보답하고 싶었다. 아 그런데 이번에는 어머니가 만류하고 나섰다.

─니가 먼저 포기해라, 싯째야. 우리 집에서 제일 똑똑하고 공부도 제일 잘하는 너를 가르치지 못해 미안하구나.

눈물을 흘리시며 어머니는 그만 단념하라고 했다. 여비를 마련해 줄 테니 여기를 떠 너 살고 싶은 대로 살아 보라며.

1976년 5월 12일 해가 저물고 있었다. 나는 어머니와 함께 집을 나섰다. 어머니 머리에는 쌀이, 내 손에는 옷가방이 들려 있었다. 목포역 건너편 곡물점에 이고 온 쌀을 판 어머니는 열다섯 살 내 손에 그 돈을 여비로 쥐여 주었다.

당산동 흥일시트카바

용산역에서 내린 나는 마른 빵을 씹어 가며 전봇대에 붙은 모집 광고를 훑기 시작했다. 흥일시트카바를 찍은 건 외래어 때문이었다. 아마도 그곳을 찾아가면 뭔가 수준이 다를 것 같은, 하지만 웬걸! 당산동에 도착해 문을 열고 들어서자 가게 안은 생각보다 비좁았다. 벽에 걸린 견본품들 역시 잔뜩 먼지를 뒤집어쓴 채였다.

서른 대여섯 됐을까, 사장의 인상은 깐깐해 보였다. 깡마른 체구에 곱슬머리, 그럼에도 불구하고 그곳을 뛰쳐나오지 않은 건 종구 형 때문이었다. 사장에 비해 그는 농담도 잘하고, 사람을 편하게 해 주는 그만의 장점이 돋보였다. 처음 만난 사이인데도 그는 마치 오랜 친구처럼 나를 대해 주었다.

─머리를 보니, 학교 다니다 왔구나! 왜, 학교공부보다 세상공부를 먼저 하고 싶더냐?

일을 해 보겠느냐는 말에 고개를 끄덕이자 사장이 종이와 볼펜을 내밀었다. 나는 그 종이에 떠나온 주소, 부모님 이름, 내 생년월일 등을 써 넣었다. 그러고 보니 어머니의 이름을 써 보기는 오늘이 처음이었다. '송윤남', 이 세 글자를 쓰는데 자꾸만 목구멍이 뜨거워지면서 펜을 쥔 손이 파르르 파문을 일으켰다.

밑통? 처음 듣는 소리였다. 남의 나라 말인가 싶었다. 잠시 후 사장이 밑통_{기술을 익히는 기간으로 급여가 없다는 뜻} 기간은 3개월이라고 했다. 이번에도 종구 형이 응원해 주었다.

-3개월만 잘 참아라. 기술이 뭐 별 거냐. 그리고 이건 내가 보장하는데, 서울에서는 눈치 빠른 놈이 살아남는다.

뜻밖의 일이 벌어진 건 퇴근 무렵이었다. 손금고를 열어 남은 돈을 챙긴 사장의 손이 전화기 플러그까지 뽑아들었다. 그걸 옆에서 지켜본 종구 형이 한마디 거들었지만 사장은 고개를 내저었다. 나를 꼬나보며 몇 가지 지시사항도 잊지 않았다. 자다 오줌이 마려우면 수돗가에 누되 반드시 물을 틀어야 한다는 것과 그리고 똥은 참아야 한다는 것 등이었다.

무슨 말일까, 그때까지만 해도 내 아둔한 머리는 핵심을 끄집어내지 못했다. 하지만 현실은 늘 그 이상이었다.

-셔터 내리면 이상한 짓 말고 곧바로 불 꺼야 한다? 괜히 불 켜 놓고 있다가 신고 들어오면 곤란하니까.

이 말을 끝으로 셔터가 내려지는 순간, 가게는 감옥으로 돌변했다.

이처럼 내게 있어 퇴근이란 빛 한가운데서 어둠 속으로 갇히는 일이었다. 서울에서는 죄를 짓지 않고도 얼마든지 갇힐 수 있었다. 잠자리는 더 엉망이었다. 숱한 엉덩이들이 앉았다 간 소파와 꾀죄죄한 카시미론 이불 한 장이 전부였다.

시멘트 바닥으로 무려 세 차례나 떨어지는 수모를 겪어야 했던 서울에서의 첫날밤. 눈을 뜬 건 밖에서 누군가 드르륵, 셔터를 올리는 소리와 함께였다. 가게 안으로 들어서는 사장의 목소리가 반가울 리 없었다.

　─이 녀석 봐라! 오늘은 첫날이라 그냥 넘어가지만 내일 아침에도 이러면 재미없다.

　부랴부랴 자리를 털고 일어난 나는 이불을 개 보자기에 쌌다. 꽃들이 앞 다퉈 피는 5월인데도 몸은 몹시 추웠다. 가게 안 시멘트 바닥을 보고 있으려니 절로 몸이 움츠러들었다.

　사장은 재봉틀로 어제 주문 받은 시트커버를 만드느라 여념이 없고, 종구 형은 가게 앞 플라타너스 그늘에서 차 유리를 가느라 씩씩대고 있었다. 다행히도 내 일과는 종구 형과 붙어 지내는 시간이 더 많았다. 승용차 옆 유리든 트럭 앞 유리든 상관없이 종구 형은 그걸 혼자서 번쩍 들어 갈아 끼웠는데, 그때마다 나는 그가 필요로 하는 본드나 드라이버, 고무밴드 등을 잽싸게 집어 주었다. 눈치 빠른 놈이 서울에서 살아남는다는, 종구 형의 말을 한시도 잊은 적이 없었다.

　일과 중에서 제일 진땀이 나는 건 전화 받기였다. 사장과 종구 형이 번갈아 현장으로 일을 나가면 혼자 남아 가게를 지켜야 했는데, 그 시간에 걸려오는 전화는 공포 그 자체였다. 색상을 비롯해 최근 유행하는 시트커버의 종류까지, 그걸 시원히 설명해 줄 수 없는 나로서는 등에서 식은땀이 날 지경이었다. 차 유리만 해도 그랬다. 민짜에서 선팅까지 그 도수만도 십여 종이나 되는 유리 가격을 설명한다는 건 도저히 불가능한 일이었다.

일이 없는 날은 주로 사장과 함께 밖으로 싸돌아다녔다. 전봇대를 시작으로 운전사들이 몰리는 식당, 주점에 이르기까지 흥일시트카바를 알리는 스티커 부착은 그야말로 전쟁에 가까웠다. 이미 부착된 스티커 옆에 나란히, 바른생활처럼 부착하는 일은 절대 용납되지 않았다. 그것이 불법이든 위법이든 오로지 덮어씌우기만 존재했다. 뿐만 아니라 스티커 부착은 일기예보에도 각별히 신경을 써야 했다. 스티커 부착에서 덮어씌우기 다음으로 큰 천적은 다름 아닌 비였다.

전화를 받은 종구 형의 표정이 잔뜩 부어 있었다. 무슨 일인지 사장은 자신이 직접 시장에 가 순대와 족발을 사왔다. 세 사람이 가게 문을 나선 건 밤 10시경이었다.

가게를 나와 한 마장 남짓 걸었을까. 상마여객 건물에 도착하자 아침에 일 나갔던 사람들이 귀가할 때처럼 버스들이 종점으로 들어오고 있었다. 종구 형의 지시에 따라 버스에 오른 나는 좌석의 시트커버가 찢겨 있거나 스프링이 주저앉은 곳이 보이면 미리 준비한 분필로 동그라미를 쳤다. 망가짐이 제일 심한 쪽은 아무래도 뒷부분이었다. 버스 기사와 안내양의 시선

상처 위에 피는 꽃

이 닿지 않아 그런지 뒤쪽은 칼날에 베인 좌석이 많았다. 잠시 일손을 멈춘 나는 피식, 혼자 웃고 말았다. 동류의식 때문이었다. 나라도 한번쯤은 저렇게 하지 않았을까? 쩝쩝 입맛이 당긴 건 크고 작은 낙서였다. 조악한 편이긴 해도 누드와 함께 문장들이 꼴을 갖춰 읽는 재미를 더했다. 낙서 중에는 화장실에서 하숙집에서 무얼 따먹었다는 표현이 가장 많았다.

막차가 들어온 건 통금 40분 전이었다. 통금이라는 말에 마음이 바빠진 나는 더욱 부지런히 시내버스 좌석의 상처 난 옷을 벗겨 내고 가게에서 가져온 새 시트커버로 갈아입혔다. 그 일을 다 마치고 나자 새벽 2시. 그렇지만 사장의 시계는 어제와 조금의 변화도 없었다. 새벽 3시가 다 되어 가게로 돌아왔건만 사장은 다음 날 7시에 출근해 소리를 버럭 질렀다.

밑통 3개월이 지날 무렵 비로소 일이 손에 익었다. 이제 가게로 걸려오는 전화를 받는 일도 그렇게 겁나지만은 않았다. 가격이 낮은 시트커버 흥정 정도는 거뜬히 해낼 수 있었다. 고백컨대 나는 몇 번이고 흥일시트카바를 그만두려 한 적이 있었다. 퇴근 이후 시간이 갑갑해 미칠 지경이었다. 오전 7시에 자유의 몸이 되었다가 오후 7시에 다시 갇히는, 이런 나를 붙잡아놓은 건 다름 아닌 종구 형이었다. 한 달에 두 차례 주어지는 휴일 때면 종구 형은 잊지 않고 내 호주머니에 용돈을 찔러 주었다.

4개월이 다 지나도록 사장은 가타부타 말이 없었다. 목마른 놈이 샘 판다고 나는 종구 형이 있는 자리에서 월급 이야기를 꺼냈다. 그런데 이 무슨 얼토당토 않는 소리란 말인가. 사장은 앞으로 한 달을 더 지켜본 뒤 결정하겠다며 꽁무니를 빼고 말았다. 무슨 말이라도 좋으니 한마디 해줄 줄 알았던 종구 형마저 오늘따라 끝내 입을 다문 채였다.

한 달을 더 기다렸지만 사장의 입에서 나온 건 기술 부족. 실망하지 않았다. 5개월, 이 정도의 시간이면 내 안테나에 사장에 대한 성향이 파악된 지 이미 오래였다.

사장과 종구 형이 동시에 현장으로 일을 나간 날이었다. 작심한대로 나는 물건 판 돈 1만 4천 원을 챙겨 가게를 빠져나왔다. 죄책감 같은 건 없었다. 어디서든 약속을 헌신짝처럼 팽개치는 사람과는 두 번 다시 상종하고 싶지 않았다.

¶
신길동 가방 공장

홍일시트카바를 박차고 나오긴 했지만 마땅히 갈 곳이 없었다. 무작정 버스에 오른 나는 종점에서 종점을 오갔다. 한 달에 두 차례씩 상마여객으로 일을 나갔을 때 느낀 거지만 종점은 왠지 모르게 아늑했다. 더는 갈 곳이 없어 한숨이 아니라 이제야 비로소 그리웠던 그곳을 찾아온 것 같은, 한적한 바다에 와 있는 기분이었다. 또 하나 종점이 좋은 건 잠이었다. 버스를 타고 종점에서 종점을 두 차례 오가다보니 그동안 서울에서 못 잤던 잠을 이제야 다 잔 것 같았다.

전봇대에 붙은 모집 광고를 보고 찾아가는 길이었다. 상호는 태일상사로 돼 있었지만 도착해 보니 일반 가정집이었다. 2층 건물 전체를 공장과 기숙사로 사용하는 태일상사는 공원이 열댓쯤 되었다.

주민등록등본을 가져와야 정식 직원이 될 수 있다는 공장장의 말에 그날 밤 나는 숙자에게 편지를 썼다. 나와 6촌 간인 숙자는 초등학교 동무로 나에게는 없어선 안 될 고향 소식통이었다. 숙자를 통해 어머니의 소식을 전해 듣고 있었던 것이다. 아, 세상에서 가장 보고 싶고 그리운 엄마. 하지만 고향에 가고 싶은 마음은 없었다. 지난 추석에도 나 홀로 연휴를 보냈지만 차라리 그게 더 속 편했다.

동남아를 통해 수입한 악어가죽과 뱀가죽으로 제품을 생산해 미국에 수출하는 신길동 가방 공장은 그 분위기가 가족과 같았다. 공장장을 제외하면 언니, 오빠, 형, 누나로 통했다. 막내라는 내 호칭은 미싱사 중에서 가장 고참인 인영이 누님이 지어 주었다.

일명 007가방과 여성용 핸드백을 생산하는 신길동 가방 공장은 네 파트로 나뉘어 일했다. 염색, 재봉, 조립, 포장 순이었다. 포장부에서 일하던 내가 미싱부 시다로 옮겨간 건 인영이 누나의 자취방을 다녀온 뒤였다. 입사 3주 만에 나를 초대한 누나는 가족관계와 상경한 배경 등을 마치 친누나처럼 꼬치꼬치 캐물었는데, 대답 말미에 나는 공부를 꼭 하고 말 거라는 다짐도 끼워 넣었다.

― 검정고시를 준비하려면 학원을 다녀야 할 텐데 어떡하니. 걱정이구나.

인영이 누나 다음으로 내게 관심을 가져준 사람은 병섭이 형이었다. 나보다 네 살 많은 형은 나이에 걸맞지 않게 조립부에서 1인자로 통했다. 접착제를 흡입시킨 뒤 날카로운 송곳 하나로 여성용 핸드백의 모서리를 마는 모습을 지켜보면서 나는 그만 넋을 잃고 말았다. 핸드백을 만드는 과정에서 '예술'이라는 단어를 부여한다면 단연 가공에서 조립으로 이어지는 과정이 아닐까 싶었다. 송곳과 손톱 끝에서 완성되는 모서리 마름은 한 편의 마술을 보는 것 같았다.

점심식사 후 휴게시간이었다. 공장장이 부르더니 오늘부터 너는 잔업에서 빠져도 된다고 했다. 나를 잔업에서 빼낸 건 인영이 누나와 병섭이 형의 합작품이었다. 그날 일을 마치고 나자 병섭이 형은 검정고시 학원에서 구했다며 교재를 내밀었고,

인영이 누나는 자신의 자취방을 내주었다. 그러니까 나는 일과를 마치는 오후 7시경 장소를 공장에서 인영이 누나 자취방으로 옮겨 공부했다.

그 첫날이었다. 책을 폈지만 눈에 들어오지 않았다. 볼을 타고 눈물이 먼저 흘러내렸다. 고향을 떠나올 때였다. 입이 닳도록 아버지는 기술을 강조했지만 그때마다 나는 코웃음치고 말았다. 어떻게든 내 힘으로 공부를 하고 싶었다. 바로 그 꿈이 이렇듯 환한 천사의 날개로 펼쳐질 줄이야……! 꿈만 같았다.

경기도 포천에서 나고 자란 인영이 누님의 가족은 생각보다 단출했다. 부모님과 대학생 여동생이 전부였다. 인영이 누나가 재봉틀과 인연을 맺은 건 지금으로부터 꼭 10년 전이라고 했다. 포천에서 중학교를 졸업한 누님은 곧장 서울로 향했는데 놀라운 사실은 태일상사 창립 멤버 중 하나였다.

얼마 전 신길동 시장 순댓집에서 술을 마실 때였다. 지나가는 말로 병섭이 형이 결혼에 대해 묻자 인영이 누나는 청주에서 교육대학을 다니는 동생을 마저 가르쳐야 한다며 말끝을 흐렸다. 어딘가 모르게 내 몸이 부자연스러워지기 시작한 건 그때부터였다. 버거운 누나에게 나까지 얹혀 있다고 생각하니 마음이 편치만은 않았다.

인영이 누나가 자취방으로 돌아온 시각은 보통 밤 10시경이었다. A급 미싱사인 누나의 얼굴빛이 수시로 변했다. 활기차

보였던 점심때와 비교하면 누나의 퇴근 모습은 흰 백지를 보는 것 같았다. 하루 14시간 노동, 생각만으로도 끔찍했다.

인영이 누나 자취방에서 3시간을 공부한 나는 기숙사로 돌아와 2시간을 더했다. 하루 5시간이 내 목표였다. 10시 30분경 기숙사에 도착하면 대부분 잠들었거나 텔레비전을 시청하고 있는데, 나만의 공부방은 기숙사와 정반대 방향인 포장부였다. 스탠드를 켠 뒤 실내 전등을 끄면 세 평 남짓한 포장부는 이내 적막 속으로 빠져들었다.

오는 8월 시험에 응시를 할까 말까 아직 그 결정을 내리지 못한 상태였다. 공장에 화재가 발생한 건 오후 3시경이었다. 공장 입구 원단실이라는 말에 기숙사 방으로 뛰어 들어간 나는 겨울 점퍼를 꺼내 1층으로 내려갔다. 아니나 다를까. 원단을 넣어둔 지하 창고에서 시커먼 연기가 치솟는데도 다들 입구에서 발만 동동 구르고 있었다. 강한 유독성 때문이었다. 점퍼를 머리에 뒤집어쓴 나는 럭비 선수처럼 창고 안으로 뛰어들었다. 악어가죽과 뱀가죽을 담은 포대는 생각보다 무거웠다. 나는 그 포대들을 지하 밖으로 정신없이 내던졌다.

눈을 뜨니 병실이었다. 가장 먼저 인영이 누나의 눈물이 보였다. 그 옆에 사장과 공장장의 모습도 보였다. 공장장 말에 따르면 내가 정신을 잃은 건 소방차가 막 도착한 직후였으며, 그 사이 창고에 보관 중인 원단도 절반 이상 건졌다고 했다.

링거 한 병을 다 맞고 병원에서 돌아오자 공장은 잔치 분위기였다. 졸지에 오늘의 히어로가 된 나는 몸둘 바를 몰랐다. 엇갈린 희비 때문이기도 했다. 사장 부인은 내가 공장을 살렸다^창고에 보관된 원단 값만 무려 2000만 원며 껑충껑충 기뻐하는 반면 인영이 누나는 시종 내 몸을 먼저 걱정했다. 그런가 하면 동료들로부터 제일 많은 질문을 받은 것은 겨울 점퍼였다. 별 망설임 없이 나는 일전에 본 영화 〈타워링〉을 예로 들었다. 그 무렵 나는 스티브 맥퀸이라는 배우에게 푹 빠져 우신극장을 즐겨 찾았는데, 화재를 다룬 〈타워링〉에서 그와 같은 장면을 목격한 것이다.

나에게도 '마음의 빚'이 존재한다는 사실을 깨달은 건 신길동 가방 공장에서였다. 어쨌거나 나를 잔업에서 빼준 공장 식구 모두에게 큰 빚을 지고 있었다. 그 빚을 이번 화재를 통해 얼마간 갚았다고 생각하자 나로서는 공부에 더 박차를 가할 수 있었다. 당연히 그 결과도 나쁘진 않았다. 요컨대 나는 6월까지만 하더라도 갈팡질팡했었다. 책만 붙든 채 공부를 하려니 일정 수준에 대한 판단이 서질 않았다. 뭐랄까, 8월 시험에 응시해야 하는지, 말아야 하는지를 두고 내 수준에 대한 믿음이 아직 부족했다고 할까. 하지만 도전은 얻어맞는 가운데 그 빛을 보여 주었다. 8과목에서 수학만 낙제했을 뿐 그 외 과목은 나를 배신하지 않았다.

나는 이렇게 공부했다. 먼저 나는 얼굴 읽히기 방법 중 하나로 전 과목을 네 차례 이상 소설 읽듯 읽었다. 그런 다음 읽기에서 느낌이 오는 대로 한 과목 한 과목씩, 좋아하는 음식을 섭취할 때처럼 야금야금 해치웠다. 그렇지만 수학은 죽어도 밥상에 올리고 싶지 않은, 저 반찬을 제발 좀 누군가 치워 주길 바랐다.

공부를 시작한 지 11개월 만에 그 첫 번째 목표를 달성한 나는 잠시 꿈을 꾸었다. 교복을 다시 입어 보고 싶었다. 아무리 생각해 봐도 지금이 아니면 어려울 것 같았다. 하지만 그 꿈은 사흘을 채 넘기지 못했다. 모아놓은 돈도 없거니와 무슨 수로 3년을 버틸 텐가.

알음알음, 이 단어처럼 따뜻하고 정겹고 확실한 구직이 또 있을까. 신문 보급소를 소개해 준 사람은 나보다 한 살 많은 찬영이 형이었다.

─너처럼 공부를 하고 싶은 사람은 공장보다 보급소가 더 잘 맞을 거다. 잘만 하면 학원도 다닐 수 있고.

그러면서 찬영이 형은 언제든 가고 싶으면 말하라고 했다. 친구한테 전화 한 통만 때리면 당장 들어가 일할 수 있다며.

신길동 가방 공장을 떠나기로 마음의 결정을 내린 날, 입사 때처럼 발길이 가볍지만은 않았다. 그동안 병섭이 형은 공장 동료인 미옥이 누나와 눈이 맞아 몰래 사랑을 키워왔는데, 그걸 어떻게 알았는지 공장장은 미옥이 누나만 내쫓고 말았다. 공장 내에서의 커플 연애를 절대 허용할 수 없다는 것이 그 이유였다. 그 같은 일을 처음 겪는 나로서는 충격과 동시에 분노가 치밀었다. 무엇보다 병섭이 형의 행동이 마음에 들지 않았다. 다른 것도 아니고 일생일대의 사랑 때문에, 그것도 자신이 사랑한 여자가 공장에서 버젓이 내쫓김을 당하고 있는데도 어떻게 지켜만 본단 말인가. 울면서 떠난 미옥이 누나 때문인지 통 공부가 되지 않았다. 교육과 술에서 아버지가 내 첫 번째 반면교사였다면 병섭이 형은 그처럼 사랑의 반면교사였다.

　그 무렵 인영이 누나의 근황도 썩 좋은 편은 아니었다. 작업 도중 기침이 심해 병원을 다녀온 누나의 얼굴 빛은 창백하다 못해 곧 쓰러질 지경이었다. 초기에 발견되어 마음이 놓이긴 했지만 누나의 결핵은 쉬이 나을 것 같지 않았다. 누나도 그걸 예감하고 있는지 너 떠나면 나도 포천 집으로 돌아갈 거라며, 마지막으로 한번 너를 안아보고 싶다고 했다. 따뜻했지만 슬픔이 묻어나는, 아무래도 그날 포옹은 내 가슴속에 오래 남을 것 같았다. 추수 끝난 들녘에서 한 단 짚을 안은 느낌이었다.

¶

용산 한강 보급소

　공장에 비해 월급은 형편없지만 신문 배달은 시간을 쪼개 쓰기에 딱 좋았다. 일과 중에서 뼈대에 해당하는 배달이 남들 다 잠든 새벽에 이뤄지는 터라 하루로 이틀을 사는 것 같았다. 그렇지만 하루 세 끼 밥은 가축과 하등 다를 게 없었다. 한강 보급소의 주식은 납작보리가 칠 할인 정부미 밥과 거지 국이 전부였다.

4인 1조로 편성된 배달원들이 리어카를 끌고 나가 인근 용산시장을 찾는 요일은 매주 월요일과 목요일이었다. 3조에 편성된 나도 용산 4지구 인수를 다 마친 날 그들을 따라나섰는데 시장에 도착한 나는 반쯤 고개를 숙인 채였다. 전에 놓인 배추를 사오는 것도 쪽팔리는 마당에 3조는 시장 바닥에 떨어진 배추 잎을 줍기 시작했다. 조장의 욕설에 못 이겨 배추 잎을 줍고 있지만 속이 거북스러운 것도 사실이었다. 이건 배추 잎이 아니라 불결한 쓰레기에 가까웠다. 이미 배추 잎 위로 누군가 지나간 발자국 흔적이 선명했던 것이다. 리어카에 담기는 절반은 그렇듯 그렇고 그런 잎들이었다.

시장 바닥에서 주워온 배추 잎을 수돗물에 씻어 삶는 일은 많은 시간을 요했다. 두 개뿐인 석유곤로도 그렇지만 더 화가 나는 건 양은 찜통이었다. 시장에서 가장 큰 찜통을 사왔다는데도 배추 잎을 넣고 나면 한숨이 먼저 나왔다. 리어카 한 대 분량의 배추 잎을 삶으려면 적어도 반나절은 족히 걸렸다.

다 삶은 배추 잎은 찬물에 헹궈져 높이가 내 가슴팍에 이르는 고무다라 안으로 옮겨졌다. 앞으로 일주일 동안 단 하루도 빠짐없이, 우리들의 두 번째 주식인 거지국으로 밥상에 오를 것이었다. 이처럼 한강 보급소는 식사 때면 젓가락을 사용하는 배달원을 거의 찾아볼 수 없다. 정부미 밥에 굵은소금으로 간을 한 거지국 한 그릇이면 한 끼 식사는 뚝딱이었다. 간혹 마가린과 간장, 날계란을 깨서 밥을 비벼 먹는 치도 있지만 그마저도 월급 탄 지 일주일 가량 지나면 슬그머니 자취를 감췄다.

그에 반해 소장은 승용차를 타고 다녔다. 3개의 보급소를 운영하는 그는 하루 한 차례 시찰하듯 보급소를 다녀갔는데, 그의 첫 이미지는 보급소와 전혀 어울리지 않는, 언젠가 영화에서 본 조폭 세계의 중간 보스를 연상케 했다. 잘라 말하면 그는 건널목 저편에 있는 사람이었다.

소장 다음으로 시선을 끈 사람은 머리가 희끗한 최 노인이었다. 예순을 넘긴 나이 탓인지 그는 보급소에서 찬밥 신세를 면치 못했다. 들리는 소문에 의하면 모 고등학교 수학 교사로 재직 중에 그만 제자를 잘못 건드려 학교에서 파면당한, 아내와 자식들에게마저 버림받은 인물이었다.

공장과 달리 신문 보급소는 검정고시, 대학입시 등 시험과 관련한 사전 자료들이 넘쳐날 정도였다. 소장이 승용차를 굴리든 말든 배달원들은 보급소를 임시 거처로 삼아 자신의 탈출구를 마련 중이었다. 그 중 한 사람인 나도 한 달여쯤 지나 행동

개시에 나섰는데 먼저 나는 최 노인을 주목했다.

떠도는 소문에 비해 최 노인은 상당히 지적인 인물이었다. 자신의 전공 과목인 수학은 물론이고 정치, 사회, 역사, 경제에 이르기까지 두루 막힘이 없었다. 최 노인으로부터 하루 2시간씩 개인 과외를 지도받고 있는 나는 일주일 만에 자세를 고쳐 앉았다. 누군가 밥상에서 치워 주길 바랐던 수학이 이리도 감칠맛 날 줄이야! 그는 말했다. 수학을 잘하려면 먼저 독서가 탄탄해야 한다고. 수학에서 수數는 물건의 개수를 헤아리는 수와 물건의 양이나 그 면적을 잴 때 사용하는 비교 수로 이뤄져 있는데, 고로 수학은 독서력에서 오는 이해력의 과목이라고 했다.

스승을 제대로 만난 결과였을까. 비로소 나는 지긋지긋한 수학에서 해방될 수 있었다. 물론 배달원들의 시선이 곱지 않다는 것쯤은 익히 눈치 채고 있었다. 그렇다고 누군가 안면몰수하듯 시비를 거는 사람은 없었다. 4개월째 다니던 합기도 도장이 보이지 않게 한몫 거들어준 게 사실이었다. 얼마 전부터 나는 보급소 건물 옥상 바닥에 때 지난 신문을 깔고 막기, 치기, 꺾기, 던지기 동작에 이어 낙법을 연습 중이었는데, 그걸 지켜본 눈들이 결코 적지 않았다. 그도 그럴 것이 다른 배달원들은 몸을 만들겠다며 하나같이 권투와 태권도 도장을 다니고 있었다. 하지만 난 스포츠보다는 무술, 합기도를 선택한 건 그런 이유에서였다. 우선 합기도는 보는 이들로 하여금 사전에 접근을 예방할 수 있는, 맨손 검술의 파괴력을 갖고 있었다.

한강 보급소의 또 다른 특색은 '양키'로 통하는 미군들과의 만남이었다.

주한 미군 부대를 낀 한강 보급소는 전체 구독자 중에서 영자신문 구독자가 30퍼센트에 이르렀다. 그만큼 한강 보급소는 주요 구독자가 미군과 그 식솔들이라 해도 결코 과장된 수치는 아니었다. 보급소가 한바탕 술렁이기 시작한 건 성탄절을 며칠 앞두고였다. 부활절과 성탄절이 다가오면 미군들은 신문 배달원에게 감사의 봉투를 내밀곤 했는데 문제는 그 액수가 만만치 않다는 점이다. 특히 미군 장교들 사택인 철우아파트와 그린 빌라의 경우는 그 구역을 맡기 위한 배달원들의 경쟁이 치열했다. 한 해 두 차례 기프트gift로 받는 돈이 열두 달을 합친 배달원 월급과 맞먹었던 것이다.

여기에 따른 배달원들 간의 설전도 만만치 않았다. 오늘도 상국이는 미군들이 그렇게 호의적인 데는 한국에서 누릴 것 다 누리며 살기 때문이라는 입장을 폈고, 반면 재환이는 그것이 바로 한국인들이 따라 배워야 할 미국인들의 매너라며 목청을 높였다. 그러나 양측의 맞고소 설전도 덕수가 내민 백마백인 여성에 이르러 그만 흐지부지되고 말았다. 한강 보급소에서 도색잡지를 제일 많이 소장하고 있는 덕수는 이렇듯 하품 나는 설전이 벌어질 때마다, 마치 증거물을 제시하듯 발가벗은 백마들을 그 예로 들며 땅! 마침표를 찍곤 하였는데, 그의 마침표는 늘 한결같았다.

―매너는 무슨. 세계 곳곳에 총으로 섹스로 오염만 시키고 다니잖아.

굳이 입장을 밝혀야 한다면 나는 덕수 쪽이었다. 태어나 처음 접한 나체 사진임에도 불구하고 백마들은 호기심은 커녕 천박스러웠다. 발가벗은 몸으로 교태를 부리는 저 손짓과 눈짓에 퉤, 침을 뱉어 주고 싶었다. 이를테면 신길동 가방 공장에서 일할 때 생겨난 씨앗들이었다. 하루 14시간 노동에도 공원들은 거짓이 없었다. 남의 것을 탐하려는 욕심 또한 찾아볼 수 없었다. 그에 비하면 주한미군은 ―흑백을 떠나― 그 첫인상이 굉장히 위압적이었다. 얼굴에서는 할로우, 스마일이 철철 넘쳐 흐르지만 밤거리를 나가 보면 용산 일대는 말 그대로 무법천지였다. 얼굴 좀 반반한 여성만 나타나면 미군들의 손과 팔이 가만있질 못했다.

최 노인으로부터 찰리 채플린에 이어 정약용에 대한 이야기를 들었을 때다. 그동안 들은 편견들을 삭제한다면 최 노인은 퍽 자상한 편이었다. 순대와 파전 등 먹거리는 물론이고 헌책방을 들러오는 길이라며 간간이 책을 선물하기도 했다. 그중에서 가장 인상 깊은 책은 스타인벡의 《분노의 포도》였다. 미국이 가보지 못한 나로서는 미국 태생의 작가가 쓴 소설을 통해 미국을 다시 보는, 지금 내가 보고 있는 한국의 미군과 스타인벡이 말하는 미국은 전혀 다른 얼굴을 하고 있었다. 더욱 놀라웠던 점은 최 노인의 다음 한마디였다.

—이 소설은 거짓부렁이가 아니니 믿어도 되네.

미국에서 금서가 된 건 그 때문이었을까? 미국 소작농들의 가난과 분노를 담은 《분노의 포도》는 그래서 오랫동안 내 안에 남아 있었다. 66번 도로와 함께였다. 66번 도로는 주요 이주 도로였고, 도망치는 사람들의 길이었으며, 그리고 어머니의 길이었다.

한 과목 남은 수학 시험은 누워서 떡먹기였다. 점수도 92점으로, 8과목 중에서 제일 높은 점수를 차지했다. 이렇듯 나는 최 노인을 만나 가장 큰 선물을 하나 받은 게 있다면 바로 공부에 대한 자신감이었다.

한강 보급소를 떠난 건 밥 때문이었다. 거지국에 질린 나머지 나는 1979년 가을 신설동 보급소로 자리를 옮겼다. 종로에 있는 단과 학원에 등록을 마친 건 다음 날 오후였다. 고등학교 과정 검정고시에서 실패한 두 과목영어, 국사이 아직 남아 있긴 하지만 희망하고 있던 육군사관학교에 응시하려면 뭔가 새로운 변화가 필요했다.

¶

영혼

　누군가, 내 어깨를 흔들었다. 잠에서 깬 나는 습관처럼 손목
시계를 보았다. 밤 11시 26분. 통금 시간이 임박해 있었다. 그
러나 나를 흔들어 깨운 수녀님의 표정은 4월의 아침 햇살을 보
는 것 같았다. 로사리아 수녀님과의 만남은 그렇듯 제기동이
종점인 53번 막차에서 이뤄졌다. 보아 하니 내릴 곳을 잊은 채
잠들어 있는 학생이 염려되어 종점까지 따라왔노라고 했다.

　제기동에서 신설동 보급소까지를 걸으며 둘만의 특별한 이
야기라도 나눴던 걸까. 나로서는 전혀 기억이 없는데 다음 날
오후 보급소로 한 통의 전화가 걸려왔다. 목소리를 듣는 순간
그 너머로, 간밤에 본 얼굴이 찰나처럼 떠올랐다. 그중에서도
가장 선명히 떠오른 곳은 수녀님의 이마였다. 세상의 모든 빛
이 그 이마에 모여 있는 것 같았다.

　필시 그것은 색다른 변화였다. 언제고 목표만 달성하면 떠나
자 마음먹었던 서울이 한 꺼풀 달라보였다. 성당을 나간 뒤로
는 세례 공부도 게을리 할 수 없었다. 깊은 우물 속에 빠졌음이
분명하나 그렇다고 애써 허우적대고 싶지 않은, 내 힘으로는
이제 어쩔 수 없는, 수녀님을 보고 있으면 신이 존재함을 받아
들일 수 있을 것 같았다. 저 형상이 내가 모실 신이고, 내 유일

한 구원자였다.

　수녀님과 편지를 주고받은 건 만난 지 달포가량 지나서였다. 먼저 편지를 보낸 사람은 로사리아 수녀님이었다. 프리지어를 좋아한다는 수녀님답게 일곱 장의 편지 또한 온통 노란색 일색이었다. 그 중 4장은 성서 말씀으로, 나머지 세 장은 일상으로 채워졌다.

　공부보다 훨씬 더 어려운, 그러나 답장을 쓰지 않으면 좌불안석이 따로 없는, 이처럼 편지 쓰기는 기쁨과 고통이 동시에 교차했다. 특히 수녀님의 만년필 필체는 어느 한 줄 어느 한 자 흐트러짐이 없었다. 나는 그 마음을 닮고 싶었다.

　꼭 읽어 보라고 권한 《순애보》를 다 읽은 나는 그 독후의 감을 편지로 대신했다. 그로부터 나흘 뒤 답장을 받은 나는 가슴이 먹먹해졌다. 우리가 알고 있는 죄인은 죄를 저지른 자가 아니라 영혼 속에 그늘을 만든 자라고? 덧붙여 수녀님은 첫 만남에서 너의 영혼을 보았노라고 했다.

　수녀님의 두 번째 권장도서인 《레 미제라블》를 구하기 위해 청계천 헌책방으로 달려갔다. 나는 무릎을 쳤다. 그랬구나, 누구에게나 영혼은 존재하는 거였구나! 말하자면 나는 누구에게나 주어지는 이 영혼이 별개의 것인 줄 알았다. 나처럼 가난하고 거친 세계를 살아가는 사람들에게는 그냥 몸뚱이만 존재하는. 아 그런데, 그게 아니었다. '영혼'이라는 두 글자는 열아홉 살 내 가슴에 커다란 파문을 일으켰다. 이 영혼만 품고 살아도 세상은 얼마든지 따뜻할 것 같았다.

공부를 시작한 지도 어느덧 3년째, 중·고등 과정 검정고시를 다 마친 나는 육군사관학교 응시에 도전장을 던졌다. 그런 어느 날이었다. 등기우편으로 날아든 편지의 첫 구절이 영 심상치 않았다. 이 편지가 아오스딩에게 보내는 마지막 편지가 될지도 모른다는, 순간 나는 가슴이 철렁 내려앉았다. 며칠 후 서독으로 떠나게 됐다는 수녀님은 편지 말미에 이런 당부의 말을 적어두었다.

─그동안 아오스딩과 편지를 주고받으면서 느낀 거예요. 내가 본 아오스딩은 사관생보다 시인이 더 잘 맞을 것 같았어요. 그러니까 자신의 진로에 대해 한 번 더 깊이 생각해 봤으면 해요.

고민도, 갈등도 없었다. 학원을 그만둔 나는 그 길을 따르기로 마음먹었다. 누군가를 이토록 마음 깊이 사모해본 적이 있었던가. 나는 그것만으로도 족했다.

서순희

1959년 충남 보령에서 태어나 대구에서 자랐습니다. 초 · 중 · 고등
학교를 대구에서 졸업했고, 결혼 후 단국대학교 사회교육원 문예창
작학과를 수료했습니다. 지역에서 문학회를 창립하면서 명천 이문구
선생을 만나 10년간 소설 습작을 했습니다. 1997년 문예지 〈정신과
표현〉에 단편 소설 〈늪속의 사내〉를 발표하면서 작품 활동을 시작했
습니다. 2005년 한국문화예술진흥원 창작 기금을 받았으며 단편
소설집으로는 《대천동 영번지》, 《낯선 길목에서》를 펴냈고, 장편소
설 《순비기꽃 언덕에서》를 출간했습니다. 부모님 말씀에 의하면 세
살 때 소아마비를 앓아 사 년 동안 사경을 헤맸다고 합니다. 이 병
원 저 병원 다니는 동안 침을 잘못 맞아 오른쪽 다리가 불편합니다.
성장하는 동안 내내 그 상처가 글을 쓰게 했습니다. 지금은 영화와
음악을 좋아하고, 잘못되어지는 일들에 분노하면서 살고 있습니다.

나의 가족들

¶
성냥 공장

　나는 바다가 있는 산골 마을에서 태어났다. 어머니 말에 의
하면 돌 지나 뛰어 다녔는데 세 살 되던 해 앓기 시작해서 일곱
살까지 거의 누워서 지냈다고 한다. 병원에서는 소아마비라고
했고 여기저기 돌아다니면서 치료를 했지만, 결국 다리를 못쓰
게 되었다. 학교는 이십 리 밖에 있어서 아홉 살이 넘도록 입학
하지 못했다. 삼촌의 등에 업혀 아버지가 계신 대구로 가는 열
차에 몸을 실었을 때는 열 살을 몇 개월 앞 둔 겨울이었다.
　1960년대 대구는, 경제개발 5개년 계획으로 길을 넓히느라
포크레인과 굴삭기의 발톱에 파헤쳐져 쓰나미가 지나간 듯 뒤
숭숭했다. 대구역 주변엔 시골에서 못 본, 최신 유행하는 화려

한 옷이 걸린 양장점과 양복점, 장난감, 인형, 사탕이 든 유리
병, 앙꼬가 든 도너츠, 색색의 쥬스, 능금 바구니가 산처럼 쌓
여 있는 큰 상점들이 즐비했다.

보령시 오천면 오포리 수청구지는 서씨 집성촌이었다. 종갓
집 종손이었던 아버지는, 내가 태어나던 해 미리 대구로 떠나
친척이 하던 성냥공장을 인수해 가동 중이었다. 아버지는 주변
사람들에게 능력 있고 수완 좋은 사람이라는 평을 받았다. 하
지만 어린 나는, 보령에서는 벼를 곳간에 쏟아 부어놓고 필요
할 때마다 적당량을 꺼내 방앗간에서 찧어먹거나 내다 팔고 고
추 마늘 참깨 등 양념이 흔전만전한 것에 비해서, 파 한 뿌리까
지 사다 먹어야 하는 도시의 생활이 이해되지 않았다.

성냥 공장 대지는 꽤 넓었지만, 우리가 살 집은 서둘러서 지
은 표가 났다. 공장 마당 후미진 쪽에 콘크리트로 어설프게 지
은 단층집이었는데 큰 방이 두 개 있고, 간이 옷 방과 마루와
부엌이 넓은 집이었다. 시멘트로 맥질한 부뚜막은 채 굳지 않
아 모래가 서걱거렸다. 공장 마당은 미처 고르지 못해 굴삭기
가 파 놓은, 자갈과 흙덩이로 울퉁불퉁했지만, 담 대신 어린
버드나무가 받침대에 묶여 드문드문 심어져 있었다. 기숙사 뒤
란의 화장실은 퇴락해서 똥이 부글부글 넘쳤고 여공들의 생리
로 낭자해 더러웠다.

공장은, 창고 비슷한 목조 건물로 불에 그을린 듯 거무스름

했다. 칸마다 검은 기름때가 눌어붙은 갖가지 기계 앞에서 직공들이 웃옷을 벗고 드럼통에 든 양초를 녹였다. 매캐한 연기와 유황 냄새가 코를 찔렀다. 유황에 인, 파라핀에 색소를 섞은 액을 만드는 기술자들의 표정은 아주 진지했다. 분량을 정확하게 배합해야 성냥개비가 습기에 강하고 불도 잘 붙기 때문이었다. 여공들도 아주 많았는데 두꺼운 종이로 만든 정육면체의 겉 성냥갑 측면의 까끌까끌한 종이에 솔로 밤색 약칠을 하거나 성냥갑 뚜껑에 상표를 붙이거나 마른 성냥개비를 성냥갑에 넣는 일을 했다.

여공들은 대부분 능률제였고 하루 열 네 시간씩 꼬박 일을 했고 쉬는 날은 한 달에 단 하루 뿐이었다. 열악한 환경에서 땀과 눈물과 노동의 고통을 겪어 빼빼마르고 핼쑥했다. 오늘날 한국 경제를 이룬 일군들이었음을 세월이 흘러 깨달았다.

여공들은 주변에 있는 철공소나 벽돌공장 건축공사장에서 용접을 하거나 철근을 박는 청년들에게 인기였다. 그녀들의 시선을 끌려고 치마 밑에다 몰래 성냥을 감추고 나오다 불이 나서 엉덩이를 데었네.' 라는 외설스런 내용을 멜로디에 붙여 청년들이 지분거리기도 했다.

국민학교에 입학하다

이사한 후 적응하기도 전에 입학할 날짜가 코앞에 다가왔다. 엄마와 목발을 맞추기 위해 반월당에 갔다. 장애인 보장구를 파는 그곳엔 의족과 의수를 진열해 놓고 있었는데, 시체의 토막처럼 느껴져 무서웠다. 직원이 목발을 꺼내 내 키에 맞추었다. 뚝딱뚝딱 톱으로 자르고 나사를 조인 목발을 양쪽 겨드랑이 밑에 대 주면서 걸음마 시키듯 걷는 방법을 알려 주었다. 나는, 걸음 연습 삼아 혼자 삐그덕삐그덕 느리게나마 한길까지 나가 보곤 했다. 그때만 해도 대구 대명동은 변두리에 속했다. 공장 정문을 조금 비켜 뒷길로 올라가면 집 한 칸 없이 거적때기 속에서 사는 사람들이 많았다. 지붕에 기름종이를 얹고 가마니를 천막처럼 치고 온가족이 오물오물 모여 사는 집도 있었다.

"엄마, 대구는 거지가 많아. 집두 아니구 더러운 가마니를 천막처럼 치구 살어."

"대구는, 과거 한국 전쟁 때 전국에서 몰려온 피난민들이 많은 곳이라 더 그렇단다. 끼니나 때우려나 모르겠구나."

천성이 부드럽고 인정 많은 엄마가 그냥 지나칠 리 없었다.

"남의 농사치 붙여 먹고 살던 동네에 무슨 군사 기지가 들어오면서 오갈 데 없어 천막에서 거처한다더구나. 국수에 물만

상처 위에 피는 꽃

넣고 끓여 먹구 있었어. 어린 애들도 있던데 가엾기도 하지.”

엄마가 간장, 된장, 김치랑 갖다 줬다는 것도 알았고, 나중엔 천막집 아저씨가 아버지 공장에서 일하게 된 것도 알았다. 엄마는, 공장 직공들에게 밥을 해 주느라 늘 우중충한 블라우스와 잿빛 치마에 앞치마를 띠고 직공들의 밥상 앞을 왔다갔다 하며 음식을 챙겼다. 보령에서 할머니가 아끼던 맏며느리에, 고모들이 따르던 부엌 살림만하는 모습이 아니었지만, 엄마는 그런대로 편안해 보였다.

두 살 터울인 동생에게도 입학 통지서가 왔다. 동생은 여덟 살이지만 나보다 덩치도 크고 키가 더 컸다. 둘이서 엄마 손에 이끌려 명덕국민학교로 갔다. 교장 선생은 안경 너머로 난장이처럼 작은 몸집에 양쪽 목발 짚은 나를 투시하듯이 관찰했다. 불편한 다리 때문에 제대로 성장하지 못한 나는, 열 살이 됐어도 여섯 살 쯤에서 성장을 멈춘 듯 아주 작았다. 발육이 덜되어 짧고 문어다리처럼 흐물거리는 아랫도리를 보고 난처한 표정을 지었다.

“조금만 더 기다렸다가 장애인만 교육시키는 특수학교가 곧 생긴다고 하니 그곳에 입학하는 게 좋을 것 같은데…… 다른 애들이랑 똑같이 학습을 따라 가기도 힘들 거구.”

나는, 지능이 낮은 아이로 취급을 받는 것이 비참했다.

“선생님, 우리 애는 다리는 못 쓰지만 글씨두 잘 쓰구, 그림

두 잘 그려요. 학습을 따라 가지 못할 만큼 지능이 낮은 것도 아니구요. 아파서 입학할 기회를 놓쳤어요. 동생과 같이 다닐 수 있게 선처해 주세요."

교장 선생이 거절할 듯 보이자 엄마가 눈물을 보였다. 얼마간 생각해 보던 교장 선생이 허락해 주었다.

동생과 나란히 입학했다. 학교에 함께 다니면서 가방을 들어주고 일일이 챙겨야 하는 것이 귀찮을 텐데도 동생은 내 앞에서 한 번도 드러내 놓고 내색하진 않았다. 나는, 동생의 행동을 일일이 간섭하고 잔심부름을 시키고 종처럼 부리는 못된 언니였다.

학교는, 성한 사람 걸음걸이로 집에서 삼십 분 정도 걸리는 곳에 위치해 있었다. 바가지를 엎어 놓은 모양의 머리에 짜리몽땅한 키와 양쪽 목발을 짚어 삐그덕거리며 걷는 내 모습은 내가 보아도 꼴보기 싫었다. 건강한 다리로 폴짝폴짝 뛰어다니는 예쁜 아이들 틈에서 저절로 주눅이 들었다. 쉬는 시간엔 아무도 놀아 주지 않아 미운 오리 새끼처럼 혼자 우두커니 교실에 앉아 있거나 체육 시간에도 혼자 빈 교실을 지켜야했다.

대구의 겨울은 유난히 춥고 을씨년스러웠다. 매서운 바람에 온 몸이 얼어붙던 어느 해 겨울이었다. 수업을 마치고 동생을 기다리는 동안 의자 옆에 세워둔 목발을 휘두르며 남자 아이들이 서로 칼싸움을 했다. 소변이 급한데 목발이 없어 결국 오줌을 싸고 말았다. 금세 교실 바닥이 흥건하고 바지는 지린내가 진동했다. 수업을 마친 동생이 교실에 불쑥 들어왔다.

"왜 그렇게 늦게 왔어?"

나는, 아이들에게 받은 소외감과 외로움을 분풀이 하듯 동생에게 화를 냈다. 동생은, 말없이 교실 바닥을 마대로 닦고 나서 내 가방을 챙겨 들었다. 동생의 부축을 받고 교실을 나오자 아이들의 시선이 일제히 우리에게 꽂혔다.

"아휴, 냄새."

"쟤가 오줌 쌌다."

모두 코를 싸쥐고 얼굴을 찡그렸다.

날을 세운 칼바람이 볼을 세차게 할퀴었다. 오줌에 젖은 엉덩이가 시리고 아랫도리가 뻣뻣하게 굳어 갔다. 목발 짚은 손이 시리고 감각 없는 다리가 헛놀려졌다. 그 걸음걸이로는 하루 종일 걸려도 집에 도착하기 힘들 터였다. 보조를 맞추어 천천히 걷던 동생은 나를 등에 업었다. 얼마쯤 업혀 가다 보면 힘들어서 동생의 팔에 힘이 빠지는 게 느껴졌다. 동생의 엉덩이에 매달려 납덩이처럼 축 처졌다.

"쟤들 성냥 공장 딸이데이. 동생이 언니를 업구 다닌다 아이가."

"절룩발이 언니가 동생보다 더 작네? 웃긴다."

뒤따라오던 아이들이 나를 가리키며 킬킬거렸다. 나는 업힌 채 되도록 사나운 눈빛과 딱딱한 얼굴로 아이들을 노려보곤 했다. 미안해서 간간히 훔쳐본 동생의 얼굴이 몹시 어두웠다. 나 때문에 기가 죽은 모습이 더욱 아프게 가슴을 찔렀다. 하필이면 다리병신이어서 동생을 괴롭힐까, 괴로웠다. 지쳐서 헉헉거리는 동생의 등에서 내려 다시 목발에 의지해 질질 끄는 내 다리는 그저 덜렁거릴 뿐이었다. 마중하기 위해 저만치서 걸어오는 엄마가 우리를 보고 한 걸음에 뛰어왔다. 얼른, 나를 업고 추위에 꽁꽁 언 동생을 치마폭에 감쌌다.

"에구 이 추운 날 오줌까지 쌌으니 얼마나 춥니. 감기 들겠다. 쯧쯧. 어서 가자."

집으로 가는 동안 동생은 비로소 솟구친 분노를 나타냈다.

"나, 창피해서 언니랑 같이 학교 안 다녀!"

동생이 잔뜩 부르튼 얼굴로 내쏘았다.

"엄마는, 왜 이런 나를 낳았어?"

내가 생떼를 쓰면서 울었다. 엄마는 땅이 꺼져라 한숨만 쉬었다. 참을성 많고 여린 엄마는 늘 우리들의 화풀이 대상이었다.

점점 공장이 호황이면서 엄마가 학교에 자주 찾아 왔다. 쓰레받기며 빗자루, 먼지털이, 등사할 시험 문제 용지 등 필요한 물품을 사 주기도 하고, 교실에 새 커텐을 달아 주고 화분을 사다 주기도 했다. 반 친구들을 집으로 초대해 특별한 음식을 해 주기도 했다. 나도 미제 연필이나 책받침 공책 등 색다른 물건 이 생기면 아이들에게 나누어 주기도 했다. 열등감의 발로로 물량 공세를 한 것이다. 아이들은 그 뒤로 나를 함부로 대하지 않았다.

학년이 올라가고 목발 짚는 것이 익숙해지면서 내 생활이 조 금씩 달라졌다. 비록 느리게 걷지만 어디든지 마음만 먹으면 혼자 다닐 수 있었다. 계단이 많은 상점에도 문방구에도 영화 관에도 갈 수 있었다. 버스도 익숙하게 올라타고 내렸다.

¶

미도 극장

무슨 신문사 주최로 달성공원에서 미술 실기대회가 있었다. 나는, 학교 대표로 나가 특선을 했다. 집으로 돌아오는 길에 얼굴이 삶은 계란 같이 하얗고 코가 오뚝한 여자 아이가 나에 게 싱긋 웃었다. 날씬한 다리와 나보다 머리 두 개가 더 있는 키를 보면 상급생 같기도 하고 중학생 같기도 했다.

"오늘 니가 특선한 애 맞재? 나는 대명국민학교에 다니는데 니는 명덕국민학교 사 학년이라카던데 맞나? 내가 이 가방 들어 줄게."

내가 무어라고 대꾸하기 전에 아이는 크레파스와 소지품이 든 내 가방을 빼앗듯이 들고 성큼성큼 앞서 갔다. 내가 뒤처지자 멈춰 서서 한번 획- 뒤돌아보았다. 예쁘장한 아이가 부드러운 얼굴로 살갑게 대해 가슴이 두근거렸다. 대구 아이들은 모두 닳고 닳아 약아빠진 아이들 뿐인 줄 알았는데 난생 처음 그런 예쁜 친구와 사귀게 되리라는 기대에 가슴이 설레었다. 아이와 집 앞 근처에서 헤어졌다.

아이는 어디에 살까? 취미가 무엇이며 좋아하는 색깔은 무슨 색일까? 보라색을 좋아하면 우울함, 자살. 노란색을 좋아하면 질투가 많고, 빨간색을 좋아하면 정열적이라고 책에 씌어 있던데, 그 아이도 아마 겉으로는 웃지만 나처럼 보라색을 좋아해서 늘 우울할지도 몰라, 하고 생각했다.

동생을 재촉해 아이를 만나려고 일부러 등굣길에 일찍 집을 나섰다. 아이와는 가끔 한길가에서 마주쳤지만 나 같은 것은 안중에 없는 듯했다. 눈앞에 나타났다가도 번번이 내가 미처 뭐라고 말을 꺼내기도 전에 쏜살같이 사라져 버리곤 했다.

공부도 하지 않고 아이의 얼굴만 떠올리던 어느 날이었다. 집에서 한 정거장 정도 걸어가면 미도극장이 있었는데 신성일과 남궁원 윤정희가 단골로 출현하는 영화가 날마다 상영되었다.

상처 위에 피는 꽃

그날따라 어린이날이어서 극장은 만원이었다. 표를 사기 위해 동생과 줄을 섰다. 뒤에 섰던 아이들이 자기네들 끼리 귀에 대고 속닥거리면서 킥킥거렸다. 얼굴이 하얗고 꽃잎 같이 야불야불한 입술을 가진 아이와 약아빠져 보이는 교복 차림의 여학생이었다.

그들이 눈 깜짝 할 사이에 새치기해 우리 앞자리에 섰다.

"차례를 지키세요."

나는, 왈칵 떠다 밀칠 듯이 독기가 설설 뿌려지는 사나운 눈길로 꼬나보았다. 여학생은 능멸하는 눈초리로 목발 짚은 나의 위아래를 훑어보았다. 옆에 섰던 아이도 가소롭다는 듯 눈을 가늘게 뜨고 입귀를 샐쭉 올렸다.

"병신 육갑허네, 차례는 무슨…… 절룩발이가 눈을 독사눈처럼 뜨고 치다보마 우짤끼고?"

여학생이 나를 한 대 때렸다.

"울 언니한테 왜 그래?"

동생이 눈을 치켜뜨며 가로막았다.

"요것 봐라, 이건 또 뭐꼬? 절뚝발이가 니 언니란 말이재? 킥킥."

"야, 여학생이면 여학생답게 놀아. 질서 지키라는 게 나쁜 말이야?"

나는, 할퀼듯이 딱딱거렸다. 여학생이 나를 냅다 밀었다. 아니, 그냥 가슴을 툭 쳤을 뿐인데 다리에 힘이 없어 바닥에 나동 그라졌다. 내가 씩씩거리며 목발을 집으려고 하자 여학생은 더 러운 물건을 치우듯이 목발을 발로 차버렸다. 목발은, 똥 치던 막대기처럼 저만치 내팽개쳐 있었다. 분해서 벌떡 일어나 머리 끄덩이를 잡고, 꼬집어 뜯고, 할퀴어 주고 싶었다. 하지만, 아무리 일어서려고 해도 가늘은 다리는 전혀 반응이 없었다. 동생이 겨드랑이 옆에 목발을 대주기도 했지만, 그 자리에서 버르적거릴 뿐 일어서지지 않았다. 발육이 덜 되어 떡가래처럼 가늘은 종아리와 애벌레처럼 꼬여 있는 발가락이 햇빛에 드러 났다. 누구에게도 보이기 싫어 감추고 다녔던 기형적인 다리는 무력하고 기이했다.

여학생과 아이는 징그러운 벌레를 피하듯이 극장 안으로 유유히 사라졌다. 그런데 그 옆에 서 있던 아이는, 어딘가에서 많이 본 듯한 얼굴이었다. 나는 섬칫 놀랐다. 치켜 올라간 눈꼬리와 찌그러뜨린 입귀가 여학생과 비슷해서 알아보지 못했지만 분명히 등굣길에서 아침마다 기다렸던 하얀 얼굴의 아이였다. 나는, 한순간에 일그러진 자존심 때문에 사람들이 쳐다보든 말든 악을 쓰며 울었다.

영화도 보지 않고 집 쪽으로 삐그덕삐그덕 걸었다. 동생이 풀이 죽은 채 내 뒤를 따라왔다. 집에 돌아와 문을 처닫고 저녁도 굶었다. 난, 태어나지 말았어야 옳아. 아아 난 차라리 죽는

게 나아. 아니, 콱 죽어 버리고 싶어. 난 이곳이 싫어, 싫어, 낙서장에 그렇게 썼다.

나는, 정말 대구가 싫었다. 내가 넘어지면 업어다 주던 동네 사람들 생각에 눈물을 지었다. 하지만 대구에서 떠올리는 보령은, 지구 끝에 있는 것처럼 아득히 멀게 느껴졌다.

중학교에 입학할 날짜가 다가왔다. 무시험이어서 투명한 육각형의 통 안에 학교가 적힌 색색의 구슬을 넣고 이쪽저쪽 몇 번 돌려서 떨어지는 학교에 3년 동안 다녀야 했다. 수창국민학교에 장애인들만 소집하는 날이어서 아버지를 따라 그곳에 갔다.

학교 강당엔 많은 장애인이 모여 있었다. 우리 학교 졸업생 가운데 장애인은 나까지 딱 두 명인데 거기에 다 모이고 보니 수십 명이 넘어 속으로 놀랐다. 휠체어에 앉은 아이, 나처럼 양쪽 목발을 짚은 아이, 부모님 등에 업혀 온 아이도 있었다.

나는, 잠시 멍해졌다. 그들은 모두 하나같이 밝은데 왜 내 얼굴은 어두울까? 아무래도 아버지와는 처음 하는 외출이라 서먹서먹한 탓이라고 생각하는 사이 인솔 교사가 내 이름을 두 번이나 부른 것 같았다.

"넌, 대답두 못하냐? 창피허게!"

아버지가 눈을 부라리며 내 팔을 툭 쳤다. 나 혼자만 들을 정도로 조용한 목소리였지만, 그 말투에 신경질이 묻어 있었다.

"이그, 이런 머저리를…… 몸이 성치 않으면 똑똑하기라도 해야는 데 이건 원…… 꼭 꿔다 놓은 보릿자루 같긴……."

아버지가 다시 중얼거렸다. 다른 사람들이 보면 곱상하고 귀티가 난다는 아버지의 얼굴이 나에겐 매섭고 험악했다. 나보고 꿔다 놓은 보릿자루라니……. 나는, 그 뒤부터 어느 자리서건 꿔다놓은 보릿자루가 되지 않기 위해 쓸데없는 말을 지껄여야 했고, 헤픈 웃음을 웃어야 했고, 떠들해야 했다. 집에서 조금 떨어진 경복여자중학교에 배정되었다.

동생은 정화여자중학교에 입학하면서 비로소 나에게서 놓여 날 수 있었다. 하지만, 동생은 아침마다 등교 길에 내가 타는 버스에 가방을 올려 주고 맞은편에서 버스를 탔다. 그날도 동생이 콩나물시루처럼 빽빽한 버스에 가방을 들이밀어 주었다. 차장이 꾸역꾸역 손님을 태우다가 운전수가 급정거를 하자, 다리에 힘이 없는 나는, 곤두박질치면서 뒷좌석으로 밀려났다. 몇 정거장을 지나 겨우 사람들 틈을 뚫고 내렸지만 어디가 어딘지 분간이 안되었다. 그 새 아침 햇살이 정수리에 환한 금빛으로 따갑게 내리쬐었다. 택시로 학교에 도착했을 때는 이미 첫째 시간이 시작된 후였다. 내가 지각을 하다니 더구나 내가 가장 좋아하는 국어 선생님께 이런 꼴을 보이다니 당황스러웠다.

상처 위에 피는 꽃

수업시간이라 호수처럼 고요한 복도 앞에서 실내화를 꺼내 신었다. 마룻바닥에 닿는 불규칙적인 목발 소리가 귀에 거슬렸다. 빙판 위를 걷듯 발짝을 떼다가 교실 앞에서 목발 짚은 채로 콰당 미끄러졌다. 일어서려고 버르적거리는데 국어 선생님이 나와 도와주셨다. 교실로 들어가니 일제히 비스듬히 짚은 양쪽 목발 때문에 자라목처럼 들어간 목, 활처럼 휘어진 다리에 시선이 쏟아졌다. 창피해서 얼굴이 활활 불을 지핀 듯 뜨거웠다.

엉기적엉기적 목발을 짚고 겨우 자리에 가 앉았다. 악바리처럼, 악다구니하면서라도 버스를 세웠어야 하는데 그러지 못한 자신이 바보 같았다. 대가 약하고 숫기 없고 물러터져서 어디가서 바른 말 한마디 못하는 나 자신이 싫어서 무럭무럭 화가 났다. 이러니까 아버지도 날 미워하시지. 창피함과 노여움이 북받쳐 자꾸 눈물이 쏟아졌다. 울음을 꿀꺽꿀꺽 삼키는 소리가 컸던지,

"뚝 그치지 못 하긋나? 지각해 놓고 머가 잘났다고 우노? 지금 모두 작문 짓고 있는 거 안 보이나? 어서 노트 꺼냇!"

목소리는 낮췄지만 선생님의 목소리는 아주 엄했다. 그리고, 덧붙여서,

"니 글짓기 잘하잖아, 무슨 일인지 모르지만 오늘 일을 그대로 글로 쓰면 되겠네."

엄마처럼 부드럽게 충고하셨다. 나는, 감정을 억누르며 노

트를 꺼냈다. 그리곤 그날 일을 상세히 써 내려갔다. 그 글을 반 아이들 앞에서 큰 소리로 읽었고, 선생님은, 잘 썼다면서 모두 일어나 기립박수를 쳐 주라고 했다. 그 일로 기분이 좀 나아졌다. 하지만, 그것도 잠시 내 기분은 엉망이 되고 말았다.

교문 앞에서 도로 입구까지 구운 옥수수, 순대, 잡채, 만두, 떡볶이 장사 따위의 잡상인들이 좌판을 벌여 놓고 있었다. 그들은, 수건을 쓴 채 나를 쳐다보며 입을 삐죽거렸다.

"몸이 저래 가꼬 머하러 학교는 댕기노?"

그들이 목발을 짚고 느리게 걷는 내가 듣거나 말거나 함부로 지껄였다. 나는, 눈귀를 착 꼬부라뜨리며 쓱 훑어봐 주었다. 내가 보기엔 거지같은 허름한 옷에 코끼리 거죽 같은 손등과 시커멓고 불그죽죽한 얼굴로 좌판을 벌여 놓고 앉아 있는 그들의 행색이 더 불쌍해 보였기 때문이다.

집으로 돌아오는 버스를 탔지만 내내 우울했다. 버스가 달릴 때마다 뒤로 떠밀려 가는 건물들 속에서 보령이 있는 서쪽 하늘을 바라보았다. 갑자기 혼자인 것처럼 외롭고 숨이 잘 쉬어지지 않았다. 내 다리는 왜 이렇게 됐을까? 내 뜻과 관계없이 이렇게 불구가 되었다는 것이 기가 막혔다. 무덤이 스스로 열리는 허무의 그림자가 밀려오면서 자꾸 끝없이 우울하고 막막했다. 이런 다리로 세상이라는 늪을 잘 건널 수 있을까? 난 아무리 공부를 잘 해도 앞길이 막막한 골칫덩어리에 불과해.

이런 몸으로 어떻게 사회생활을 하며 무슨 일을 해먹고 살지? 나 자신도 알 수 없는 정신적인 혼돈과 불안, 황폐함이 몰려왔다.

　이 세상에 건강한 육신을 가졌다는 것처럼 큰 축복이 또 어디 있을까? 건강한 다리를 가졌다면 못 해낼 게 없다고 생각되어졌다. 나만 세상에서 고립된 듯 암담했다. 게다가 새삼스러운 것도 아니지만, 아버지가 나를 미워한다고 생각되자 더욱 집이 싫어졌다. 더구나 늘 기계의 소음과 시끌벅적한 내 환경도 마음에 안 들었다. 차라리 새가 되어 어디론가 훨훨 날아가 버리고 싶었다.

¶

주란 언니

　공장 직공들은 주인집 딸이라고 나를 공주처럼 떠받들었다. 그들의 환심을 사기 위해 껌이나 아이스케키 등으로 물질 공세를 폈다. 엄마에게 돈을 타내어 아버지에게 사랑받지 못하는 열등감을 궁상맞은 그들 앞에 군림하려 들었는지도 모른다.

　그 중에 내가 좋아했던 주란 언니는, 우리 공장에 들어온 지 반 년 정도 되는 여공이었다. 대구 주변의 현풍, 창녕, 하양, 영천에서 초등학교를 막 졸업한, 형편이 비슷한 소녀들 중 하나였다. 나보다 한 살 위인데도 덩치며 키가 커서 처녀 같은데 손만 대면 부러질 듯 여린 백합 같다는 느낌이 들곤 했다. 생머리와, 다소 둥근형의 얼굴과 큰 눈으로 늘 활짝 웃지만, 어딘지 모르게 그늘져 보였기 때문이다.

"학교는 갔다 왔나?"

공장 안에 들어가자 주란 언니가 성냥갑에 성냥개비를 넣다 말고 반겼다. 주란 언니는, 내가 앉는 것을 도와주곤 켜켜이 쌓인 성냥 박스 앞에 목발도 잘 세워 두었다. 생전 누구를 욕한 적도 미워하는 법이 없는 착한 주란 언니여서 나는 저절로 순한 아이가 되었다.

국민학교 3학년 때 중퇴했다는 주란 언니가 나를 특별히 좋아해서 아무에게도 말하지 않는 집안 사정까지 털어놓았다. 친아버지가 돌아가서 엄마가 어린 동생을 데리고 재혼을 했단다. 갑자기 새 아버지가 사고를 당해 몸져누웠다. 돈을 부치지 않으면 국민학교에 다니는 동생들 육성회비는 물론 약값을 댈 수가 없다면서 월급을 몽땅 집으로 부쳤다.

"넌 좋겠다. 사장 딸이어서……."

"좋긴 뭐가 좋아, 다리가 불편한데……."

"다리가 불편해도 니처럼 사장 딸이었으마 좋겠다."

주란 언니가 갑자기 일하던 손을 멈추고 꿈꾸는 듯한 시선으로 날 바라보았다. 주란 언니에겐 내가 사장 딸이라는 그 한 가

상처 위에 피는 꽃

지 이유로 부러운 대상인가 보았다. 퇴근 후면 그 또래의 여공들처럼 주란 언니도 기숙사에서 기거했다. 상 위에 올려진 이불과 오밀조밀 늘어놓은 플라스틱 화장대, 비키니 옷장이 전부였지만 그곳이 좋았다. 그들은, 가끔 먹기 내기 화투를 치거나 비밀스러운 대화로 밤새 도란거렸다.

"우유캉 빵 사 주께 시내에 안 갈랑교?"

남자 숙소에 있던 청년이 수돗물 호스를 틀어 놓고 빨래를 하는 주란 언니에게 알랑거렸다.

"엄마 젖 뗀지가 언젠데 소젖이라예? 양키들 스텐드빠 콜라라면 몰라도."

되받아 치며 깔깔대는 주란 언니의 얼굴빛이 발그스레 물들었다.

"오늘 간조 탔으이까네 자갈마당 함 뛰자."

"자갈마당 그 가스나 아직 거 있나? 코 위에 점 있는 가스나는 거시기에도 점이 있다 카드라. ㅋㅋ"

그들의 거칠 것 없고, 솔직하고, 다소 천박하고, 비밀스러운 대화가 재미있어 덩달아 낄낄거렸다. 그것은, 내가 영화 속에서 본 장면이었고, 소설 속에서 본 익숙한 광경이었다. 농염하고도 달착지근한 대화와 그 건강함이 부러웠다. 무언지 나도 모르는 부드럽고 야릇한 기운이 가슴에 스며드는 걸 느꼈다. 나도 학생의 신분을 떠나 그들 속에 섞여 흥청거리고 싶었다.

나의 가족들

예쁜 옷을 입고 립스틱을 발라보지만 뾰족구두를 신지 못한다는 사실이 슬펐다.

그래도 우는 것보다는 저렇게 큰소리로 웃고 떠드는 게 보기 좋아. 웃지 않는 얼굴보다는 웃는 모습이 훨씬 예뻐. 비록 다리가 그래서 슬프지만 나도 어디서든지 밝게 웃는 사람이 되겠다고 다짐했다. 하지만, 내가 좋아한 주란 언니는 얼마 지나지 않아 공장에서 보이지 않았다. 통근 버스가 있는 어마어마한 전자 부품 회사에 취직이 되어 산업체 중학교에 들어갔다는 소문이 들렸다.

현 오빠

식당 방 중앙에 드럼통 만한 연탄난로를 가운데 두고 직공들이 모였다. 식당 부엌에 걸린 커다란 알루미늄 솥에서는 선지국이 끓고 뜨거운 김이 자욱했다. 엄마가 공장장의 아내와 고른 솜씨로, 돼지고기를 건져 썰고 김치를 썰고 있었다. 월급날 아버지가 기숙사에 있는 직공들한테 한턱내는 자리였는데 그 속에 현 오빠도 끼어 있었다. 현 오빠는, 몇 년 사이에 뼈가 굵어지고, 훌쩍 자라 구레나룻이 거뭇거뭇했다.

상처 위에 피는 꽃

보령에서 처음 대구에 오던 날이었다. 아버지는, 저녁 밥상에서 얼굴에 주근깨가 많고, 나이가 몇 살인지 국민학교나 졸업을 했는지 땟국물 꼬질꼬질 흐르는 현 오빠를 나와 동생에게 소개했다.

창녕 어딘가에 버드나무 밭을 흥정하러 갔다가 의붓아비 밑에서 농사를 짓고 있는 걸 그의 어미가 아버지에게 먹여 주고 재워만 달라고 부탁해 데려왔다고 했다. 현 오빠는 천성이 바보스러울만치 착하고 부지런해 공장에 들어오는 날부터 아버지 눈에 들었다. 아버지는, 나보다 나이가 서너 살 많으니 오빠처럼 잘 지내라고 했다. 현 오빠가 나이가 차서 마땅한 색싯감이 생기면 공장 한 켠에 집을 마련해 주어 거기서 살림을 꾸리게 해 줄 거라고 말씀하시기도 했다.

내가, 학교에서 돌아오면, 그는 언제나, 나무 저장고에서 토막 난 나무토막 껍질을 벗기거나 버드나무를 전기톱으로 자르고 남은 나무 부스러기나 못 쓰는 성냥개비를 가마니에 담곤 했다. 목발 나사가 헐거워지면 조여 주고, 목발 바닥에 낀 고무가 닳으면 갈아 끼워 주곤 했다. 비 오는 날이면 엄마의 지시로 학교에서 돌아오는 나를 버스 정류장에서 기다렸다가 자전거로 집까지 태워 오기도 했다.

나는 현 오빠 곁을 졸졸 따라 다녔다. 현 오빠가 나무 저장고에 가면 나무 저장고로, 박스가 가득 쌓인 창고로 가면 창고로, 이리저리 옮겨 다닐 때마다 따라 다니며 조잘거렸다. 주로 김동인의 《감자》, 《발가락이 닮았다》 등 책 내용이나, 미도극장에서 본 영화 이야기였다. 현 오빠가 어린아이처럼 눈빛을 빛내면서 내 얘기에 빠져들 때마다, 뽐내기도 하고 흥분했다.

평상처럼 직사각형의 긴 상에 돼지고기, 김치, 새우젓, 선지국이 차려졌을 때는 깜깜한 밤이었다. 현 오빠가 상 앞에서 볼이 미어지게 김치를 입 안 가득 넣고 우적우적 씹고 있었다.

"좀 천천히 먹어. 씹는 소리가 너무 크잖아."

내가 불만이 가득한 목소리로 동생을 다루듯이 함부로 뇌까렸다.

"순희야, 니가 말하는 게 꼭 현이 마누라 같다."

직공들이 키득거리자 현 오빠가 빙긋 웃었다.

"뭐어? 누가 누구 마누라라구? 무식해 터졌어, 증말!"

내가 신경질적으로 쏴붙였다. 현 오빠가 덩달아 키득거리는 게 바보 멍충이 같다. 내내 아무렇지 않던 기름 때 절은 작업복과 새카만 얼굴, 두꺼비 같은 현 오빠의 손등이 보기 싫었다. 아니, 그의 바보스러움에 동화될까 진저리를 치면서 식당에 온 걸 후회했다. 다시는 이런 지저분하고 미련한 공돌이들과 어울리지 않겠다고 스스로 다짐했다.

"여러분 맛나게 드세요. 일 열심히 해 주셔서 감사합니다."

아버지가 들어와 직공들에게 점잖게 목소리를 깔고 인사말

상처 위에 피는 꽃

을 하다가 현 오빠 앞에서 얼찐거리는 내 눈과 마주쳤다. 아버지의 눈귀가 착 꼬부라진다고 느껴졌다. 아니나 다를까 그날 늦은 밤. 얼근히 취하신 상태로 아버지가 내 방에 들어오셨다. 하필이면《머무르고 싶었던 순간들》이라는 소설책을 읽고 있을 때였다.

"넌, 그렇게 공부하기 싫으면 여고에 가지 말고 기술이나 배워. 니가 지금 나이가 몇 살인데 사내들 득실대는 공장에 들락거려? 동생 발뒤꿈치 때만두 못한 년. 학생이 허라는 공부는 않구, 이런 소설책 나부랭이나 읽구…… 철딱서니 없는 년."

아버지가 노기 띤 얼굴로 호통을 치면서 책을 바닥에 내동댕이쳤다. 힐난하는 목소리에 섬뜩한 독기가 서려 있었다. 나는, 아버지의 독한 눈초리와 구겨진 얼굴이 무섭고 싫었다. 이성도 애정도 없는, 차가운 눈빛에서 살기마저 느꼈다. 나는 밤새 잠을 못 이루고 눈이 퉁퉁 붓도록 울었다.

고은아를 닮아 예쁘다는 소리를 듣는 동생은 상냥하고 애교가 있어 아버지에게 착착 안겼다. 학교는 다르지만 같은 학년인 동생은 학구파여서 반에서 일이 등을 다퉜다. 학생이라는 신분에 걸맞지 않게 경망스럽고 조숙한 나와는 아주 딴판이었다. 당연히 나같은 딸이 완고하고 까탈스러운 아버지 눈에 들리 없었다. 내가 아버지라도 으젓하고 상냥하고 예쁘고 모범생이고 지도자적 자질이 있는 동생을 더 예뻐했을 것 같았다. 노력도 안하고 신뢰를 주지 못하는 나 자신이 싫었다. 아니, 아버지가 동생을 예뻐하는 모습에 심한 질투를 느꼈다.

¶

벤허

'불티나'라는 일회용 라이터가 생기면서 성냥은 팔리지 않았다. 공장엔 갑자기 재고품 박스들이 산처럼 쌓였다. 아버지는, 초조해 보였고, 출장이 잦고 술 취해 돌아오는 날이 많았다. 기계가 멈췄고, 공장은 한동안 불 꺼진 골목처럼 쓸쓸하고 허전했다. 어느 날 아버지는 진지하게 선언했다. 업종을 바꾸지 않으면 안될 상황에 이르렀다, 와르바시나무젓가락 공장으로 바꿀 계획이며 잘만 만들면 중국이나 일본으로 수출한다고도 했다. 함께 노력하면 모두 더 잘 살게 될 거라고 직공들을 설득했다. 사람들은 아버지의 능력을 믿었고 그 말을 신뢰했다.

성냥공장 기계들을 처분하고 와르바시 만드는 기계를 사들이고 새로운 기술자를 데려왔다. 직공들이 거의 떠났고, 공장 규모가 줄어들었다. 일부는 아버지 밑에 남았지만 와르바시는 잔손이 덜 가 여공을 거의 쓰지 않았다. 그래도 현오빠는 여전히 남아서 아버지를 신복처럼 따랐다. 나중에 와르바시 공장이

문을 닫은 후에도 왕래하면서 아버지를 떠받든 사람이기도 했다.

와르바시 공장으로 개조하면서 다시 집안 분위기가 어수선하고 시끄러웠다. 공장 마당엔, 와르바시를 만들기 위한 재료인 버드나무 등치가 차곡차곡 높다랗게 쌓여 있었다. 버드나무는 전기톱으로 도막내서, 껍질을 벗긴 후에 기계로 공책 두께로 길게 돌려썰기 한 후 작두 모양의 기계로 썰었다. 그것을 일일이 다시 다른 기계에 넣고 모서리를 깎아 낸 와르바시는 더러 일본이나 중국으로 수출하기도 했다. 성냥보다는 일이 간단했지만, 수입이 전 같지 않아 엄마의 얼굴이 어두웠다. 옹이지거나 뒤틀린 것은 쓸모가 없어 버려지는 게 많아 이문이 적다고 아버지도 불평을 늘어놓곤 하셨다.

어느 날, 학교에서 앞산 공원으로 소풍을 갔는데 멀어서 가지 못했다. 나는 아침부터 내내 우울했다. 귀를 찢는 기계소리와 사람들이 북적거리는 집이 싫어 어디론가 훌쩍 떠나 버리고 싶기도 했다.

버드나무 등치 아래에서 책을 읽었다. 그렇게라도 해야 소풍을 가지 못한 아쉬움을 달랠 수 있을 것 같았다.

"어? 니, 학교 안갔나? 빨간 날도 아닌데? 개교 기념일이가?"

저장고에서 나무토막을 지고 나오던 현 오빠가 낮에 집에 있는 걸 보곤 눈을 크게 떴다.

"앞산으루 모두 소풍을 갔는데 가기 싫어서 안 갔어."

내가 그렇게 말했지만, 산을 올라가지 못하고 목발 짚고 먼 길을 가기 힘들어서 가지 못한 것을 알고 있을 터였다. 하지만 그는, 전혀 병약한 내 심기를 건드리지 않았다. 그가 나무토막을 부려 놓고 내 쪽으로 다가왔다.

"순희야, 이걸루, 영화 구경이나 가라. 아무한테도 말하지 말고 동생캉 둘이 갔다 온나. 너거들 영화 좋아하자나."

현 오빠는, 지갑에서 딱지처럼 네모나게 접은 만 원권 지폐 한 장을 나에게 내밀었다. 그 돈은 그가, 좁은 기숙사 골방에서 새우잠을 자고, 한 달 내내 새벽에 일어나 넓은 공장 마당을 쓸고, 나무 저장고에 연탄불을 지피고, 와르바시 박스를 묶고 심지어 자신보다 큰 나무둥치를 져 나르면서 뼈가 으스러지도록 일한 댓가로 받은 기십만 원의 일부였다.

몸 부려 일을 열심히 했어도 결코 넉넉할 리 없는 봉급이었을 텐데 꽤 큰돈이어서 나는 속으로 놀랐다. 돈에서 그의 땀내와 그가 다루는 나무껍질 냄새가 나는 것 같았다. 나는 돈을 받아들고 망설였다. 그 돈을 받으면 안 될 것 같았다. 현 오빠에게 굉장한 무슨 사건을 만들어 주자. 오빠는 일하느라고 책도 읽은 적 없고, 영화관에 가 본 적이 없으니까 같이 가면 무척

상처 위에 피는 꽃

좋아할 거야.

나는 평소에 손 때문은 전혜린의《그리고 아무 말도 하지 않았다》를 포장했다. 그 속에 한 달에 한번 쉬는 셋째 일요일에 영화 보러 가자는 쪽지도 넣었다. 현 오빠는 전에는 한 번도 보여 준 적이 없는 내 마음 씀씀이에 감격한 얼굴이었다.

〈벤허〉는 명화라서 단체 관람하러온 남학생들이 많았다. 수많은 인파들 속에 현 오빠가 서서 기다리고 있었다. 파란색 양복을 입은 현 오빠는 과거에서 툭 튀어나온 시골 늙은이 같았다. 햇빛에 드러난 그의 얼굴 피부는, 과도한 노동탓에 거칠고 주름살이 많아 겉늙어 보였다. 지나치게 선명한 새파란 양복은 촌스럽고 이질감이 들었다. 그의 어미가 창녕을 떠나올 때 읍내 양복점에서 맞춰 줬다고 아끼던 양복이었다. 주근깨 투성이의 너부데데한 검붉은 얼굴과 솥뚜껑처럼 투박한 손과 검은 피부 때문에 더욱 어울리지 않았다.

현 오빠는 휘황한 거리가 어색한 듯이 잔뜩 움츠리고 서 있었다. 왕방울만한 눈을 굴리며 두리번거리는 볼품없고 몽톡한 모양새는 번화가에 떼어다 붙인 동상처럼 이물스러웠다. 어쩌면 정작 이상한 건 목발을 비스듬히 짚고 넘어질까 완강하게 버티고 서 있는 나였다. 하지만, 현 오빠를 모든 사람들이 무식한 공돌이라고 손가락질하며 얕보는 것 같았다.

"순, 순희야."

나를 보자 허겁지겁 다가온 현 오빠가 반가워서 숨 가쁘게 불렀다. 나는, 부르는 깃조차 기분 나쁘다는 듯이 잔뜩 찌푸린 얼굴로 목발을 짚고 앞장서 걸었다.

"표를 사야지. 그렇게 서 있으면 어떡해? 매표소가 어딘지도 몰라?"

내가 퉁명스레 내질렀다. 현 오빠는 엉거주춤 안절부절 못했다. 어리둥절한 얼굴로 나를 어떻게 다루어야 할지 몰라 당황한 얼굴로 장승처럼 서 있었다. 슬금슬금 내 눈치를 보았다.

갑자기 쌀쌀맞게 변해 표를 끊어 먼저 영화관으로 들어갔다. 냉기가 도는 나를 차마 부축할 용기가 나지 않는지 현 오빠가 묵묵히 따라 들어왔다. 여전히 내 이상한 냉정함은 수습되지 않았다. 까닭없이 마음 판에 바늘 끝 하나 들어갈 틈이 나지 않고 속으로만 옹그려졌다. 그날따라 대한극장 영화관 좌석 앞뒤엔 모자에 흰 띠를 두른 대구고등학교 남학생들과 여학생으로 꽉 차 있었다. 나만 학생의 대열에서 쫓겨난 기분이었다.

"난, 한국 영화가 좋지, 외국 영화는 안 좋아해. 한 번 바서는 무슨 뜻인지도 모리겠드라."

옆 좌석에 앉은 현 오빠의 말에 나는 꿈쩍도 안했다. 무식하긴, 벤허가 얼마나 명화로 꼽히며 학생들이 단체로 관람할 만큼 인기 있는 영환데 안 좋아 하다니, 나는 속으로 그렇게 비웃었다.

상처 위에 피는 꽃

"영화 다 보고 집으로 돌아가. 난 도서관에 갈 거야."

나는, 남학생들을 의식해 오빠라는 말을 빼고 차갑게 내뱉었다. 좌석 옆에 세워둔 목발을 짚고 혼자 나와 버렸다.

현 오빠가 주춤주춤 나를 따라 영화관 밖으로 나왔다. 나는 눈길도 주지 않고 택시를 타고 혼자 집으로 돌아왔다.

다음날.

여전히 기계의 소음으로 시끄럽고 여기저기 박스와 나무젓가락과 직공들로 난삽했다. 현 오빠가 칸막이로 된 포장실에서 입을 앙다문 채 아무렇지 않은 얼굴로 출고할 와르바시 박스를 묶고 있었다. 그는 나에게 멸시 당해 마음에 생긴 상처를 꿰매듯 박스를 노끈으로 단단하게 묶고 있다고 생각되었다. 현 오빠는 아무 적의 없이 나를 물끄러미 바라보았다. 모든 것이 열등감 때문에 내가 만든 거리감이었는데도 나는, 아무런 가책도 느끼지 않았다. 현 오빠는 책을 읽지 않아서 너무 무식해, 나에게도 맞춤법을 정확하게 쓰고, 글도 잘 쓰고, 책도 많이 읽고, 영화를 같이 이야기 할 수 있고, 불의를 보면 바른말 할 줄 아는 오빠가 있었으면 좋겠어, 라고 생각했다.

현 오빠를 그저 소 닭 보듯 하고 직공들을 조금씩 경멸하고 무시하면서 멀리했다. 유관순 언니나 많은 선배들이 그 나이에 세상을 바꾸고 나라를 구했는데 나만 허송세월 할 수 없다고 자위했다. 공장 안으로 향하던 발길도 딱 끊었다. 실은 그동안 직공들과 섞여 있으면서도 학생의 신분에 맞지 않게 어물쩡하게 시간을 허비해 얼마나 떳떳치 못했던가. 그들의 생활은 뭔가 부족하고 난삽하고 내 마음에 안 찼던 것처럼 여겨졌다. 그러면서도 좀 더 일찍 그런 생각을 하지 못한 자신을 책망하면서 발길을 끊은 것이다.

대구 원화여자고등학교에 입학하게 되었다. 그 학교는 내가 읽은 동화와 시와 소설을 쓰신 시인과 작가가 많기로 소문난 학교였다. 박인술, 김경남, 정휘창, 정재호……. 그 선생님들을 만날 생각에 첫 수업을 앞두고 잠을 설쳤다.

학교 다니는 동안 글짓기를 잘하는 나는 선생님의 관심을 받았다. 매년 겨울이면 혈액 순환이 잘 되지 않는 다리는, 동상으로 늘 가려웠지만, 다른 학생들과 똑같이 치마를 고집했다. 병원에 가도 한의원에 가도 낫지를 않아 민간요법으로 밤엔 마늘 껍질 우린 뜨거운 물에 늘 발을 담그고 있어야 했지만, 교복만이라도 다른 친구들과 다르게 보이고 싶지 않았다. 하지만, 장애 때문에 칼날처럼 벼려진 감수성과 열등감은 여전히 버려지지 않았다. 그저 내 앞에 무한히 열려 있는 미래가 불투명하고 캄캄하기만 했다. 지나치게 감상적이었고 비관적이어서 무엇이 되어야겠다는 계획도 없었다. 다만, 매일 조금씩 조금씩 글을 쓴 덕에 백일장에 나가면 당선을 도맡아했다. 그 글이 교

내 신문이나 대구매일신문에 실리게 되고 학교에선 알아보는 친구도 있었다. 그래도 작가가 되겠다는 생각은 전혀 하지 않았다. 그 길은, 나 같은 장애인은 도달 할 수 없는 어떤 것이며 나와는 거리가 먼 세계일 뿐이라고 생각되어졌다.

해마다 〈학원〉이나 〈여학생〉에 투고해서 같은 또래 학생들의 당선된 작품과 소감을 보면서 나의 무식함과 능력 없음을 절망하고 좌절했다. 아무리 문예부를 맡은 선생님께서 작가는 자기의 아픔을 그대로 솔직하게 쓰면 된다고 강조해도 귀에 들어오지 않았다.

어느새 졸업반이 되면서 이젠 이런저런 사건들을 짐작하기도 하고 역지사지할 나이가 되었다. 다른 또래들처럼 정상적으로 학교에 입학했다면 나는 대학 3학년이었다. 상대방을 먼저 이해하고 거기에 내 느낌까지 더하여 주장할 수 있는 나이인 것이다. 하지만 내 무의식 속에 남다른 육체를 가졌다는 상처와 자격지심으로 스스로 슬픔에 취해 있을 뿐이었다.

무엇보다 분명히 육체적인 결함 때문에 행동 반경이 좁을 수밖에 없는데도 주위 사람들에게 소외를 당하고 있는 듯한 피해의식과 열등감 속에서 시간을 헛되이 흘려보낸 것이다. 나만 왜 이렇게 됐을까 하는 의문부호를 들고 가족들의 속을 무던히 썩였다는 자책이 들었다. 비로소 아버지도 이해했다. 아버지가 날 많이 사랑했다는 것도 알았다. 산업화가 되면서 등 떠밀려

실향민이 되어 타향에서 크고 작은 자존심 상하는 일을 당하면서도 열심히 사셨다. 또 가족들은 똘똘 뭉쳐 잠시도 허튼 생활에서 떠나지 않고 힘을 보탰다. 밤늦도록 장부를 검토하고 새벽 네 시면 어김없이 일어나 공장을 점검하는 아버지 곁에서 함께 고생한 어머니. 그리고 각자 맡은 자리에서 성실하게 생활한 형제들을 잊을 수 없다.

수천 년 동안 우리나라가 살아남을 수 있었던 것도 가정이라는 울타리 속에서 가족들의 끈끈한 사랑과 가르침. 공동체가 한데 어우러져 품앗이를 하던 한국사회 때문이었듯이 장애인인 내가 용케 사회에서 버틸 수 있었던 것도, 질경이처럼 짓밟혀도 다시 일어날 수 있는 힘과 강하게 살아낼 수 있는 힘을 얻었던 것도 가족이었다. 아버지로부터 진실하고 올바른 가치관을 배우고 그것을 실천하는 강한 용기와 신념을 얻었다고 해도 지나친 말이 아니다. 특히 어머니는, 나에게 인간을 사랑 할 수 있는 힘과 인내와 길을 알려 준 안내자 같은 분이었다. 내 생에서 어릴 때 가족들의 보호를 받으며 행복하게 지낸 정서적인 추억은 나에겐 저력이 되었다. 아무리 시대가 변하고 사회가 변해도 가정이라는 그 집단이, 가족이 나를 강하게 키우는 원동력이었음을 부정할 수 없는 것이다.

서정현

1991년 서울 노원구에서 태어났습니다. 어릴 적부터 남자애들의 몸 장난을 장난 이상으로 느껴왔습니다. 중학교 때 남들과 다르다는 걸 알았지만 여자를 좋아하는 척 연기하는 법을 배워 무사히 청소년기를 지나왔습니다. 열아홉 살 우연히 글쓰기를 시작했다가 '전반적으로 글이 애매모호하다.'라는 평을 듣고 '정직한 글을 쓰려면 커밍아웃을 해야 되는구나.' 생각했습니다. 용기를 키우기 위해서 스물한 살 때 대안학교 '로드스쿨러'에 입학해 여러 지역을 돌아다니며 솔직하게 이야기할 수 있는 뱃심을 키웠습니다. 《로드스꼴라, 남미에서 배우다 놀다 연대하다》를 공동 집필하면서 드디어 '말'할 수 있게 되었습니다.

엄마가 모르는 이야기

어릴 적 이야기를 쓰려고 노트북 앞에 앉았는데 글이 써지지 않았다. 기억도 가물가물하고 과거의 내가 너무 유치하다는 생각이 자꾸 들었다. 원고를 포기하고 있었는데 누군가 "구체적으로 질문을 던져 봐."라고 말했다. 이때까지 '어릴 때 나에게 무슨 일이 있었지?'라고 고민하던 걸 '내가 읽었던 책들은 뭐였지'하고 다시 질문해 봤다. 책을 많이 읽는 편은 아니면서도 매해 신년 계획으로 장르 불문 책을 백 권씩 읽자고 다짐하는 나에게 어떤 책이든 골똘히 읽고 있는 어린 내 모습은 대견해 보였던 것이다.

¶

파브르 곤충기와 시튼 동물기 – 초등학교 2학년

어릴 적 읽었던 책 중에 첫 번째로 떠오르는 책은 《파브르 곤충기》와 《시튼의 동물기》 각각 다섯 권씩 세트로 묶여 있던 전집이다. 내가 초등학교 2학년으로 올라갈 당시에 엄마가 처음으로 사준 책이었다. 1999년이었으니까 아직 대한민국은 IMF 경제 위기의 여파 속에 있었다. 우리 집은 이불 공장을 말아먹고 빚을 잔뜩 지고 있었기 때문에 엄마가 값비싼 어린이용 컬러 전집을 사준다는 건 상상할 수 없는 일이었다. 어린 내가 생각하기론 엄마는 방임주의 교육법의 부족한 부분, 아들의 애정 결핍을 채워 주기 위해 그런 행동을 감행하지 않았나 싶었다.

엄마의 교육법을 잘 알 수 있는 사실은 나를 목욕탕에 혼자 보낸 데서 찾을 수 있었다. 어느 날 아침 엄마는

"정현 아빠! 일요일인데 애들 데리고 목욕탕에라도 다녀와!"

라고 늦잠 자는 더벅머리의 아빠에게 소리를 질렀다. 당연히 아빠는 들은 체도 안 했고, 화난 엄마는 갑자기 나에게 만 원을 꼭 쥐어 줬다.

"너 혼자 가서 목욕하고 와. 때밀이 아저씨한테 꼭 때밀어 달라고 말하고."

나는 혼자 목욕탕에 가는 게 창피하고 부끄러웠지만 짜증이

난 엄마에게 가기 싫다고 말할 수 없어 입을 내밀고 목욕탕으로 갔다. 때밀이 아저씨의 거대한 손에 맡겨져 여러 겹의 때를 벗으면서 나는 '엄마는 내가 하루 빨리 어른이 되길 바라나 보다.'라고 생각했다. 스스로 모든 일을 척척 해내는 멋진 어른이 돼야지, 하고 나는 다짐했지만 당장 애정 없는 때밀이 아저씨의 기계적인 손길에 마음이 허해졌다.

그래서 나는《파브르 곤충기》와《시튼의 동물기》를 읽으며 엄마의 사랑을 확인해야 했다. 다른 엄마들처럼 학부모 참관일에 오지도 않고 학원을 다니라고 강요하지도 않고 좋아하는 음식도 물어오지 않는 엄마지만 엄마만의 방식으로 나를 사랑하고 있다고. 그래서 이 전집을 내게 사 준 걸 거라고. 그 이후로도 몇 번 엄마는 전집을 사다 놓았고 나는 그걸 읽으면서 독립적이고 조용한 일면을 가진 소년으로 자랐다.

¶
호기심 천국 제 3권 – 초등학교 4학년

방학 때가 되면 일산의 큰이모네 집으로 몇 주 동안 놀러가 있곤 했다. 일산에 가는 걸 좋아했는데 이유는 재밌는 책들이 많아서였다. 우선 전집들로 채워진 우리 집 책장과 달리 큰이모네 책장은 단행본이 많았다. 책들의 내용도 주로 어린이 세계명작, 자연 관찰, 영어 동화로 국한되어 있던 우리 집과 다르게 역사, 한시, 한국 문학, 외국 문학, 세계사, 과학 등 거의 모든 주제의 책들이 한 권씩 있었다. 큰이모의 딸인 사촌누나는 그 차이에 대해 이렇게 말했다.

"우리 엄마는 똑똑했는데 외할머니가 대학에 안 보내줬거든, 너희 엄마는 공부를 못해서 대학은 꿈도 못 꿨고."

큰이모네 집 책들 중에 제일 재밌던 건 《만화 삼국지》였다. 사실 책들이 다들 그림보다 글자가 많아서 어려워 보였기 때문에 나는 만화책을 먼저 찾아 읽었다. 그런데 그걸 보고 큰이모는 "쟤는 쉬는 시간에 저렇게 책을 보잖아."하고 만화책마저 읽지 않는 사촌누나를 나무랬다. 나는 평소엔 책을 잘 안 읽는다는 게 찔려서 사촌누나 침대에 이불을 뒤집어쓰고 마저 삼국지를 독파했다. 삼국지에 나오는 조자룡과 강유를 엄청 좋아했는데 둘 다 문무를 겸비했기 때문이었다. 만화 속에서 그들은 꽃미남의 모습이어서 꼭 나도 어른이 되면 저렇게 똑똑하고 강하고 잘생긴 사람이 될 것 같은 기분 좋은 예감에 빠지곤 했었다.

한번은 큰이모네에서 만화책들이 꽂혀 있는 책장을 서성거리다가 이상한 제목의 시리즈를 발견하게 되었다. 《호기심 천국》이라는 제목의 세 권짜리였는데 "왜 놀이동산에 나눠 주는 풍선은 하늘로 떠오르는 건가요?"라고 순진무구한 톤으로 질문하면 밑에서 누군가 교수님 말투로 "네, 그건 헬륨 가스가 어쩌구 저쩌구 해서 그렇습니다" 라고 답해 주는 퀴즈식으로 채워진 식상한 과학 도서였다. 하지만 세 번째 시리즈는 같은 디자인의 1, 2권과 다르게 빨간색 표지라서 특이하게 내 마음을 끌었다. 제 3권의 제목이 《성과 우리》였던 것은 함부로 그 책을 집어들 수 없게 했다. 자발적인 금서라고나 할까. 저 책을 보다가 누군가에게 들키면 평생 큰이모네 집에 놀러오지 못할 것 같았다. 그래서 집에 아무도 없을 때를 노려서 그 책을 몰래 틈틈이 읽어 나갔다.

"엄마는 어떻게 아기를 가지게 되나요?"라는 식상한 질문에는 "하나의 정자와 하나의 난자가 결합하면서 착상이 되죠."로 시작하는 생명의 기나긴 형성 과정이 설명되어 있었고, "자위를 많이 하면 키가 안 크나요?" 같은 획기적인 질문에는 "많이 하면 안 되겠죠? 적당히 합시다." 식의 친근한 대답이 쓰여 있었다. 나는 귀엽게 그려진 알몸 그림을 보면서 혼자 알싸한 기분에 휩싸이곤 했는데, 그게 정확히 뭔지는 알 수 없어도 황홀했다.

방학이 끝나고 나는 집으로 돌아와 다시 학교에 등교했다. 7월은 내내 불안했다. 나는 어울리지도 않는 반장이라는 감투를 쓰고 있었기 때문이다. 당시 우리 반은 매월 학급회의를 열어 반장을 뽑았고 7월의 반장으로 내가 뽑혔다. 어느 날 담임 선생님이 잠깐 교장 선생님의 호출로 자리를 비운 시간에 내가 교실의 질서를 유지해야 했던 적이 있었다. 칠판에 떠든 사람이라고 써 놓고 떠든 애들의 이름을 쓰려고 했다. 과반이 넘는 학생들이 시끄럽게 떠들고 있어서 나는 당황한 채 칠판 앞에 혼자 서 있다가 '에잇 다 써버리자.' 라고 생각하고 하나씩 이름을 적어나갔다. 내 뒷통수에선 온갖 야유와 비난이 쏟아졌다. 세 번째 친구의 이름을 쓰던 순간, 나는 나의 바지가 내려가는 소리를 들었다. 장난이 심한 남자애가 내 바지를 벗긴 것이다. 나는 바로 바지를 올리고 밀려오는 창피함과 부끄러움에 화장실로 뛰어갔다. 교실에선 크게 웃음소리가 들렸다. 당시엔 며칠 동안을 우울하게 지낼 만큼 심각한 사건이었지만, 몇 달 뒤 나는《호기심 천국》제 3권을 다시 보고 싶어 하면서 그날을 상상하곤 했었다. 왠지 "한 번만 더 벗겨주세요."라고 말하고 싶어졌고, 그건《호기심 천국》제 3권에 나오는 성과 관련된 거라고 나는 어렴풋이 생각했다.

아홉 살 인생 – 초등학교 5학년

TV에서는 〈책! 책! 책을 읽읍시다〉라는 프로그램이 한

참 유행을 하고 있었다. 김용만 아저씨와 유재석 아저씨가 도서관에 찾아가 사람들에게 이것저것 책과 관련된 퀴즈를 내고 선정도서를 선물하는 걸 지켜보면서 책을 선물 받는다는 것은 어떤 기분일까 상상했었다. 막내 이모는 내 생각을 모두 알고 있었다는 듯 생일 선물로 위의 프로그램에서 선정한 《아홉 살 인생》이라는 책을 사 주었다. 나는 그 책을 단숨에 읽었다.

책 읽는 속도가 느린 내가 책을 앉은 자리에서 한 번에 읽는다는 건 거의 기적에 가까웠다. 나는 내가 책을 빨리 읽게 된 줄 알고 기뻐했지만 또 다른 책들은 역시 잘 읽히지 않았다. 《아홉 살 인생》의 주인공이 나와 비슷한 또래의 어린아이였기 때문에 감정이입이 잘 되었던 것 같다.

한동안 나는 《아홉 살 인생》을 들고서 등교를 했다. 여러 번 읽어도 재밌고, 중간부터 읽어도 재미있어서 나는 문득 할 게 없어서 무료해지는 시간에 책장을 넘겼다. 그때는 하얀 표지의 책이 미적으로도 훌륭해서 옆구리에 끼고 다니면 은근히 멋진 사람이 된 것 같은 기분이 들었다. 뚱뚱하고 깐깐해 보이던 중년의 담임 선생님은 내가 책을 읽는 걸 보고 재밌냐며 관심을 보이기도 하셨다.

남자 친구들의 장난이 심해지고 있었다. 몸이 급격히 자라면서 그들은 뭔가를 때리고 싶어진 사람들처럼 툭하면 사람을 쳤다. 힘이 센 사람과 힘이 약한 사람이 갈렸고 힘이 센 사람들이

엄마가 모르는 이야기

주로 힘이 약한 사람을 괴롭히게 됐다. 나는 힘이 약했지만 공부를 열심히 했기 때문에 샌드백 역할은 면할 수 있었다. 당시 독수리 오형제라고 불리는 다섯 명의 힘센 친구들이 교실의 분위기를 잡고 있었다.

당시 힘센 아이들의 무기는 '갑바신공'이라고 불리는 젖꼭지 꼬집기였다. 장난처럼 보이는 이 무기를 그들은 모든 남자애들에게 사용했다. 그 중에 엄청 아파하는 친구들이 있었는데, 그들은 그럴수록 더 집요하게 그곳을 꼬집고 다녔다. 난 갑바신공을 당할 때 아파하지 않고 그들을 무시했다. 그러면 걔네들은 재미없다는 듯 나의 젖꼭지를 가만히 놓아 주었다. 왜 아파하면 사람들은 더 희열을 느끼는지 나는 알 수 없었지만 얼얼한 젖꼭지를 만지면서 나도 알 수 없는 희열을 느끼곤 했다.

어느 날은 매일 괴롭힘을 당하는 친구가 독수리 오형제의 발에 밟히는 사건이 발생했다. 삐쩍 마르고 키가 컸던 그 친구는 불쌍하게 울상을 지었고 독수리 오형제는 그게 자신들의 어떤 욕망을 자극한다는 듯 그 친구를 마구 구타했다. 서러워하는 그 친구의 얼굴이 신발에 짓이겨지는 걸 목격한 나는 해도 해도 너무한다는 생각을 했다. 그리고 그 생각은 한 학기 내내 나의 진지한 고민이 되어 버렸다. 나는 선생님에게도 그 사실을 말할 수 없었는데, 선생님은 그 친구가 멀대 같이 키만 크고 일머리가 없다고 자주 혼냈기 때문이었다. 선생님도 그 폭력에 간접적으로 가담했다고 생각했다.

'열한 살 인생을 써 보자.'

그 상황이 매우 부조리하다고 느꼈던지 나는 그걸 고발하는 소설을 써 보고 싶었다. 《아홉 살 인생》에서 힘센 아이가 힘이 약한 아이를 몰아세우는 장면이 나왔기 때문에 나는 내 이야기도 충분히 소설로서 가치 있는 것이 되리라고 생각했다. 왜 약한 사람은 항상 당해야 할까. 나는 멋있는 작가라도 된 듯이 컴퓨터 메모장을 켜놓고 며칠을 끙끙 앓았지만 《아홉 살 인생》처럼 멋있는 문구가 쓰여 지지 않아 글쓰기를 금방 그만두었다.

¶

아망떼amante, 연인 - 중학교 시절

컴퓨터를 켜 놓고 글을 쓴 기억은 중학교 2학년 때도 있다. 나는 집과 제일 가까운 남녀공학 중학교에 들어갔고, 중학교 1학년에 2차 성징이 나타나기 시작했기 때문에 혼란스러웠다. 콧수염이 매일 자랐고 몸의 여기저기에서 털이 올라왔다. 빨리 어른의 모습이 되었지만 나는 다리에 덥수룩하게 자라난 털들이 꼴 보기 싫어 아빠의 면도기로 털들을 제거해 버리는 정신적으로 미숙한 행동을 했다. 그런 나는 팬픽을 쓰느라 밤을 새곤 했다.

팬픽을 처음 알게 된 그날은 태양이 뜨겁게 내리쬐던 늦여름이었다. 담임 선생님의 종례가 끝나자마자 곧장 지하철을 타고 방송국으로 향했다. 남자 아이돌 동방신기의 컴백 무대를 보기 위해서였다. 동방신기는 내가 중학교 1학년이었던 2004년에 데뷔해 100만 대군이라고 불리는 팬클럽을 보유할 정도로 잘나가던 보이 그룹이었는데, 나는 그들의 열렬한 팬이었다. 매번 나오는 음반을 구입하고, 그들이 나오는 TV 프로그램은 꼬박꼬박 챙겨서 보고, 다섯 명의 멤버들의 이름을 외는 건 물론 생일과 가족관계, 혈액형까지 꿰고 있었다.

방송국과 가까운 역에 내리자 동방신기를 상징하는 빨간 풍선이나 형광색 플래카드를 든 여학생들이 어디론가 뛰어갔다. 나도 같이 뛰었다. 그녀들이 다다른 곳은 놀이공원의 대기줄보다 길어서 끝이 보이지 않는 사람들의 행렬이었다. 그녀들은 다들 머리카락을 휘날리며 뛰었기 때문에 손거울을 보며 머리를 정리하기 바빴다. 주변에선 아줌마, 아저씨들이 커다란 약수통 수레를 끌면서 풍선, 수건, 야광봉 등 각종 응원 도구들을 팔았다. 식사 시간이 되면 어디선가 김밥을 공수해 오고, 차가운 얼음물까지 가져와 마트에서 파는 가격의 두 배로 올려 받았다. 나는 길바닥에 털썩 앉아 비싼 김밥을 먹으면서 방송국 스튜디오로 입장이 시작되기를 기다리고 있었다. 그때였다. 바로 뒤에 있던 여고생 무리의 대화를 엿듣게 된 건.

"야 어제 올라온 그 소설 봤냐. 죽이더라."

"아 봤어. 진짜 필력 장난 아니던데."

"완전 야해, 너 안 봤지?"

"어, 아직. 근데 어떤 장면이었어?"

"유천이가 준수 손을 강제로 끌어서……."

주로 여고생 팬들이 동방신기 멤버 간의 사랑을 주제로 쓰는 팬픽은 그렇게 나에게 처음 찾아왔다. 나는 집에 도착해서 야한 소설이 있다는 카페를 수소문해 들어갔고, 그날 밤 그 카페에 올라온 모든 소설을 읽었다. 그 소설들이 올려져 있는 게시판의 이름은 '유천-준수 luxury 야설'이었다.

물론 팬픽엔 야설만 있는 게 아니었다. 만가지슬픔님의 '야상곡'은 일제강점 말기의 만주를 배경으로 조선의 젊은이들이 겪는 사랑과 우정을 그리고 있었다. 히싱님의 '왕따'의 경우 나를 창민총수라는 커플링에 빠지게 한 팬픽이었는데, 동방신기의 바쁜 연예계 생활 이면에 멤버들 서로에게 품는 애정과 질투라는 감정선을 세심하게 표현한 작품이었다. '창민총수'라는 커플링은 막내인 최강창민을 나머지 네 멤버가 모두 좋아한다는 뜻이다.

조금 시간이 흐르고 팬픽을 많이 읽다 보니 자연히 쓰고 싶다는 생각을 하게 됐다. 나는 남팬들이 모여 있는 카페에서 전

속작가로 짧게 활동했었는데, 그때 쓴다는 행위가 얼마나 어려운지 처음 깨달았다. 밤을 새서 글을 써도 좀처럼 만족스럽지 않았고, 나는 결국 한 달여의 전속 작가로 게시글 세 편짜리 짧은 소설을 쓰고 글 쓰는 생활을 그만뒀다.

　다시 독자로 돌아간 나는 유명한 팬픽 작가들의 단행본을 사고 싶어서 안달이 나기도 했었다. 당시 독자를 500여 명에서 1000여 명 정도 거느린 작가들은 개인 홈페이지를 열고 거기서 자신들의 소설을 한 권으로 묶어 팔았다. 하지만 그 책을 구입하는 일은 내게 꽤 많은 용기가 필요로 했다. 우선 엄마에게 들키지 않게 택배로 받아야 했고, 실제로 안전하게 받고 나서도 어디다 숨겨 놓아야 할지 몰랐다. 하지만 정말 좋아했던 마이너스제로 님의 《아망떼》가 300쪽짜리 세 권으로 묶여서 나온다는 소식을 들었을 때는 어쩔 수 없이 구매할 수밖에 없었다. 다행히 엄마는 아들 이름으로 도착한 이상한 택배 박스를 열어 보고 책인 것을 확인하자마자 내용을 뒤적이지는 않았다. 《아망떼》는 유럽 중세 시대의 비극적인 사랑 이야기를 다루고 있었는데, 볼 때마다 엉엉 통곡을 하며 울었던 기억이 있다. 사랑은 언제나 아픔을 동반한다는 걸 믹키 백작과 창민 후작, 호위무사 재중 히어로의 삼각관계 속에서 나는 새삼 깨닫곤 했다.

팬픽을 읽는다는 사실은 나만의 비밀이었다. 그것은 나의 성
정체성을 고백하는 일이었기 때문에 그랬다. 나는 중학교 1학
년 때 같은 반 남자 친구들에게 동방신기 빠돌이라는 별명으로
불리고나서부터 학교에서는 동방신기를 좋아하는 티를 가급적
내지 않았다. 남자인 내가 같은 남자를 좋아한다는 것은 남들
에게 이해받기 어려운 일이었다. 그 사실을 깨닫고 나자 나는
학교생활이 답답하고 무섭고 짜증이 나기 시작했다. 남자 아
이들이 지속적으로 행하는 약자를 향한 폭력도 지긋지긋했고,
운동도 못하고 여자 얘기에도 맞장구쳐 주지 못하는 나는 점점
또래 집단에서 멀어졌다. 중학교 3학년엔 매일 우울했고, 결국
엔 고등학교 진학을 포기하게 되었다.

엄마, 아빠를 설득하는 일은 예상 외로 수월했다. 나는 고등
학교에서 낭비하는 시간을 효과적으로 써서 좋은 대학에 들어
가기 위해 공부도 하고 여러 가지 활동도 해 보겠다고 홈스쿨
링에 관한 TV 다큐멘터리를 보여 주면서 설득했다. 엄마와 아
빠는 친구 관계와 동창의 중요성을 역설하며 나를 말렸지만 결
국 내 완강함에 고개를 푹 숙이셨다.

이후 고등학교 3년이었을 동안 나는 집에서 혼자 보냈다. 맞

벌이 부부로 일을 나간 엄마와 아빠, 초등학교에 다니는 동생이 아침밥을 먹고 집을 나가면 나는 혼자서 집안을 지켰고, 주로 TV를 보거나 컴퓨터를 하면서 시간을 보냈다. 나는 그때 이성애자가 되려고 무척이나 애썼던 것은 아니었을까. 한낮의 집안에서 커튼을 쳐놓고 웅크리고 앉아 울었던 기억이 난다. 될 수 없는 것이 되려는 강박은 병을 불러왔고, 나는 대인기피증과 무기력증에 빠져서 자기만의 방에 스스로 갇혔다.

그 때 읽었던 책은 한 권도 없다. 책을 읽을 수 있는 마음의 여유가 없었기 때문이다. 아니 그 시절은 전체적으로 기억이 잘 안 난다. 누군가 그 시간만 아이스크림 스푼으로 푹 퍼간 것처럼. 그나마 읽었던 것들은 열아홉 살에 풀었던 수능 문제집에 실린 소설의 일부분이나 시들이었다. 문학을 분석해서 시간에 맞춰 답을 내는 일이었기 때문에 나는 풍부하게 그것들을 읽어내지 못했지만 그래도 조금 위로가 되었던 듯싶다. 신경숙의 소설《좁은 방》이나 윤동주의 시 〈별 헤는 밤〉을 풀 때 가슴이 두근거리던 게 아직도 기억이 난다.

아름다운 사람 하나 - 스무 살

열아홉 살에 우연히 보게 된 '로드스쿨러'라는 다큐멘터리는 절망에 빠진 나에게 희망을 던져 줬다. 고등학교를 자퇴한 보라라는 친구가 만든 그 영상에 나오는 사람들은 왠지 학교를 나온 나를 이해해 줄 거란 생각이 들었고, 나는 다큐에 나오는 '서울시립청소년직업체험센터'라는 곳을 직접 찾아가게 되면서 친구들과 멘토들을 사귈 수 있었다. 로드스쿨러는 홈스쿨러도 아니고, 탈학교 청소년도 아닌 길 위에서 공부하는 사람들을 명명하는 단어다. 그 때가 열아홉 살 후반이었고, 난 그때부터 그 공간과 집단 속에서 글쓰기 수업을 꾸준히 들었다.

대학에 가지 말고 대안학교를 가자고 생각하게 된 건 글을 쓰다 보니 생긴 용기였다. 3년 간 보낸 허송 세월을 채워 보자는 마음으로 나는 스무 살이 된 그 해에 공간 민들레라는 대안교육공간을 찾아 갔다. 격월간 〈민들레〉라는 대안교육 잡지를 출간하는 출판사 옆에 있는 곳이었다. 모든 입시 공부를 중지하고 청소년들이 모인 그곳에서 나는 관계를 풀어가는 법과 진짜 공부가 무엇인지에 대해 질문을 던질 수 있었다. 그러나 여전히 나 스스로 성 정체성 이야기를 푸는 일은 어려웠다. 언제나 다양한 주제의 수다 속에서 그 부분은 괄호로 묶여 생략되곤 했다.

그러다가 첫사랑이 생긴 건 어쩌면 운명처럼 준비된 일이었는지도 몰랐다. 그해 여름 전교 1등을 하던 어떤 고등학교 2학년 학생이 공간 민들레로 찾아왔다. 학교를 다니기 싫다고 자퇴서를 내고 나온 그 아이는 인디 음악과 시를 좋아하는 친구였다. 특유의 유머로 사람들을 재밌게 만들어 줬기 때문에 나 말고 여러 명의 여자들에게 인기가 있었다. 그 친구는 제 1회 민들레 시낭송회의 MC를 맡았다. 나비 넥타이를 매고 능청스럽고 귀엽게 농담을 건네던 그 모습에 나는 그만 홀딱 반하고 말았다.

전에는 읽어 본 적 없던 시집을 들춰보기 시작한 건 그때부터였다. 그 친구가 매주 듣던 시쓰기 수업에도 참가하게 됐다. 스무살에 찾아온 첫사랑, 나는 시집을 읽으면서 매일 그 친구를 생각했다. 그 친구는 고등학교 자퇴 후 엄마와의 갈등 때문에 겪는 어려움을 나에게 털어 놓았고, 나는 집에 아무도 없을 때면 엄마와 싸워서 오갈 데 없는 그 친구를 재워 주었다. 난 그런 날은 밤을 지새우곤 했는데, 옆에서 그 친구가 나를 어떻게 해 주길 밤새 기다렸던 것 같다.

그러나 언제까지나 기다릴 수만은 없다는 생각이 들었을 때 고백하기로 마음먹었다. 갑작스럽게 지하철역에서 너를 심각하게 좋아한다고 말했고, 결론적으로 그 친구와 문자와 통화는 그 이후 모두 끊기게 됐다. 비극적인 결말이었지만 한편으로

상처 위에 피는 꽃

난 매우 기뻤다. 뒤에서 혼자 좋아하면서 끙끙 앓는 일을 이제 안 해도 됐으니까. 되지 않는 일을 하려고 하면 병이 생긴다는 걸 잘 알고 있던 나는 금세 그 친구를 포기했다. 성정체성이 다른 사람에게 내 마음을 강요할 수는 없는 일이었다.

그때 내가 찾아 읽었던 많은 시집 중에서 제일 기억에 남는 것은 고정희 시인의 연시집 《아름다운 사람 하나》였다. 공간 민들레 책방에 꽂혀 있던 시집 중에 제일 낡았던 그 시집은 누군가를 사랑하는 마음을 잘 표현하고 있었다. 시를 쓰는 사람은 뭔가를 절실하게 사랑하는 사람일거라고 생각했다. 나의 커밍아웃은 그렇게 시작되었다. 절실하게 좋아하는 사람을 만나지 못했다면 나는 아직도 스스로의 모습을 인정하기를 망설였을 것이다.

¶

달려라 아비 - 스물 하나에서 스물 둘

그 친구에게 차이고 나서 나는 여행을 통해 배운다는 여행대안학교 로드스꼴라에 입학했다. 2년 동안 청산도, 하와이, 남미의 4개국을 돌면서 나는 조금씩 주변 사람들에게 커밍아웃을 해 나갔고, 여행지에서 쌓이는 용기가 그 일에 도움을 주었다.

세상에는 내가 모르는 것들로 가득하다는 사실을 깨닫고, 나는 이 세상의 극히 작은 일부분이라는 진리를 알고 나서야 스스로를 객관적으로 돌아볼 수 있는 힘을 얻었다.

여행 중 읽은 김애란의 단편 《달려라 아비》는 그런 맥락에서 나에게 인상적인 소설이었다. 나는 스스로를 연민하지 않는 법을 소설 속 주인공의 엄마에게서 배웠다. '엄마는 우울에 빠진 내 뒷덜미를, 재치의 두 손가락을 이용해 가뿐히 잡아올리곤 했다'는 문장에서 나는 내게 로드스꼴라의 여행이 그러했다고 말하고 싶어졌다. 첫사랑에 실패하고 빈둥빈둥 부유하고 있던 내게 스스로 불쌍하다고 생각하지 않게 만들어 준 건 남미의 여행길에서였다. 가난한 집안 사정 때문에 10대 후반부터 공부대신 일을 선택한 그곳의 친구들은 정말 해맑게 웃었다.

열세 명의 로드스꼴라 3기 친구들과 남미를 여행한 이야기를 《로드스꼴라, 남미에서 배우다 놀다 연대하다》라는 책으로 엮었다. 로드스꼴라에서 어떻게 공부와 여행을 함께 하는지, 실제로 개인 별로 느끼는 여정은 어땠는지 각자의 자리에서 열심히 써냈다. 이제 곧 책이 정식 출판된다. 며칠 전 출판사에서 보내 준 교정본을 보기 위해 모두 모였을 때 나는 갑작스런 질문을 받았다.

"엄마한테 언제 커밍아웃할 거야?"

상처 위에 피는 꽃

"뭐?"

나는 당황해서 되물었다. 질문을 한 친구는 엄마 입장에서 아들이 멀쩡하게 살아 있는데, 다른 사람의 입으로 그 사실을 알게 되는 건 기분이 나쁠 거라고 말했다. 난 고개를 끄덕였다. 책에서 모든 사실을 그대로 밝혔기 때문에 엄마에게 책을 보여 주지 않아도 어떻게든 알게 될 터였다. 나는 엄마가 22년 동안 숨겨온 나의 비밀을 알아야 한다고 생각하니까 갑자기 가슴이 뛰었다. 처음 커밍아웃을 할 때처럼.

《달려라 아비》의 마지막 장면에서 주인공은 엄마에게 아버지가 죽었다고 말한다. 자신이 어두운 얼굴로 있을 때 늘 그래 줬듯이 주인공은 엄마에게 '뭔가 재치있게 얘기해 주고 싶었지만' 마땅한 농담이 떠오르지 않는다. 나도 그 주인공처럼 무거운 표정을 지을 엄마에게 씩씩하고 재밌게 이야기를 꺼내고 싶었지만 어떤 말로 첫 운을 떼야 할지 막막했다. 게이라고 말하면 한 번에 알아들을까, 남자를 좋아한다고 말하면 될까, 남자를 사랑한다고 표현해야 정확한가.

어쩌면 엄마는 내가 생각했던 것보다 더 훌륭한 사람이어서 심각한 얼굴을 한 내게 이렇게 운을 뗄지도 모르겠다.

"야, 멋있다. 네가 게이라니. 그럼 혹시 첫 키스는 해 봤어?"

그렇다면 나는 웃으면서 내가 좋아하는 그 사람에 대해서 한 시간이고 두 시간이고 떠들 수 있을 것 같다.

이원규

1962년 경북 문경에서 태어났습니다. 1984년 〈월간문학〉, 1989년 〈실천문학〉으로 등단했습니다. 그동안 시집 《강물도 목이 마르다》, 《옛 애인의 집》, 《돌아보면 그가 있다》, 《지푸라기로 다가와 어느덧 섬이 된 그대에게》, 《빨치산 편지》 등을 펴냈습니다. 1997년 신동엽 창작상, 2004년 평화인권문학상을 수상했으며, 지리산 학교 교사 대표를 역임했습니다. 현재 순천대 문창과 강사로 일하고 있습니다.

작약꽃밭의 악동, 참매를 키우다

¶

어릴 적에 매를 키웠지요. 그냥 매가 아니라 참매를 키웠습니다.

초등학교 5학년 때부터 중학교를 졸업할 때까지 5년 동안 나의 가장 가까운 친구는 참매였습니다. 내 왼쪽 어깨 위에는 언제나 참매가 앉아 있었지요. 그 당시 참매는 나의 유일한 자랑이자 파수꾼이었습니다.

참매는 천연기념물 제 323호의 독수리과의 새입니다. 보라매 혹은 송골매 등으로 불리기도 하는 이 새는 새매보다는 훨씬 큰데, 개구리나 들쥐 같은 작은 동물들뿐만이 아니라 때로는 토끼나 꿩을 잡아먹기도 합니다.

그러나 아쉽게도 생태계가 파괴되면서 요즘은 참매를 보기가 참으로 어려워졌지요. 들녘에 농약을 치기 시작하면서부터 거미와 메뚜기가 죽고, 메뚜기가 죽으니 개구리와 들쥐들도 죽어가고, 그 죽은 들쥐들을 먹은 참매들도 서서히 죽어 갔지요. 참으로 안타까운 일이지만 엄연한 사실입니다. 지금은 농약을 덜 치니 메뚜기가 돌아오는 등 많이 나아졌지만 말입니다.

지금도 눈을 감으면 내 어린 시절의 기억 저편에 참매 한 마리가 날아오릅니다. 특히 중3 때 키웠던 참매 '벼랑이'가 금방이라도 내 어깨 위로 내려앉을 것 같습니다.

지금도 내 고향 경북 문경 마성면의 하내리와 구랑리 사이에는 부엉이산이 있는데, 높이 150m가 넘는 그 벼랑의 중간쯤에 참매의 둥지인 바위 구멍이 있습니다. 나의 고향은 그 부엉이산 아래에 있고, 참매 벼랑이의 고향은 바로 그 부엉이산의 벼랑이었지요.

나는 그해 5월에 밧줄을 타고 벼랑을 내려가 어린 참매 새끼 한 마리를 데려왔습니다. 친구들도 참매를 키우고 싶어 했지만 그것은 쉬운 일이 아니었지요. 나 말고는 그 누구도 부엉이산의 벼랑을 탈 수 없었습니다. 모두들 무섭고 두려워했지요.

참매 둥지에는 아직 어린 새끼들 여섯 마리가 보송보송한 흰 털을 온몸에 덮어쓴 채 먹이를 달라고 입을 벌립니다. 나는 그 새끼들 중에서 가장 작고 어린 막내를 데려옵니다.

그러나 새끼를 데려오는 게 쉬운 일은 아니었지요. 밧줄에

상처 위에 피는 꽃

대로대롱 매달려 막 새끼를 꺼내려는 순간 어디선가 어미 참매들이 날아와 기습 공격을 합니다. 그럴 때마다 온몸을 웅크리고는 벼랑에 바짝 붙어 있어야 했지요.

쉬익, 바람 소리를 내며 어미 참매들이 엄청난 속도로 날아와 날카로운 발톱으로 머리와 어깨를 칠 때면 겁에 질려 오줌을 쌀 정도였습니다. 어미 참매들의 공격을 피해 가며 벼랑을 내려오는 길은 정말 죽을 맛입니다. 다리는 마구 후들거리고 온몸에 땀이 흐르지요.

어미 참매들에게는 미안하고 미안하지만 어쩔 수 없는 일이었습니다. 다만 그 미안한 마음을 잘 키우겠다는 다짐으로 바꿀 뿐이었지요. 동네 형들이나 친구들이 한 마리만 더 가져다 달라고 하지만 나는 절대로 그러지 않았습니다.

한 마리쯤 누군가와 함께 키우고도 싶었지만 거의가 제대로 못 키우고 결국에는 죽여 버리기 때문이었지요. 그리고 사실은 나 혼자 키우는 것이 또 폼 나는 일이기도 했구요.

어쨌든 새끼 참매를 집으로 데려와 종이 박스로 집을 짓고, 이름을 바위 벼랑에서 데려왔으니 '벼랑이'라고 지어 주었습니다. 어머니가 또 죄를 지었다며 잔소리를 하지만 이미 내 의지를 꺾을 수는 없었지요.

그날부터 나는 신이 납니다. 공부는 뒷전이고 산으로 들로 뛰어다니며 개구리며 물고기를 잡아왔지요. 아직 어린 벼랑이

작약꽃밭의 악동, 참매를 키우다

는 물고기와 개구리를 좋아했습니다. 어떻게 알고 왔는지 우리 집 지붕 위를 빙빙 돌던 어미 참매들도 잘 크고 있는 벼랑이를 확인하고는 오는 횟수가 차츰 뜸해졌습니다.

벼랑이는 어느새 흰 털이 빠지고 잿빛 털이 나기 시작했습니다. 학교에 다녀올 동안에는 어머니가 먹이를 주었지만, 내 생각은 온통 벼랑이에게 쏠려 있었으니 공부는 그야말로 뒷전이었지요. 수업이 끝나자마자 집으로 달려왔지요.

한 달이 지나자 참매 벼랑이는 담장 위까지 날아올랐습니다. 이때부터 벼랑이를 나의 어깨 위에 앉히는 연습을 했지요. 시냇가와 들녘을 함께 다니며 야생 훈련을 시킵니다. 스스로 먹이를 잡는 연습을 시키는 것이지요.

처음에는 개구리를 잡아다 벼랑이 앞으로 던지며 개구리가 풀밭으로 도망치기 전에 잡게 하는 것이지요. 또 먹이를 줄 때마다 호루라기를 먼저 불고 주는데, 이것도 훈련의 하나입니다. 왜냐하면 그것이 반복되면 호루라기를 불 때마다 먹이를 주는 줄 알고 벼랑이가 내게로 오기 때문이지요.

여름방학은 하루 종일 벼랑이와 함께 할 수 있으니 정말 좋았지요. 냇가에 수영하러 갈 때도 함께 갔습니다. 친구들과 물고기를 잡아서 주면 벼랑이도 신이 났지요.

방학이 끝날 때쯤이면 어느새 벼랑이도 감나무 꼭대기까지 날아오릅니다. 호루라기를 불면 금방 내 어깨 위로 날아와 앉

상처 위에 피는 꽃

앉지요. 어느새 나는 동네의 유명인사가 되었습니다. 모두들 부러워했지요.

학교에 갈 때도 데려갔다가 날려 보내면 먼저 집에 가 있었습니다. 어머니가 나 대신 호루라기를 불며 미리 잡아둔 개구리를 주었지요. 벼랑이의 엄마는 나의 어머니이지만 아빠가 없는 나는 벼랑이의 아빠 노릇을 해야 했지요.

그러던 어느 날이었습니다. 학교에서 돌아오니 벼랑이가 보이지 않았지요. 어머니와 나는 호루라기를 불며 온 동네를 다녔지만 벼랑이는 끝내 날아오지 않았습니다. 그날 밤 나는 몸살이 났습니다. 온몸에 열이 펄펄 오르고 어머니는 내내 나의 이마에 물수건을 올려 주었지요. 아침이 되어도 벼랑이는 나타나지 않았습니다. 나는 사흘 째 몸이 아파 학교에도 가지 못하고 오직 벼랑이를 기다렸지요.

그런데 바로 그날이었습니다. 한낮에 깜빡 잠이 들어 벼랑이가 죽는 꿈을 꾸다 어머니가 부르는 소리에 벌떡 일어났지요.

"원규야, 벼랑이가 왔다!"

맨발로 마당에 뛰어나오니 정말 벼랑이었습니다. 벼랑이는 나를 보자 풀쩍 날아올라 어깨 위에 앉았습니다. 나도 모르게 눈물이 주르르 흘러내렸지요.

나중에 안 일이지만 벼랑이는 납치되었습니다. 윗마을의 아는 형이 벼랑이를 훔쳐다 자기 집에 묶어 두었던 것이지요. 그

작약꽃밭의 악동, 참매를 키우다

러나 먹이를 주며 잠깐 풀어 준 사이에 벼랑이가 탈출했던 것이지요. 벼랑이가 돌아오자 아픈 내 몸은 거짓말처럼 나았습니다.

어느새 세월이 가고 겨울이 다가왔습니다. 이제 어머니와의 약속을 지킬 때가 왔습니다. 참매 벼랑이를 야생으로 돌려보내야 했지요. 개구리도 겨울잠에 들어가고 시냇물이 얼면 더 이상 먹이를 잡아 줄 수가 없습니다.

그리하여 어머니와 나는 이미 오래 전부터 벼랑이에게 야생 훈련을 시킨 것이지요. 스스로 먹이를 잡는 훈련 말입니다. 그 훈련은 다름이 아니라 정을 떼는 것이었지요. 서서히 집에서 먹이 주는 것을 줄여 나갔습니다. 그러면 배가 고픈 벼랑이는 집을 나가 스스로 사냥을 해야 했지요. 가슴이 아프지만 벼랑이를 위해서 백번 옳은 일이었기에 나는 어머니의 말씀을 따랐습니다.

하루에 한 번쯤 날아오던 벼랑이가 이제는 사흘에 한 번쯤 날아오고는 했지요. 어느새 새해가 오고 나는 중학교를 졸업할 때가 되었습니다. 겨울이 다가고 봄이 올 무렵 마지막으로 벼랑이가 날아왔을 때, 이미 어른이 다 된 벼랑이의 발목에 어머니가 만들어 주신 붉은 댕기를 묶어주었지요. 그리고는 하루 종일 벼랑이와 놀다가 연을 날리듯 벼랑이를 날려 주어야 했습니다.

눈물이 쏟아졌습니다. 어머니는 눈물을 흘리는 나를 안아 주

상처 위에 피는 꽃

었습니다. 벼랑이는 우리 집 지붕 위를 몇 바퀴 돌다가 아주 멀리 멀리 날아가 버렸습니다. 너무너무 섭섭했지만 어쩔 수 없는 일이었습니다.

그리고 나도 고향을 떠나 도시의 고등학교로 진학을 했습니다만 중도에 그만두고 만덕사라는 절로 들어갔지요. 그 이후로는 참매를 키울 수 없었지요.

나는 지금도 하늘을 볼 때마다 "벼랑아!" 하고 나지막이 불러봅니다. 붉은 댕기를 묶은 벼랑이가 지금도 어느 하늘을 훨훨 날아다닐 것만 같습니다.

¶

그리고 참으로 오랜 세월이 흐른 뒤 마침내 나는 시인이 되었습니다.

그 사이 어머님은 돌아가시고, 나는 서울에 살다가 15년 전에 지리산으로 들어왔구요. 그동안 까맣게 고향을 잊고 살았지요. 지리산에 숨어 지내듯 칩거한 지 처음으로 내 고향 경북 문경을 찾았습니다.

불효막심하게도 오랜만에 부모님 산소에 들러 향 대신 담배 연기를 올리고 참회의 절을 올렸지요. 멀리 바라다 보이는 문

작약꽃밭의 악동, 참매를 키우다

경새재의 주흘산은 여전한데, 어느새 내 나이만 일찍 돌아가신 아버지를 따라잡았습니다.

여섯 살 무렵 단 한 번밖에 보지 못한 아버지, 가슴 깊이 묻어두었던 그 이름을 쉰 살이 되어서야 봄 그늘 속에 살며시 꺼내 보았습니다. 살다보니 어머니의 가슴팍에 대바늘을 꽂은 아버지나 혈육의 연마저 끊고 살다 도둑고양이처럼 고향을 찾은 나나 참 많이도 닮았다는 생각뿐입니다.

세월이라는 기차는 아직 어린 나를 태우고 철커덩 철커덩 철로 위를 달려 세상 밖으로 나가더니, 문득 이렇게 두서없이 돌아와 구랑리역에 내팽개치고 사라져 버린 것이지요.

구랑리역, 점촌역 발 가은 행의 마지막 간이역이자 소년기에 머물던 내 인생의 간이역……. 지금은 기차가 다니지 않은 지 이미 오래여서 레일은 녹이 슬고, 기찻길 옆 오막살이에서 태어나는 신생의 아이들도 더 이상 보이지 않았습니다.

그러나 지금도 철길 위에 엎드려 녹슨 레일에 귀를 대 보면, 어느새 추억 속의 기차가 터널을 빠져 나와 힘차게 기적 소리를 울리며 철교를 건너 코뿔소처럼 달려오고 있습니다.

아직은 종점이 아닌
그래서 조금은 여유가 있는 간이역
돌아서기만 하면 언제나 시작이 되므로

상처 위에 피는 꽃

섣부른 절망보다는
무성한 숲과 젊은 강이
늘 생각 키우는 구랑리역
역무원도 없는 대합실 삐걱이는
목조 의자에 나는 무엇으로 무너져 내리는가

십 수 년 전의 추억으로 막차는 다시 와
야반도주한 누이의 안부와
척추 부러져 병원에 간 형님 소식
구멍 뚫린 차표 몇 장으로 떨궈 놓고 떠나면
기적 소린 그 자리에 어둠이 되는 것을

아무도 오지 않았다
어둠이 걷히고
철교 위로 물안개 자욱히 오를 때까지
추억의 터널을 빠져 나온 기차만
생각을 몰고 그리움을 몰고
꽥꽥 소리를 지르며
건강한 숲 그 젊은 강이 절망하는
고단한 옆구리를 지나
어머니 불길한 아침 밥상을 마련할 때까지

219
....

한 번 떠난 자는 돌아오지 않았다

긴 터널을 지나 철교를 건너
십 수 년 전의 추억으로 첫차는 다시 와
기다림에 지친 나를 밟고 나를 넘어
마침내 드러누운 내가 먼저 레일이 될 때까지

- 졸시, 〈구랑리역〉 전문 -

기차는 하루에 여섯 번밖에 서지 않았습니다. 새벽 기차와 아침저녁의 통학 열차, 점심 무렵의 왕복 열차 한 번, 그리고 밤 기차가 전부였지요. 구랑리 사람들의 일상은 첫차의 기적 소리로부터 시작해 막차가 지나가면 비로소 잠자리에 들면서 끝이 났습니다. 기차는 통학이나 장을 보러 가는 교통수단으로서의 의미뿐만 아니라 시간을 지배하는 시계이자 바깥세상의 소식과 풍문을 전하는 우편 배달부였지요.

나는 구랑리역에서 아주 가까운 소나무 숲 아래의 외딴집에서 다섯 살에서 5학년까지 살았습니다. 그 이후는 십 리쯤 떨어진 하내리에서 나머지 청소년기를 보냈으나 버스가 없었으니 바깥세상으로 나가려면 어쩔 수 없이 구랑리역까지 걸어가 기차를 타야 했지요.

당시 내가 다니던 서성국민학교는 십 리쯤 떨어져 있어 걸어

다녀야 했고, 시오리 길이 넘는 가은중학교도 자전거가 없어 고개를 넘어 걸어 다녔지요. 적어도 고등학생은 되어야 기차를 타고 백 리 길 점촌까지 기차 통학을 할 수 있었으니, 아직 어린 나는 고교생 형들이나 누나들이 부러울 수밖에 없었습니다.

물론 나도 아주 잠깐 기차 통학을 한 적이 있기는 있습니다. 중학교를 졸업하고 마침내 문경고에 입학해 조금 다녔기 때문이지요. 하지만 그리 오래지 않아 늦게 온 사춘기 때문인지, 세상에 대한 환멸을 일찍 알아 버린 까닭인지, 봄 소풍을 다녀오는 길에 곧장 백화산 만덕사로 출가 아닌 출가를 했지요.

그래서인지 내 기억 속의 구랑리역은 초등학교 시절에 한해 더욱 선명하게 남아 있습니다. 그것도 구랑리역 앞 '작약꽃밭의 악동'으로 말입니다. 어머님이 기차역 주변 600여 평의 밭에 작약을 심어 놓았는데 해마다 봄이면 그 작약꽃밭이 장관이었습니다. 당연히 여고생들의 주요 표적이 될 수밖에 없었지요.

말하자면 나는 누나들이 흠모하는 국어 선생님에게 바칠 꽃들을 지키는 이른 아침의 '꽃지기'였던 것입니다. 기차가 머무는 30초 동안에 여고생 누나들이 우르르 몰려와 순식간에 꽃을 꺾어 다시 기차에 오르면 나는 분을 참지 못해 고래고래 소리를 지르곤 했지요.

그러나 그것도 내가 늦잠을 잔 날이나 가능한 일이었습니다. 나는 아침마다 참매 '벼랑이'를 어깨에 앉히고 나의 불개검둥이지

작약꽃밭의 악동, 참매를 키우다

만 목 주변에 붉은 갈색의 갈기가 난 송아지만 한 잡종 개를 꽃밭 주변에 풀어 놓은 채 통학 기차를 기다렸지요.

누나들은 감히 기차에서 내릴 엄두조차 내지 못하고, 차창을 열고 내게 미인계나 껌 등의 물량 공세를 할 수밖에 없었지요. 그렇다고 모두에게 꽃을 줄 수는 없는 노릇이었습니다.

"야, 작약꽃밭의 악동! 한 송이만, 국어 선생님 드릴 거야".

"안돼, 누나는 안돼. 저번에 훔쳐갔잖아! 오늘은 저기 저 예쁜 누나 줄 거야."

이렇게 나는 아침마다 회심의 미소를 지으며 가장 마음에 드는 누나 한 명을 골라 미리 준비해 둔 꽃다발을 차창 너머로 전해주곤 했습니다. 이렇게 매일 바뀌는 주인공 누나와 작약꽃 한 다발이 날마다 통학 열차를 달리게 했지요.

그리하여 나는 마침내 열두 살이 되기도 전에 여고생들의 '스타'가 되었던 것입니다. 아주 잠깐 기차가 머무는 구랑리역의 봄날 아침, 나는 '헌화가' 속의 늙은이가 아니라 아직 사춘기도 못된 애송이가 되어 불우한 어린 시절의 상처를 치유하고 있었습니다.

지금도 해마다 봄이 오면 나도 모르게 참매 벼랑이를 키우던 '작약꽃밭의 악동'이 됩니다. 아니, 언제까지나 지리산 야생화를 지키는 악동이고 싶습니다.

이채경

1961년 충남 논산에서 태어났습니다. 초등학교 2학년 때 서울로 전학해 면목여중과 동구여상을 졸업한 뒤 직장 생활을 하다가 스물아홉에 결혼했습니다. 경북 경주로 시집을 가서 20년 동안 아들 둘을 낳고 키우는 일에 열중하며 살았습니다. 작은 아이가 고등학교에 입학해 기숙사에 들어가면서 주부 생활을 멈추고 2012년까지 화랑문화원 전통문화 교사, 경주신문 기자로 일했습니다. 가을의 나무의 색과 물이 다해 마치 생명의 끝이 보여도 외양의 쇠락이 끝이 아니었음을 봄이 되면 알 수 있듯이 이미 삶의 칠할 지점에 서 있을지라도 화창하게 소생할 봄을 믿습니다. 그러므로 시도하고, 준비하고, 사랑하는 일에 게으르지 않으려고 애쓰며 살고 있습니다.

나의 네 번째 이름

¶

"이제 와서 뭣하러 만날라 그랴. 다 컸는디. 만나 보믄 뭔 소용이 있겄어. 추접시럽기만 하지. 괜히 찾아가 봐야 맘만 더 다칠 겨! 얼음 가루가 펄펄 날리는 이여."

세 살 때 헤어진 엄마의 연고를 한 다리 건너 알고 있다는 고모할머니의 만류였다. 스물다섯, 경우에 따라서는 웬만한 데로 시집도 갔을 나이다. 초라하게 십대에나 했어야 할 생모 찾아 몇 만 리를 하고 있는 친정 피붙이의 모습이 한심하고 처연했을 것이다.

"궁금해서요. 더 이상은 못 참겠어서요. 도대체 날 낳은 사람이 어떻게 생겼는지 보구 싶어서요. 할머니 같으면 안 궁금하시겠어요? 한 번만 보게요."

고모할머니는 더 이상의 반대를 거두시고 생모네와 연척지 간이 된다는 방앗간집 주소를 가르쳐 줬다.

"니 엄니는 군연기에서 날리는 신여성이었어. 거만햐. 천지 모르는 것두 읎구, 공부가 깊은 이여. 느 아부지하곤 안 맞었어. 차원이 달랐어."

친정 부스러기가 새삼스레 생모를 만나 또 한 번 고꾸라지지 않을까, 앞일이 걱정되고 안쓰러워 예방 주사라도 놓아 주시는 것이리라. 행여 만나더라도 턱 없는 원망만으로 들이받진 말기를 바라면서.

단박에 엄마를 만날 수는 없었다. 방앗간 집을 통해서, 엄마의 하나뿐인 언니, 이모의 남편이 교장으로 재직하고 있다는 학교를 물어물어 찾아갔다. 겨울방학 중이어서 텅 빈 학교는 내 심정만큼이나 을씨년스러웠다. 당직 교사 한 분이 교장 선생님댁 주소를 적어 주었다.

작은 키에 온유한 인상의 이모가 버선발로 뛰어나오셨다.

"아이고 이게 누구여, 희경이 아녀? 세상에, 희경이가 이렇게 컸니?"

엄마가 지어 줬다는 이름, 희경이. 지금은 서울에서 대전까지 KTX로 30분이면 간다. 이웃 마을에 마실 가듯 할 수 있는 거리다. 그러나 25년 만에 생모를 찾아온 나는 구만리를 헤매

온 것만 같았고, 이모는 내가 저승에서 되돌아온 손님이라도 되는 듯 황망해 했다.

충남 연기에 터를 잡고 살아오신 외할머니는 아들 없이 딸만 둘을 두었다. 그 시절 자식 농사로는 적막하다. 그래서인지 두 딸은 그리 멀지 않은 곳으로 출가했다. 큰딸은 대전 시내로, 작은딸인 나의 생모는 논산으로. 친손주 없는 외조부모에게 외손주는 귀할 수밖에 없었을 터이다. 그렇지 않아도 어린 것들에 대한 사랑이 남달랐던 외할머니는, 이모의 칠남매를 차례로 데려다 돌봐 주고 키워 주셨단다. 작은딸의 첫 소생인 나도 세 살까지 연기군 금남면의 외가에 왕래하던 기억이 있다. 커다란 버드나무가 너울너울 늘어졌던 개울과 꽃나무 울타리……. 세 살 이전까지의 어렴풋한 영상이다. 외가의 이웃 '오쟁이네'라는 택호는 이제 와서 들어도 귀에 익는다. 충격적인 기억은 도장처럼 전 감각에 찍히는가. 인간은 놀라운 영물임이 틀림없는 것 같다.

나의 아버지와 헤어지고 몇 년 뒤에 총각 재가를 했던 엄마는 딸만 다섯을 낳고 그 막내딸이 서너 살 때, 세 살배기 어린 내가 엄마와 헤어지던 꼭 그 나이만 할 때, 그애들의 아버지와도 이별했다 한다. 엄마는 지금 외가로 다시 들어와 다섯 딸들과 외할머니와 함께 살고 있다고 했다.

외손녀가 불현듯 나타났다는 통기를 받고, 그때까지도 여전히 그 집에 살고 있던 할머니는 반 정신이 나간 모습으로 달려오셨다. 무슨 이유였던지 엄마는 그날 바로 오지 않았다. 엄마와 함께 살던 할머니만 득달같이 버스를 타셨다.

"아이구우 희경아, 니가 여기를 어떻게 왔니. 이게 어짠 일이냐! 죽을 때꺼정 못 보는 줄 알았는디, 내가 오래 살다 보니 너를 본다, 올려거든 진작에 오지 왜 인자 왔니. 그래 이태껏 어떻게 살은 겨. 세 살배기가 스무 살이 넘었구나. 아이구 참말 기맥히다."

할머니는 눈물 바람에 내 손을 당겨 잡고, 이리 쓰다듬고 저리 주무르고 하며 중언부언 두서없는 감정을 끝도 없이 토로하셨다.

"니 어머니는 보통내기가 아녔어. 자라면서는 얼마나 책 보는 것을 좋아하는지 인물 났다구 했었어. 모르는 게 읎구 똑 뿌러지고, 재주도 많구, 어른이래두 뭘 잘못했다 싶으믄 불칼 같이 따지고 드는 통에 내가 걔 키우믄서 맘고생이 이만저만이 아녔다. 우리 시아부지가 어렵고 무섭기로 인근에 소문이 자자한 양반인디, 그 호랭이헌티 번질나게 드나드는 건 니 어머니 뿐여. 이모는 같은 손년디 무섭다구 얼찐거리지도 못했어. 당신 아드님이신 니 할아버지두 아부지 어려워 근처두 안 갔거든. 근디 그 어른이 진지 자실 때는 꼭 니 어머니하고만 겸상을

상처 위에 피는 꽃

하신 겨.

커서두 필체 좋구 솜씨 좋다구 모두 인텔리라고 했어. 서양 년처럼 키두 훤칠한 것이, 양장을 하구서 읍이구 대전 시내구 나가믄 타잎 좋다구 야단였으니께. 바느질 솜씨가 좋아서 한복 두 잘 만들구, 거시기 와이 따블(YWCA)에서 양장학원 강사 질두 했지. 서울 명동서 디자인인가 뭔가두 했을껴. 스물여섯 에, 그때는 늦은 나이지. 중매가 들왔는디, 중매쟁이가 어떻게 구워 삶었는지 뜻밖에도 순순이 시집을 간다는 거여. 신기하구 반가워서 얼싸 좋다, 번갯불에 뭣 감추듯 해치운 겨. 그게 화 근였어. 그 중매를 누가 섰느냐면, 니 아부지 이모가 했거던. 자기 조카 좋은 데 장가 들일 욕심에 턱없이 그짓말을 보탰지. 그전이는 다들 그러기도 예사였구. 시집간 지 1년 만에 못살겠 다구 달려온 겨. 살 수가 없드랴! 집이 너무 없이 살어서 팻거 리가 없드랴.

상견례할 적에 사돈될 양반들이 그렇기 맘에 들 수가 없었 어. 늬이 할머니 할아버지가 그렇게 점잖으시구, 많이 배우시 구, 그렇더라구. 늬 할아버지는 그 당시 보성전문 나오신 신칼 라 멋쟁이였어. 인물두 출중허시구. 할머니는 한학을 하셔서 그런지 말씀을 어찌나 격식 있고 인정시럽게 하시는지 볼 것두 읎었어요.

그란디 세상에 그때가 하필 그 집안이 막 넘어가는 상태였든 거여. 다 말아먹구 껍데기만 남은 사정인디 암것두 모르구 속아서 간 겨, 우리가. 신랑 자리는 대전서 은행원이라구 했는디 그것두 아니더라구! 니 엄니는 노다지 책만 붙들고 사는 사람인디, 니 아부지는 공부하고는 취미가 먼 이여. 그저 풍류만 아는 이였어. 그라니 맞을 리가 있었겄어. 째지게 가난하지, 남편하구 남과 북처럼 안 맞지, 시동생들은 속 썩이지, 살 수가 없었던겨. 그래도 나는 말렸었다. 그 와중에 니가 생겼으니 어린 것을 어뜩하냐 말여. 그 어린 것을 동짓달 그 추운 데서 뺏었다 뺏겼다, 니 아부지하고 드잡이 수차례 했어. 준다, 못 준다, 니 키우니, 내 키우니 해 가매. 그란 끝에 준 거여. 워낙 늬 집이서 너를 귀히 여기니께 설마 하니 너만큼은 호강시럽게 잘 키우고, 잘 가르치고 훌륭하게 해 놓겄지, 했었지. 그란디 그 고생을 하구 컸단 말이냐? 워쩐 일여 세상에. 너 떼어 놓구 몇 년 동안 니 엄니는 제 정신 아녔어. 밤에 개울가를 구신처럼 헤매구 다니구 그랬어……."

별명이 변호사댁이라는 외할머니의 대하소설 같은 경위서는 물 흐르듯 유창하고 구수하기까지 했다. 내 부모의 시절 인연이 없었음을 어찌 이토록 설득력 있게 구사하는가. 듣고 있자니 마치 남의 이야기처럼, 혹은 옛날이야기처럼 고개가 끄덕여지기도 했다. 부옇게 날이 새고 있었다. 그러나 엄마가 나를 떼어 놓고 가서 무려 다섯 아이들을 낳았다는 사실이 말할 수 없이 서운했다. 그렇게 지적이라는 엄마의 처신 같지 않았다. 우리집에서 우리 친할머니, 삼촌, 고모들과 왕고모할머니들이 전하는 엄마는 차갑기는 하나 분별 있고, 교양 있는 똑똑한 사람이었다. 피차에 이상이 안 맞아서 어쩔 수 없이 갔지만 아까운 사람이었다며 흉 한 점이 없었다. 그래서 엄마는 착한 사람, 얼굴도 예쁜 사람, 급기야는 전지전능한 사람으로 그리움의 비약이 쌓여 갔었다.

다음날 모녀 재회는 갈마동 이모집에서 이루어졌다. 엄마가 눈앞에 서 있다. 순간 세상이 덜커덕 정지해 버렸다. 소리도 닫혔다. 어린 시절부터 잠 못 이루며 그리워했던 친엄마가 저렇게 생긴 사람이었구나. 어색하고 이상했다. 그리워하고 그리워하다 지쳐 버린 얼굴. 어느 영화에서 착한 주인공으로 나왔던 배우 윤정희를 보고 엄마를 닮았을 거라고 생각했던 적이 있었다. 어떻게 시작하지?

"안녕하세요, 절 받으세요."

양손을 공수하고 이마까지 올려서 큰절을 했다.

"그래 많이 컸구나. 니가 여기를 어떻게 왔니……."

나는 제례를 모시듯 엄숙하고 격식 있게 행동했고, 엄마는 시선을 아래로 둔 채 눈을 마주치지 않고 절제된 음성으로 받았다. 큰 키에 강한 인상. 고모할머니 말씀대로 얼음 가루가 날리는 목소리였다. 한 다리 건너 할머니나 이모하고는 구체적인 표현들이 오고갔었다. 눈물도 나고, 서러움도 원망도 밤새도록 꿰었다. 핏줄에 대한 당김도 고향에 회귀한 듯한 안도감도 느꼈는데, 엄마하고는 그 어떤 현실감도 나지 않았다. 아마도 감정의 무게 때문일 테지. 태산 같은 그 무거움을 어찌 말로 옮겨 놓겠는가. 꽝꽝 얼어붙어 꼼짝도 할 수 없었던 그 빙산의 밑둥을 어떤 몸짓으로 드러내 보일 수 있을까. 표현될 수 있다는 것은 웬만하다는 것이다. 너무 큰 것은 소리가 나지 않는다고 했는가. 25년을 누구보다 가깝게 누구보다 멀게 떠올렸던 대상. 가위눌림의 대상과 대면하는 일이 어찌 몽롱하지 않으랴.

드라마에서 보던 극적 상봉의 장면은 그야말로 드라마틱한 허구였다. 온몸에 우둘두둘 열꽃이 솟는 것 같았다. 겸연쩍고 창피하고, 마치 동물원의 원숭이가 된 기분일 뿐이었다. 한 시간짜리 모노드라마 '엄마를 본 순간'은 억겁의 시간처럼 길고도 무거웠다.

정류장을 향해 걸어 나오는 길은 들어갈 때의 길보다는 조금 더 쓸쓸하다고 느꼈다. 마음은 허했고 몸은 기진했었나 보다. 으슬으슬한 한기가 마른 겨울 바람과 함께 온몸을 선득선득 휘감았다. 내가 서울대학이라도 입학해서 찾아왔다면 대접이 달랐을까? 알만한 직장에 번듯하게 다니고 있으면서 나타났다면 어땠을까? 나는 왜 한 마디도 못한 건가? 당신도 나도 도대체 뭐지? 초라한 내 모습을 뒤따라오는 엄마와 이모에게 들킬까 봐, 나의 실망감이 저들에게 읽힐까 봐 걸음걸이가 몹시 부자연스러웠던 것으로 기억된다. 고모할머니의 우려대로 '추접시러운' 일이 아니었나, 후회도 밀려왔다.

꽤 넓은 개천이 있었고, 개천 위에는 구멍이 숭숭 뚫린 건축 공사용 긴 쇠다리가 놓여 있었다. 휘청거리는 쇠다리 앞에서 뱀 같이 차갑고 쌀쌀맞다는 내 주인공의 목소리가 발걸음에 브레이크를 걸었다.

"언니, 건너가지 말어. 뭘 더 가. 그만 가."

정류장까지 따라가서, 배웅하려 했던 이모는 그 목소리를 이기지 못했다.

"괜찮아요 이모, 어서 들어가세요."

괜찮지 않았다, 땅이 꺼지게 섭섭했다. 마음에 없는 사양을 하고 휘청휘청 쇠다리를 건너올 때 만감이 뒤섞이던 쓴 기억만이 25년이 지난 지금도 생생하다. 얼어붙은 발걸음을 떼지 못하며 내 손을 꼭 잡고 차비 하라고 십만 원 봉투를 쥐어 주시던 이모의 체온이 허탈한 나를 부축해서, 아마도 그날 나는 다리 중간쯤에서 고꾸라져 주저앉는 추태를 면했을지도 모른다.

"희경아 또 만나자, 또 오너라."

연신 당부하던 온기가 지금도 코를 먹먹하게 한다.

그냥 한 마디면 족했었다. 따뜻한 눈빛 하나면 눈 녹듯 녹아 내릴 것 같았다. 사랑한다고, 미안하다고. 그게 어려운가, 저 분은? 고독하고 난감했다. 대사를 외우지 않고 올라선 무대. 한겨울 끝이 보이지 않는 허허로운 들판에 나는 한없이 굳은 동상처럼 박혀 있었다. 엄마를 만나면, 친엄마를 만나게 되면 이제까지 안 풀리던 내 인생에 뭔가 서광이 비치지 않을까, 기대도 했었다. 왜냐하면 최소한 내가 잘되기를 바라는 진심 하나를 얻게 되는 거니까. 내 일에 나보다 더 욕심을 내 줄 사람이 생기는 거니까. 내가 성공하기를 염원하는 간절한 기운 한 줄기가 나를 향해 줄을 대고 있을 테니까. 그러면 나는 얼마나 용기백배할까. 이 세상 사는 일이 얼마나 신이 날까. 두려울 게 없을 것 같았다. 자라는 동안 새엄마 앞에서 나는 얼마나 여러 차례 의욕 상실을 당했던가. 1등을 해도, 글짓기에 장원을 받아와도, 학창 시절 내내 반장을 해도 학교에서 어떤 히트를 쳐도 집에 오면 칭찬받지 못했다. 들어 주지 않았다. 상을 받은 날 집으로 돌아가는 길은 더 맥이 빠졌다. 그러나 그때마다 긴 숨 한 번 쉬는 것으로 무안함을 날려 버리고 맹랑하게 미소 지었던 건 희망이 있었기 때문이었다. 내 희망은 대전 근처 조치원이라는 곳에 살고 있다고 하니까, 언젠가 만나면 그동안 못한 칭찬 다 해 줄 거다. 그 때는 내가 잘한 일, 내가 기쁜 일에 진심으로 동참해 줄 거야, 박수쳐 줄 거야. 친엄마 아래서

234
상처 위에 피는 꽃

자라는 친구들을 보면 다들 그렇게 살고 있었으니까.

　대전에서 돌아온 지 꼭 한 달 뒤에 엄마로부터 편지 한 장이 날아왔다. '꿈결처럼 너를 만나'로 시작되는 예상 밖의 절절한 내용이 꼭꼭 눌러 쓴 필체로 빼곡하다. 들은 대로 달필에 명문장, 그 분은 인텔리에 신여성, 모두 맞는 얘기였네! 내가 자식이기는 한 모양이다. 그러나 그 절절한 해명들—내가 다른 이들과 달라 맘을 표현하는 것이 거북한 성격을 가졌다는—이 적힌 편지는 읽는 족족 허공으로 날아가 버리고 가슴까지 닿지는 못했다. 글이란 얼마나 진심을 담을 수 있는 것인가. 신기하게도 지금까지 명징하게 기억되는 것은 편지의 맨 처음과 맨 끝, 단 두 문장 뿐이다. '꿈결처럼 너를 만나'와 '엄마 서(書)'. 웬일로 당신이 스스로 엄마였음을 밝히고 있는가.

❡

　"수영이도 엄마가 있었구나! 나는 수영이가 하늘에서 뚝 떨어진 사람인 줄 알았는데, 엄마가 있다니까 신기하고 이상하네".

　고등학교 1학년 때 만난 첫사랑 백씨는 나에게 백마 탄 왕자로 나타나 줘서 그렇게 불렀다. 생모를 찾아 만나고 온 보고를 들으면서 기

특해 했다. 내가 어디 가서 출세라도 하고 온 것처럼 흐뭇해했
다. 엄마를 만났으니 앞으로는 외롭지도 않고, 집을 나와도 갈
데가 있고, 힘들면 어리광 부리며 위로받을 때도 있을 거라고,
그도 주변의 다른 친구들도 나처럼 그렇게 생각했다. 백씨. 그
는 나에게 애인이기보다 어쩌면 엄마 맞잡이였다. 무슨 일이
생길 때마다 백마를 타고 달려오는 은인이고 보호자였다. 고등
학교 때 교회 성가대에서 알게 되어 7년째 만나면서 어느덧 엄
마로 굳어진 존재였다. 여고생이 되면서부터는 새엄마에게 대
드는 일이 잦아 졌다.

“다른 집은 애들이 욕을 하면 부모가 야단을 쳐서 가정교육
을 한다는데, 우리 집구석은 어떻게 된 게 어른이 자식한테 툭
하면 욕이에요?”

‘오라질년’, ‘옘병할 년’, ‘육실할 년’…… 새엄마의 단골 육두
문자를 들을 때마다 나는 종이를 태운 재처럼 사그라드는 것
같았다.

“엄마는 어쩌면 사람을 그렇게 미워하기만 하세요! 내가 천
가지 행동을 하면 그 중의 한 가지는 잘 하는 게 있을 거 아닌
가요?”

싸움의 끝에 잠긴 대문 밖으로 내쫓기기 일쑤였다. 그 때마
다 찾아가는 백씨네 집은 미아 보호소 같은 곳이었다. 우리집
에서 버스로 30분 거리. 제기동 허름한 주택가의 두 번째 골목

집. 가게를 지나 왼쪽 끝머리에 백씨 방 창문이 있었다. 칠이 벗겨진 파란색 방범창 사이로 똑. 똑. 두드리면, 흰 런닝셔츠 바람의 남자 천사 백씨가 하얗게 고른 치열을 드러내고 획 돌아보며 웃었다. '어! 수영이 왔어? 잠깐만 기다렷!' 하고 대문을 열어 줄 때마다, 두 팔을 이렇게 벌리면서 '자, 손!' 하면 나는 동상 걸린 손이 시려 그의 양쪽 겨드랑이에 두 손을 착 끼워 넣었다. 그러면 백씨는 두 날개를 최대한 몸에 꽉 붙여서 언 손을 녹여 주곤 했다. 신체 중에서 겨드랑이가 가장 따뜻하기 때문이란다. 언제나 예고도 없이 열 번을 가도, 스무 번을 가도 그렇게 맞아 줬다. 두 팔을 수평으로 펼쳐서 말이다.

봉황 무늬의 갈색 호마이카 장롱이 있는 익숙한 방. 작지만 연탄불이 쩔쩔 끓던 아랫목이 있는 아늑한 백씨의 방. 특히 겨울에는 유난히 싸움과 구박이 잦았던지 몸과 맘이 꽁꽁 얼어서 많이 갔던 그 방이 내게는 세상에 다시 없는 천국이었다.

"왜 엄마랑 또 싸웠어?"

"응."

"그래서 또 나가래?"

"응."

"수영이더러 어디로 가라고? 뻔히 갈 데도 없는 걸 알면서 진짜 어디로 가라고 내쫓는 거야."

¶

도대체 어디로 가란 말이냐는 그의 반문에 비로소 현실감이
돌아올 때쯤엔 새삼스레 새엄마가 죽도록 미워졌다. 그렇게 들
고 나기를 수없이 하면서도 온전히 못 나가고 근근히 집이라는
곳에 끈을 잇고 있었던 것은 은이가 있었기 때문이다. 은이는
새엄마가 우리집에 들어와 그 이듬해에 낳은 큰 동생이다. 나
에게 아무 사심 없이 대하는 가족은 은이였다. 유일하게 마음
을 줄 수 있는 곳이 조그맣게 내 곁에서 자라고 있었다.

　내가 초등학교 다닐 때 대여섯 살이던 은이는 날마다 넙죽이
네우리가 세 들어 살던 집 막내딸 별명 대문 앞 커다란 느티나무 아래서
고개를 삐딱하게 돌리고 학교 마치고 오는 언니를 기다렸다.
빨강색 털모자를 쓰고 두 손을 가지런히 모은 채 까치발을 하
고 서 있는 모습.

　"은이야, 왜 나와 있어?"

　"언니 신발 주머니 받으려고."

　은이는 언니가 학교 파하고 오기를 기다렸다가 신발 주머
니를 받아 가는 게 하루의 중요한 일과였다. 중학교 시절부터
는 집을 나와 동가식서가숙을 반복하는 언니의 일신이 늘 걱정
인 아이. 자기 엄마와 전처 소생인 언니 사이에서 새우등이 터
졌던, 불안한 유년 시절을 보낸 착한 팥쥐였다. 언니가 거처를

상처 위에 피는 꽃

옮길 때마다 안절부절 찾아다니기 바쁘고, 집이 싫어 밖으로만 돌아치는 언니를 변명해 주면서 늦은 밤까지 잠들지 못하고 기다려 준 아이. 언니가 언제 창문을 두드릴지 몰라 노심초사하고 귀 기울였다가 몰래 몰래 대문을 열어 주던, 우렁각시 같은 내 동생 은이.

"그러느라고 나는 사춘기도 없었다, 언니."

지금도 깔깔대며 유쾌하게 말하는 아이. 만일 나에게 은이가 없었다면 아마 훨씬 더 일찍 그 집을 나왔을 것이다. 중학교 1학년이 되자 밑으로 동생들이 커오기 시작했고, 살림살이는 더 빠듯해지고, 아버지의 지방 일도 자주 끊기면서 새엄마와의 불화가 심해졌다. 겨우 입학은 했는데 1학기가 끝나 갈 무렵부터는 차비도 타기 어려워졌다. 엄마는 중학교를 그만두라고 했다. 새엄마가 다니는 공장의 미싱사는 나와 동갑인데도 한 달에 월급을 30만 원이나 받는다는 거였다. 당시 돈으로는 어마어마한 액수였다. 공장 식당에서 밥을 해 주던 새엄마의 월급은 그 삼 분의 일도 안 되는 것 같았다.

"빨리 배워서 미싱 탈 생각은 안 하고 학교는 무신 놈의 얼어 죽을 학교여! 니가 지금 우리 형편에 중학교 다니게 생겼냐. 암만 애라지만 생각이 좀 있어 봐라. 내가 못 살겠다, 너 때문에."

생활력이 강한 새엄마는 앞장서서 맞벌이에 나섰지만 부족하기 일쑤이니 힘든 것은 사실이었다. 새엄마는 '내가 너 때문에 못살겠다.'를 입에 달고 살았다. 무슨 일로 화가 나든 말끝에는 버릇처럼 '너 때문에 못살겠다.'가 붙어 있었다. 심지어는 '너 하나 없으면 이 밥 한 그릇이 굳는다.'며 실제로 스테인레스로 된 밥 식기를 가리키기도 했다. 중학생인 나는 뚝심이 생겼다.

'아니 누가 이 집에 먼저 살았는데! 자기가 나보다 늦게 들어 왔으면서.'

속엣말을 뇌이며 들은 척도 하지 않았다. 새엄마가 우리 집에 들어올 때 나는 이미 일곱 살이었다. 아버지가 장남이어서 나의 탄생은 온 집안의 경사였다고 했다. 집안에 어린애 울음 소리가 몇 십 년만에 처음 난다면서 할머니 할아버지는 물론 이고 고모들 삼촌들이 꽃처럼 안고 들고 했었단다. 더구나 친 할머니는 첫 손주가 귀하기도 하고 어미를 잃은 어린 것이 불쌍도 하여 배에서 안 내려놓고 키우셨다고 했다. 말을 하기 시작하면서는 하도 똘망똘망하고 영민해서 등에 업고 다니실 때 "아이고 우리 이 판사, 장차 여판사 될 이 판사." 하셨단다. 실제로 나는 취학 후 1년 뒤에 호적 개명을 했다. 이희경에서 판사 될 이름 이수영으로! 마포국민학교 2학년 때였다. 그리고 그 해 나를 그토록 끔찍이도 사랑하시던 친할머니가 교통사고로 돌아가셨다. 나와 띠동갑인 막내 고모는 이런 내력을 얘기하면서,

"앞으로 우리 여판사 이수영이는 개밥에 도토리여, 개밥에

도토리. 불쌍해서 어뜩하냐?"

했다. 태양 같은 후광을 잃고 개밥에 도토리가 되는 데는 그리 오래 걸리지 않았다. '황 판사 뒤를 이을' 여판사 이수영은 이름만 어쭙잖게 덩그러니 남았다.

그러나 이름의 힘이었을까. 개밥의 도토리가 학교에서는 기사회생이 되었다. 집 대문만 나서면 움츠렸던 에너지가 네 활개를 펼치며 활동을 개시했다. 친구들 사이에서는 오징어포 놀이와 고무줄 놀이의 달인으로 환영받았고, 체육 시간에 두각을 나타내면서 학교 대표 구기선수로도 뽑혔다. 중학교 때까지 계속하는 동안 코치 선생님으로부터 "주장 이수영이 같은 놈 두 명만 더 있으면 전국대회를 제패하겠다."는 칭찬을 들으며 신나는 선수 생활을 했다.

학기와 학년이 바뀔 때마다 1학기에는 말을 잘해서 회장이 되고, 2학기 때는 반장으로 명찰을 바꿔 다는 것이 공식이었다. 기억력이 뛰어나게 좋았던 나는 따로 시험 공부를 하지 않아도 수업 시간에 집중하는 것으로 늘 1등을 했다. 그러다가 4학년 때 문교부 장관상을 놓고 1학기 반장 미라와 심각하게 대치하는 상황이 생겼다. 미라의 어머니가 나의 수상을 정식으로 반대하고 나선 것이다. 그분은 우리 학교 육성회장이셨고, 선생님들이 머리 숙여서 인사할 정도로 대단한 영향력을 행사하는 분이셨다.

"육성회비를 일곱 달씩 밀리는 아이가 어떻게 모든 학생들의 모범이 될 수 있습니까? 문교부 장관상은 모든 분야에 모범이 되는 학생이 받아야 하는 것 아닙니까? 그 상은 우리 미라가 타야 합니다."

아주 분명한 반대의 이유였다. 사실 미라도 여러 면에서 탁월한 아이임에 틀림없었다. 국민학교 내내 그애가 반장이 되면 나는 회장이 됐고, 내가 반장을 하면 그애가 회장을 했다. 그애는 공부도 나와 1, 2등을 다투는 데다 학급의 모든 일에 솔선수범했다. 육성회비도 600원짜리를 솔선해서 책정받아 미리미리 납부하는 모범 반장이었다. 아이들의 가정 형편에 따라 150원, 300원, 450원, 600원, 4등급으로 육성회비가 책정이 되던 시절이었다. 그리고 원래 임원을 맡은 아이는 600원짜리를 해야 하는 것이 관행이었다. 나는 이미 반장이든 말든 전 학년부터 담임 선생님들의 배려로 150원짜리 가장 낮은 등급을 받고 있었다. 부임한 지 얼마 안 된 처녀 담임 선생님은 가만히 나를 부르셨다.

"수영아, 어머니께 말씀 드려서 밀린 육성회비 내도록 하자. 내가 하도 시달려서 어떻게 하는 것이 옳은 것인지 모르겠다고 며칠을 고민했더니 선생님 약혼자가 수영이가 받아야지, 하드라. 그 말을 듣고 내가 용기를 내서 수영이로 결정했으니까 어떻게라도 마련해 주시라고 말씀드려라."

반장이 수업하다 말고 서무실로 호출돼 가는 일이 한두 번이 아니었다. 조용히 수업하는 중간에 갑자기 후후, 마이크 부는 소리가 들리고 "지금부터 호명하는 학생은 서무실로 오시기 바랍니다." 저승사자 같던 그 멘트. 계절에 맞지 않는 옷을 입고 다녀도 나는 늘 엄마 옷, 고모가 갖다 주는 어른 옷을 입고 다녔었다, 도시락 반찬으로 늘 냄새 나는 생김치만 싸들고 다녀도 절대 기죽지 않았다. 그러나 수업 중, 호명 학생 일어서라, 일어선 사람들은 속히 납부해 주시기 바란다, 서무실로 와라, 더 심하게는 수업하다 말고 집에 갔다 와라, 하는 '전달 말씀'은 무참히도 나를 기죽였다. 수업 중에 불린다는 것은 적어도 다섯 달 이상 육성회비를 밀린 사람에 해당된다는 것을 아이들도 잘 알고 있었다. 학급 반장이라는 아이가 150원짜리 최저 등급의 육성회비를 일곱 달씩이나 밀렸으니 담임 선생님도 변호의 여지가 없었던 것이다. 결국은 우리 주인집 아주머니가 미라 엄마와 계원이어서 얘기를 듣게 됐는데, 아무리 나하고 친하지만 미라 엄마 말은 틀렸다면서 그런 괘씸한 경우가 있냐며 빌려 달라고도 안한 돈을 들고 오셨다. 그래서 가난하고 부모가 신경도 안 쓰는 아이가 당당히 전교 1등으로 문교부 장관 표창을 받게 된 것이다.

6학년 졸업식장에서 상장과 졸업장을 주시던 한 선생님은 나에게 악수를 청하며,

"수영아, 너는 반드시 뭐가 돼도 될 것이다, 내가 믿는다."
라고 하셨다. 나는 그래서 이러다가 내가 대통령이라도 되는
줄 알았다. 그렇게 해서 들어간 중학교를, 미싱사가 되라고 중
퇴를 하란다. 승복할 수 없었다. 학교를 마치고 남들이 버스로
통학하는 거리를 걸어서 집에 오면 새엄마는 얼굴 마주치기가
바쁘게 다그쳤다.

"너 오늘 그만둔다고 했냐, 안했냐? 어차피 안 다닐 거 하루
라도 빨리 때려치지, 까짓것 질질 끌고 그라믄 뭐 하냐?"

나중에는 아버지까지 합세했다.

"그랴, 할 수 읎지. 어뜩하냐 내가 능력이 안 되는디……."

처음에는 무슨 소리냐며 반대하던 아버지가 새엄마의 강요
에 설득되어 중퇴가 타당하다고 나올 때는 절망적이었다. 중학
교 1학년 담임은 총각 선생님이었다. 지금도 성함이 기억난다.
남영우 선생님. 그분은 나의 중퇴를 결사 반대하고 나섰다. 안
된다. 너는 1년 동안 우리 학급을 이끌어 나가기로 여러 학우
들과 약속된 반장이다. 책임을 져야지 중간에 그만두면 약속을
어기는 것이다. 선생님은 자기 학급 반장의 구명 운동에 나섰
다. 초등학교와 달리 여러 과목을 각각의 전공 선생님께 따로
배우는 중학교는 나를 아는 선생님들이 예닐곱 분이 되게 했고
그분들이 합심하여 회의를 한 결과 공립학교에 없는 일자리를
만들어 내셨다. 사서 선생님이 계셨으나 도서관 관리와 교내

매점 운영과 병행하느라 일손이 딸리는 편이니 보조 사서와 보조 운영자로 쓰자는 거였다. 등록금을 벌어서 다닌다는데야 부모라도 말릴 명분이 없었다. 그리하여 나는 쉬는 시간과 점심시간에는 종이 울리기가 무섭게 누구보다 먼저 뛰어가서 매점 문을 열고 10분 동안 빵과 우유, 학용품을 팔고 종이 치면 가장 늦게 선생님들과 함께 교실로 복귀하는 근로 장학생이 되었고, 방과 후에는 보조 사서로 학교 도서실을 관리하게 됐다. 그 3년 동안 평생에 읽어야 할 책의 대부분을 읽게 되었다. 그리고 그 지식으로 자연스럽게 친구들의 상담사가 되고, 오락 시간이나 진도를 다 끝낸 과목 시간에는 앞에 나가 읽은 책을 이야기해 주는 이야기꾼이 되어 갔다.

학비가 해결되었다고 먹을 것까지 생긴 것은 아니었다. 도시락을 못 싸는 날들이 있었다. 선생님과 매점 당번을 교대하고, 쉬는 날은 쓰린 배를 움켜쥐고 운동장을 가로질러 나만의 비밀장소로 차분히 걸어갔다. 남들이 보면 꼭 필요한 볼일이 있는 것 같은 진지한 보폭으로. 교문 근처 학교 꽃밭 가운데에 장미덩굴이 우거진 공간이 있었다. 개구멍 만한 작은 공간이 덩굴에 가려져 내 덩치가 들어가면 다행이도 딱 맞춤인 크기였다. 밖에서는 어른거려서 잘 보이지 않는 비밀의 정원이었다. 그곳에서 5교시 종이 울릴 때까지 두 무릎을 감싸 최대한 배에 붙여 공복이 느껴지지 않는 자세를 만들었다. 그리고는 1시간의 자유를 만끽했다. 그곳에서는 공부 생각, 싫은 집 생각, 금성초등학교_{유명한 사립학교}에서 온 최상위급 부자인 반장 보현이가 부러운 생각들을 잊었다. 그 대신 《알프스의 소녀》를 떠올리며 스위스의 자작나무, 건초더미, 통나무 집을 상상했다. 《데미안》, 전혜린, 《까라마조프가의 형제들》, 《가난한 연인들》을 읽었다. 전날 도서실에서 눈에 들어오는 대로 집어 든 책들이었다. 장미 덩굴 속에서의 독서는 또 다른 세계로의 초대였다. 배고프지 않았다. 아니 거뜬히 잊어버릴 수도 있었다.

갈망하던 학교 생활을 계속할 수 있게 되어 공부도 열심히 했다. 종횡무진, 그 은혜에 보답하는 분량의 활약도 했다. 교내 각종 행사 때마다 마이크를 잡고 사회를 봤고, 합창대회에서는 금난새 선생의 부친이신 금수현 선생님으로부터 칭찬과 함께 지휘상을 받았다. 그로 인해 1년간 애국 조회와 토요일 반성 조회 때마다 애국가와 교가를 지휘하기도 했다. 운동회의 가장행렬을 연출해 우승을 하고, 웅변대회서도 1등을 했고, 학교 배구 선수로도 활동했다. 백일장에서는 맡아 놓고 상을 받았다.

한번은 야외 미술 시간에 미술 선생님이 부르셨다.

"수영아, 너는 그림 안 그려도 되니까 여기 와서 나하고 얘기 좀 하자. 너는 도대체 어쩌면 그렇게 많은 사람 앞에서 사회를 잘 보니? 그런 건 어디서 배우는 거냐? 나는 니가 참 예쁘고 탐

상처 위에 피는 꽃

난다. 우리 집 아이들도 너 같았으면 좋겠다."

그 순간 나는 마음속으로 얼굴도 예쁘신 박정자 선생님이 내 엄마였으면 얼마나 좋을까 생각했다. 도시락을 못 싸오는 내 형편을 어떻게 아셨는지 사회 선생님께서 당신 집에 가자고 하셨다. 길게는 못해도 1년간만이라도 도시락 싸올 수 있게 하자며 대신, 초등학교 다니는 큰아이 공부만 좀 봐 주면 된다고 제의하셨다. 선생님 댁은 평화롭고 민주적인 분위기였다. 사부님도 성동여실 선생님으로 재직 중이셨는데, 독실한 크리스천이라서 그런지 그렇게 온유할 수가 없었다. 선생님은 큰딸아이 공부만 좀 봐 달라고 하셨지만, 정식 과외 선생도 아닌데 그것만으로는 부족하다고 나는 생각했다. 새벽 5시에 일어나 쌀을 씻어 밥을 안치고 이런저런 뒷설거지를 하며 아침을 시작했다. 선생님은 극구 말리셨으나 체력이 약해 아침에 일찍 일어나지 못하시기 때문에 내가 한 밥을 번번이 허용하실 수밖에 없었다. 그렇게 몇 달이 흐른 뒤, 선생님은 당신 집에 있는 것은 한계가 있으니 영구적인 방법을 모색하자며 입양을 주선하겠다고 하셨다. 그러나 고모의 반대로 그 일은 무산이 되었다. 인생의 반전이 올 수도 있었던 중도 입양은 그렇게 좌절되고 여전한 시간들이 흐르고 있었다. 내부의 형편은 언제나 절박함의 연속이었지만, 그래도 학교 생활만은 씩씩하고 신나고 아름다웠다. 학교 교목이 빨간 장미여서 봄부터 초가을까지 면목여중

교정 가득히 장미가 만발했다. 나의 중학 시절도 그처럼 장밋빛이었다.

그리하여 중학 시절의 나는 '그렇게 유명한 애'가 돼 있었다. "혹시 그 학교에 다니는 수영이라는 애 아니?"하고 물었더니 지나가던 여학생이 "그렇게 유명한 애를 몰라요?" 하더라며, 교회 오빠들이 선망의 시선으로 나의 유명세를 전하기도 했다. 원도 한도 없이 꽉 찬 중학 시절을 구가하고 졸업이 다가왔다. 국어 선생님이셨던 3학년 담임 선생님은 졸업 앨범을 대신 사 놨다가 '수영이 보아라. 네 졸업 앨범 교무실에 챙겨 놨으니 아무도 없는 봄방학 중에 조용히 와서 당직 선생님께 찾아가거라.'는 엽서를 졸업 후에 보내오시기도 했다. 고마운 여러 선생님들의 관심과 사랑으로 다닐 수 있었던 중학 과정 3년이었다.

¶

이제는 고등학교가 문제였다. 정상적으로는 진학할 수 없는 환경이었다. 집안은 가난했고 아버지는 교육에 의지가 없었으며 새엄마는 완강했다. 고민을 거듭한 끝에 내가 벌어서 다니는 야간 고등학교는 허락해 달라고 했다. 그런데 인문 계열의 야간 고등학교가 별로 없었거니와 아이들의 수준이 너무 떨어졌다. 더구나 상업 계열은 적성에 맞지 않았다. 진퇴양난. 그래도 학교는 가야 했기에 도살장에 끌려가듯 동구여상 야간학부에 입학했다. 중학교 졸업식이 끝난 후 바로 원고 심부름직으로 출판사에 취직했다. 입학식까지 석 달간 번 돈으로 입학금과 교복 값을 겨우 마련했다.

당시 상고나 공고는 나처럼 형편이 어렵고 공부 잘하는 아이들이 많이 갔다. 반면 인문계고는 대학 갈 아이들과 성적이 떨어지는 아이들이 가는, 양극화 현상을 보였다. 우리나라에서 최고라는 서울여상을 마다하고 동구여상으로 간 것은, 수학이 약했고 주산 급수가 준비되지 않아서였다. 일이삼사도 못 놓는 실력으로는 서울여상에 가서 따라갈 수 없었기 때문이었다. 일류 회사에 취직할 아이들은 벌써 몇 급씩은 따서 입학한다는 소문이 자자하던 터였다. 아니나 다를까, 걱정했던 대로 동구여상 3년은 나에게 지옥이었다.

비록 야간이긴 했지만 주간과 성적은 별 차이가 없었다. 동구여상은 서울여상 다음으로 대기업 취업률이 높았고, 그 다음 순위인 성동여실과 함께 서울의 3대 명문 여상이었다. 그 순서대로 삼성, 대우, 엘지에 각각 80명, 50명, 30명 순으로 취업되는 학교 서열의 현실 속에서 선생님들은 날마다 치열한 생존경쟁을 강조했다. 그곳은 사회 진입의 전초 기지였던 것이다. 그렇게 전쟁터 같은 직업 훈련학교에서 나는 화성인이 되어 갔다.

"자, 시작!" 하고 초침을 재는 휘슬이 울리면 두두두두, 소나기 내리는 소리가 심장을 때렸다. 아이들이 타자 자판 두드리는 소리였다. 이미 4급 정도의 실력인 타자 속도, 부모의 지원 아래 대기업의 준비된 취업생으로 입학한 아이들이었다. 나는 인문 과목에서 단연 두각을 보였지만, 주산, 부기, 타자, 상업 계산은 거의 빵점이었다. 주판 위, 타자 자판 위에서 내 손은 더욱 더 어눌해지고 딱딱해졌다. 이렇게 아웃사이더의 성장통을 겪으면서 동구의 언덕을 오르내렸다. 인문 과목 선생님들의 총애와 상업 과목 선생님들의 미움을 같은 비율로 받으면서 말이다.

그래도 여전히 명랑한 천성은 기죽지 않는 뚝심으로 발휘되며 체육 대회 응원단장과 소풍, 교양, 예절 프로그램 등에서 좌중을 리드했다. 2학년 담임이었던, 우리와 나이 차이가 별로 나지 않았던 당찬 여 선생님은 성적표를 나눠 주면서 "애들아 잠깐만 주목! 얘, 이수영이 너무 멀쩡해 가지고 공부 못하지 않니?!"라며 반어법으로 나를 독려하며 급수 따 주기를 재촉하기도 했다. 나도 정말 잘하고 싶었다. 어떻게든 급수를 따고 싶었다. 하지만 낮에는 회사의 급사로 일하고, 뛰어서 턱걸이로 오후 4시 50분까지 등교를 해야만 했던 일과에서 따로 학원을 다녀 급수를 딸 수는 없었다. 급사 월급조차 봉투째 새엄마께 내놓아야 했던 처지에서 다른 아이들처럼 새벽반이나 방학을

상처 위에 피는 꽃

이용해 만회할 기회도 내게는 주어지지 않았다. 결국 나는 동구여상 역사상 최초로, 이전에도 없었고 이후에도 없을, 전 상업 과목 무급이라는 신기록을 세우며 졸업했다.

취업은 되지 않고, 집에서는 살 수 없고, 그때부터 나의 유리 방랑은 시작이 되었다. 고모 집으로, 친구 집으로, 남자친구 집으로, 마치 조선 시대 선비가 남의 집에서 한 계절씩 객식구로 머물면서 세월을 보냈듯이 말이다. 간간이 소규모 잡지사, 신문사, 개인 사무실 등을 들락거리면서 이십대 중반이 되었고, 그 방황의 지점에서 성장기 전체를 뒤흔들었던 생모에 대한 과제를 풀기 위해 엄마 찾아 삼만 리를 결행했던 것이다.

엄마를 찾아 나선 길이 아니 감만 못한 길이 되고 난 후, 얼마 있다가 뜻밖의 사람으로부터 편지 한 통을 받게 됐다. 장문의 편지였다. 겉봉에 쓰인 이름은 '정인', 받는 이는 '사랑하는 언니에게'였다. 아, 외할머니에게 들었던 이름이구나. 생모가 재가해 낳은 딸 정인. 외할머니는 그애에게 내 이야기를 하셨다고 했다. 절대 비밀 사항이었는데, 외할머니 생각에는 큰애만은 지 엄마의 인생을 좀 알아야 할 것 같아서 어느 날 말씀하시게 됐다고 했다. "그랬더니 그애가 뜻밖에두 눈물을 뚝뚝 흘리면서 언니가 어디에 사느냐구, 희한도 하지, 놀래지두 않구 말여." 했던 그 동생이었다.

'보고 싶은 언니에게' 하고 시작되는 그 애의 편지는 할머니 말씀대로 희한하게 보지도 않은 언니를 향해 어쩌면 그토록 애틋한 마음을 보내오는지, 꽁꽁 얼어붙었던 마음을 봄 강물처럼 풀어지게 했다. 한 발 나아가 궁금하고, 보고 싶게 만들었다. 그 애가 먼저 손을 내밀고 있었다. 핏줄은 당기는가. 그리고 동봉한 증명 사진 한 장. 누가 봐도 나와 너무나 닮아 있는 얼굴, 신기하고 기막히고 조화로웠다. 문장력이 출중한, 틀림없는 내 동생인 거였다.

가느다란 끈을 갓난아이 주먹 쥐듯 강한 힘으로 붙잡고 있다가, 오히려 엄마를 만난 뒤 그 끈을 스르르 놓으려 하고 있는데, 생각지도 않은 새 끈이 나타나, 그것도 아주 튼튼한 새 동아줄로 나타나 나로 하여금 다시 줄을 당기게 하고 있는 것이다. 편지 내용만큼이나 그 애는 얼굴도 마음도 착하고 고왔다. 생각했던 것보다 훨씬 더 인정스럽고 사랑스러웠다. 따뜻했고 포근했고 편안했다. 무엇보다 나를 간절히 원했다. 없던 언니가 생겨서 기쁘다고 했다. 어찌 이럴 수 있는가. 서로 거북하고 혹은 미워도 할 수 있는 사이였다. 나 역시 한없이 기쁘고 또 기뻤다. 하늘이 나에게 엄마 대신 보내 준 천사였다. 정인이를 통해서 할머니와 교류하고 이모네와 소통했다. 그 나머지 동생들과도 인연이 되었다. 그러다가 엄마와도 간간이 재회할 수 있었다.

정인은 그 후에 국어 선생님이 되었다. 아이들이 선생님 집을 제집 드나들듯 했다. 어느 날은 이웃에 사는 까까머리 남학생이 선생보다 먼저 집에 와서 제 힘껏 저녁상을 봐 놓고, 식탁에 들꽃도 한 송이 꽂아 놓고 슬그머니 없어지기도 했다. 그런 동생을 목격하는 순간, 가슴이 터질 듯이 부풀어 올랐다. 그것은 곧 내가 꿈꾸던 삶이었고, 내가 그녀에게 기대한 삶이었다. 충분한 대리만족, 기꺼운 보상이었다.

나의 이십대는 곤궁하고 무질서했다. 때로는 월급이 안 나와서, 때로는 담배 심부름을 시키는 부장과 대판 싸워서, 혹은 전공 없는 기자여서 신입에게 밀려나야 했다. 그러는 동안에도 포기할 수 없는 대학 진학의 꿈, 공부에 대한 한없는 미련이 갈까마귀처럼 가슴을 후벼 팠다. 그 꼴을 더 이상 못 보겠다고 막내 고모가 이대 앞에 달셋방을 얻어 줬다.

"다 접고 공부해라. 내가 학원비 대 줄게."

"고모야, 내가 나중에 업고 다닐게, 정말 정말 잊지 않을게."

스물 일곱에 노량진 입시 학원가의 일원이 되었다. 정신없이 몇 달을 다녔을까, 내 인생에 뜬금없이 볕든 날이 막 실감 나려 하는데 고모가 들이닥쳤다.

"수영아, 고모부 선거에서 졌다. 선거 자금 밀어 준 친척들이 토해 내라고 달려들어서 우리 도망가야 될 것 같네. 너 뒤 못 봐 준다, 미안해."

정치 초년병인 고모부가 느닷없이 국회의원이 되겠다고 들썩거리더니, 강남에서 말도 안 되게 4선 의원과 맞붙었다. 될 법이나 한 일인가. 예상 못한 일도 아니었지만 선거에서 떨어진다는 것이 그 정도로 패가망신이 되는 줄은 짐작도 못했다. 고모부는 미국으로 도망가서 행방을 알 수 없게 되었고, 고모는 얼마 안 있다가 충격으로 수양원이라는 정신 치료 기관에 맡겨졌다.

이대 앞 자취생들이 다닥다닥 붙어서 기숙하는 칸막이 방. 말이 방이지 판자 한 장 질러 놓은 벽에 기대면 휘청하는 영세한 원룸에 이대생은 한 명도 안 살고, 이대 앞 거리에서 리어카 행상하는 젊은 형제, 경양식집 주방장, 옷가게 점원 아가씨 등 하류 인생들이 진치고 살았다. 그 중에 철학관 언니가 있었고, 그녀는 세입자들 중 유일하게 말이 통하는 사람이었다. 경제력 없는 남편을 털어 내고 명리학을 공부해서 당당히 경제 독립을 하고 있는 당찬 여자였다. 어느 날 철학관 언니집에 남자 하나가 불쑥 들어오더니 빨랫감 한 보따리를 수돗가에 휙 던지면서 빨아 놔, 한 마디 던지고 다시 저벅저벅 걸어 나갔다.

"누구예요?"

"내 동생요, 요즘 산에서 내려와 뭐하고 다니는지, 일주일에 한 번씩 와서 저렇게 빨랫감만 던져 놓고 가네."

그녀의 표현에 의하면 도봉산에서 학승, 염불승 두고 절 사

상처 위에 피는 꽃

업하다 망하고 내려와서는 각 대학 총학생회에 화염병 만들어 대주고 다니는 괴짜라고 했다. '독재타도 호헌철폐'가 하늘을 찌르고 퍽퍽 최루탄 쏘는 소리가 이대 앞 소도로를 점령하던 2007년 봄이었다. 하루는 철학관 언니가 외출하고 집 비운 사이, 그의 동생이 찾아왔다.

"누님 어디 갔습니까? 제가 좀 있다가 가려는데, 목이 몹시 말라서, 커피 한 잔만 부탁드려도 될까요?"

그렇게 만난 난데없는 인연과 생각지도 않게 결혼하게 될 줄 몰랐다. 포장마차에서 소주 몇 번 마시면서, 뒤늦게 노량진에 발 디뎠다가 수포로 돌아가고 똥 싼 자리 주저앉듯 뭉개고 있노라, 통일만큼 절실한 내 평생의 소원은 대학 진학이노라, 실토하다가 휘리릭 낚인 결혼이었다.

"제가 대학 보내 줍니다."

그 한 마디에 어리석게 인생을 걸어 버린 결혼이었다. 시장에 나가서 콩나물 천 원어치를 사도 이리저리 살피고 깎고 하는데, 최소한 사계절은 겪어 봐야 껍데기 정도 안다는데, '대학 보내 줍니다.' 한 줄에 인생을 던졌다. 이듬해 결혼하고 아이 낳고 키우면서 아야 소리 한 번 못 내 보고 노량진 꿈은 연기처럼 스러져 갔다. 아이를 하나 더 낳고 그 애들이 중학생이 될 무렵, 다니던 사회 교육기관에서 각자의 결혼 생활에 대한 단상을 시로 발표하는 숙제가 있었다. 나는 그 때 이렇게 적었다.

결혼 무덤

네 호적에 이름 얹은 점포세

그렇게나 유세더냐

그날로 무소불위 유아독존

인생살이 만고에 상의 없고 고지(告知)없네

세상은 넓고 할 일은 많다

줄줄이 미끈하게

읊어나갈 때 눈치 챘어야 했다

풍운아 역마살 뜨거운 불씨를

총각보다 자유로운 우리집 유부남

주말에서 월말 부부로, 언제부턴가 3, 4분기 한 번씩

큰맘 먹어야 다녀가는 정기권 길손 되었다네

그놈의 '사업 때문에'가 두 말 못할 핑계지

언제 만들고 낳았는가

아들 두 마리 눈이 시퍼러니

저 사내가 남편이긴 한가 보다

남도 나도 짐작한다

(후략)

그렇다. 나는 의식하지 못하는 사이 내 인생의 두 가지 과제 중 하나에 사력을 다해 살고 있었다. 결혼 생활의 8할은 두 아이의 양육에 비중을 두고 있었다. 무엇이든 애들에 관한 한 온몸을 던졌다. 틀림없이 그것은 엄마 없이 자란 한풀이였을 것이다. 아이들 학교의 상담 자원봉사, 운영위원, 교통안전 도우미, 학급 임원 활동 따위의 협조 사항에 적극 협조하는 학부모로 살았다. 아들들의 친구들 중 편모나 편부가 눈에 뜨이면 형편 되는 만큼 살펴보려고 노력하고 살았다. 돌이켜보면 애들과 거의 학교를 함께 다닌 기분이다. 도시락을 쌀 때는 최선을 다해 맛있고 예쁘고 화려한 꽃도시락이 되도록 신경 썼고, 특히 학교에 납부할 대금들, 준비물, 과제물은 언제나 첫날 납부하는 것을 원칙으로 아침 등교 가방을 체크했다. 아이들의 깔끔한 옷차림과 무스를 바른 단정한 헤어 스타일은 천오백 명 규모인 시골학교 전체에 유행이 되기도 했다. 애들이 집에 돌아오면 현관문 밖까지 들리는 큰 소리로,

　"아들, 오늘 뭐 히트 친 거 없어?"

　"있어? 오늘 건 안타야, 홈런야?"

　"어이구 잘했다, 잘했어요."

　지성으로 묻고, 지성으로 칭찬해 주며 키웠다. 그애들의 등 뒤가 시리지 않게 어떤 경우에도 무조건 우리 아들들의 편이었다. 특별한 일이 아니면 아이들이 학교에서 돌아올 시간에는

집에 있었다. 비싼 음식은 아니더라도 겨울에는 따뜻하게, 여름에는 시원하게 입 다실 간식거리를 장만해 놓고 기다렸다. 사업하는 남편은 거의 부재 중이었지만 아이들과 꽉 차게 살았다. 나의 속고갱이 두 아들들은 밝고 건강하고 착하게 잘 커 주었다. 엄마와는 다르게 자신들의 꿈대로, 재능대로 자리를 잡아가고 있다. 재기 발랄한 큰 아들은 엊그제 대학을 졸업하고 소원하던 광고회사에 취직해 카피라이터가 되었고, 가수를 꿈꾸는 용맹한 작은 아들은 입대 전에 영남 가요제에서 대상을 받았다. 이 녀석은 의식 있는 록 가수가 될 것이다. 두 아들들이 "저는 어머니가 내 어머니여서 감사해요."라고 약속이나 한 듯이 고백해 주었을 때, '아, 됐다. 너희들은 이제 잊어버렸다!' 감사했다.

내 인생의 나머지 과제는 '너는 뭐가 돼도 될 것이다.'라고 하셨던 선생님의 말씀이다. 아직도 포기하지 못하는 가슴 속 멍울이다. 그렇게 힘들고 무거운 청춘을 감당하게 하신 것에는 신의 어떤 이유가 있지 않을까, 질문을 지울 수가 없는 것이다. 그러나 이제 쉰셋, 뭘 하겠다고 나서면 현실이 조소하는 나이가 되었다. 쑥스럽고 철없는 이 불씨를 꺼 버릴 수도 없고, 그렇다고 후후 불어 살릴 자신도 없이 어중간한 일상을 살면서 흐르는 세월 앞에 안절부절 조바심만 하고 있다.

그런데 얼마 전 뜬금없이 동생 정인이가 숙제 하나를 건넸다.

"언니, 글 한 편 써. 주제는 '상처 위에 피는 꽃'이야."

동생은 십오륙년 전부터 여러 차례 간곡하게 언니의 글쓰기를 권유했다. 나는 그러겠다고 말로만 대답하곤 했다. 이번에도 핑계를 댔다.

"내가 무슨 입지전적인 인물이라고 자기 얘길 써? 상처를 딛고 일어서서 뭐 성공한 게 있어야 쓰지. 상처는 있으되 꽃이 없어."

"언니, 성공이라는 게 도대체 뭐야?

"일단은 돈 버는 능력, 난 그 재주가 없어서 이번 인생에선 패잔병이다."

나는 돈이면 다인 세상에서 경제력이 없는 것에 대해 오랫동안 심각한 열등감에 시달려 왔다.

"언니, 나는 그렇게 생각하지 않아. 내가 아는 훌륭한 분들 중엔 한 달 사는 데 필요한 돈이 30만 원이라고 생각하고, 그만큼만 벌어서 그만큼만 쓰고 사는 분들도 있어. 돈은 기준이 아니야. 내가 볼 때 언니처럼 그런 어려움을 겪고도, 이것 봐, 지치지도 않고, 이렇게 명랑하고, 바르게 생각하고, 남을 위하는 마음이 있고, 무엇보다 싱싱하잖아. 생각이 활기차고! 그게 꽃이라고 생각한다, 나는."

동생의 칭찬과 격려의 말이 어쩌면 맞는 것 같기도 했다.

"그런 거야? 나 아직 인생한테 굴복한 건 아니지. 정인아!"

이렇게 해서 나는 이 부끄럽고 우울한 이야기를 쓰게 되었다. 동생의 웃음기 걷힌 목소리가 나를 때리는 것 같았다. 가볍게 응수할 수 없었다. 그리고 더 늦으면 용기가 아예 소멸될 것도 같았다. 사람 많은 시내 한복판에 벌거벗고 서 있는 기분이기는 한데 이상하게 온몸이 조금은 가벼워진 것 같다.

나는 살아오면서 이름이 네 번 바뀌었다. 태어나서는 엄마가 지어 준 희경이라는 예쁜 이름이었다. 엄마가 떠난 뒤, 할머니가 여판사가 되라고 출세할 이름, 이수영으로 고쳐 주셨다. 그리고 두 명의 새엄마가 들어가고 나가는 복잡한 시기에, 무슨 이유인지는 몰라도 아버지도 아닌 돌아가신 작은아버지가 호적에서 수영을 내리고 생뚱맞게 은경이라는 이름을 올려놓았다. 엄마를 다시 만났을 때 이름이 왜 여러 번 바뀌었느냐고 물으셨다. 너는 공부를 해야 되는데 은경이라는 이름은 공부 운을 막는 이름이라며 이제라도 무조건 바꿔야 한다고 했다. 그리고는 손수 공부 운이 트인다는 이름을 지어 주셨다. 공부 운이 트이는 이름이라는 말에 망설일 것도 없이 엄마의 권유를 따랐다. 그래서 나의 네 번째 이름은 이채경이 되었다. 호적에 이름이 네 번씩이나 바뀐 사람이 몇이나 될까. 이름의 화려한 이력만큼이나 내 인생도 굽이가 많았다. 이름이 바뀐다고 삶이 달라지는 것은 아닐 것이다. 나라는 한 영혼을 두고 온 식구들이 그렇게 몸부림을 쳤다는 것은 아마도 죽기 전에 한 번은 세상에 뭔가 소용 있는 일을 하라는 기원이라고 생각하고 싶다.
그리고 그 기원을 향한 내 의지는 아직 싱싱하다.

나의 네 번째 이름

조재도

1957년 충남 부여에서 태어나 청양에서 자랐습니다. 초등학교 때 서울로 전학하여 그곳에서 청소년기를 보낸 후 공주사대를 졸업했습니다. 1985년 〈민중교육〉지로 등단했으며, 그동안 《사랑한다면》, 《좋은 날에 우는 사람》 등 8권의 시집과, 장편소설 《지난날의 미래》, 청소년 소설 《이빨자국》, 《싸움닭 샤모》, 《불량 아이들》, 장편동화 《넌 혼자가 아니야》, 《자전거 타는 대통령》, 교육에세이 《꽃보다 귀한 우리 아이는》 등을 펴냈습니다. 2012년 8월 그동안 국어 교사로 24년여 동안 일해 온 학교를 떠나 지금은 '청소년평화모임' 일을 하고 있으며, 어린이와 청소년 문제에 깊은 관심을 갖고 글을 쓰며 지내고 있습니다.

장위동 시절

§

탈선

시골에서 서울로 전학 온 나는 추첨에 의해 홍익중학교에 배정되었다. 홍익중학교는 성북구 성북동에 있어서 집에서 거리도 멀뿐 아니라 버스를 두 번 갈아타야 했다. 걸어서 초등학교에 다닐 때와는 등하교 길 부담이 만만치 않았다. 먼 거리와 차를 타고 통학해야 하는 일에 몸은 피곤했지만, 그러나 집과 학교와의 공간 확대는 동시에 의식의 확장을 불러왔다.

그해 누나도 시골에서 서울로 올라왔다. 나는 누나와 자취를 하게 되었다. 우린 방 두 개를 얻어 살았다. 방 사이 부엌이 있고 가운데 연탄 화덕이 하나 있었는데, 연탄을 때도 열기가 밖으로 새나가 구들장은 늘 차갑게 식어 있었다. 꼭 닫히지 않는 문과 벽을 뚫고 들어오는 바람. 얼마나 날림으로 지은 집인지 겨울엔 정말 살인적으로 추웠다. 외풍이 심해 얼굴을 내놓고 잠을 잘 수도 없었고, 대접에 떠 놓은 물이 자고 나면 얼어 그 릇이 깨져 있었다.

누나는 서울에 올라와 곧바로 취직했다. 제지회사였는데, 누나와 같이 살면서 누나가 나의 부모 역할을 다한 셈이었다.

중1 때는 솔직히 뭐가 뭔지 모른 채 가방만 덜렁덜렁 들고 다 녔다. 그러다 중2 때부터 나는 본격적으로 동네 형들과 어울렸 다. 형이라고 하지만 양아치나 다름없는 불량배들이었다. 나 는 물론 나이가 제일 어려 형들이 하라는 대로, 이른바 '꼬바리' 노릇을 했다. 그들은 나를 데리고 다니며 여러 가지 일을 시켰 다. 지금도 기억나는 것은 여차장 변소에서 돈을 훔쳐오는 일 이었다.

장위동 허허벌판에 32번 버스 종점이 있었다. 종점이라야 허름한 사무실에 가게가 몇 있을 뿐, 주위엔 논과 밭이 널려 있 어 밤이면 캄캄한 암흑 천지였다. 종점에 들어온 버스는 둥글 게 원을 그리며 손님을 내려 준 뒤 차고지에 들어갔다. 그런데 버스가 돌아가는 한가운데 화장실이 있었다. 주로 운전기사와 여차장들이 이용하는 화장실이었다.

"이거 갖고 가 땅을 파면 돈이 나온다니까."

형들 가운데 하나가 담배를 꼬나물고 대못을 내밀었다. 볼펜

자루만한 굵은 대못이었다.

"거기 여차장 화장실로 들어가 똑바로 앉아 땅을 파라고."

차장들은 정해진 노선에 따라 서울 시내를 한 바퀴 돌아온 후 사무실에 가 자기가 걷어 온 버스비를 회사에 입금해야 했다. 그런데 이때 일부 차장들은 입금하기 전 화장실에 들러 오백 원짜리 등 지폐를 종이나 담배 갑에 꼬깃꼬깃 접어넣어 그것을 땅에 묻은 후, 나중에 파 가는 식으로 돈을 빼돌렸다. 그때 버스비가 70원, 자장면 한 그릇이 130원 했으니 오백 원짜리 한 장이면 제법 큰돈이었다. 그 돈을 나보고 파오라는 것이었다.

나는 그들이 시키는 대로 화장실에 잠입했다. 화장실 바닥은 흙이 다져져 판판했고, 용변을 볼 때 발을 올려놓을 수 있도록 되어 있는 재래식 화장실이었다. 나는 문을 잠근 후 대못으로 여기저기 땅을 팠다. 뱉어 놓은 침과 밑에서 올라오는 역한 냄새에 구역질이 났다. 그러나 나는 깊이 숨을 들이마신 후 재빨리 손을 놀려 여기저기를 못으로 긁었다. 그렇게 얼마간 땅을 팠을까? 못 끝에 엄지손톱만한 셀로판지가 딸려 나왔다. 오백 원짜리 두 장을 접어 땅에 묻은 것이었다. 나는 돈을 주머니에 쑤셔 넣고 일을 계속했다. 백 원짜리 지폐가 또 나왔다. 그날 나는 모두 천사백 원을 화장실 바닥에서 캐 냈다.

잽싸게 밖으로 나와 형들에게 갔다. 형들은 근처 골목에서 내가 나오기를 기다리고 있었다. 우린 그 돈으로 포장마차에

가 술을 마셨다. 형들은 나에게도 큰 유리잔에 소주를 따라 주며 노고를 치하했고, 오늘 수입이 최근 들어 가장 많았다며 좋아했다.

나는 잔에 든 소주를 거침없이 들이켰다. 소주의 찬 기운이 뱃속을 뚫고 쏟아지는 폭포수처럼 일직으로 낙하했다. 부르르 진저리가 쳐지고, 곧이어 아랫배 깊은 곳에서부터 후끈한 불기운이 치밀어 올라왔다. 나는 그 맛이 좋았다. 술을 마시면 이렇게 화끈한 기운이 몸 속 가득히 퍼지고, 주먹을 움켜쥐면 세상에 무서울 게 없을 것 같은 호기가 좋았다. 우린 늘 여차장 화장실에서 파낸 돈으로 술을 마셨다. 버스 회사에서는 차장들의 '삥당'을 막기 위해 센타몸수색를 했고, 그것을 피하기 위해 차장들은 미리 입금하기 전 돈을 화장실 바닥에 묻었고, 우린 그것을 파내어 술을 마셨던 것이다. 그때부터 나는 술을 마시기 시작하여 그 후 소주 한 병 정도는 안주 없이도 너끈히 나팔을 불 수 있었다.

담배도 그때부터 피웠다. 담배는 형들이 친구와 싸움을 붙여 맞장을 뜨게 했는데, 싸운 후 같은 학년인 중태라는 놈이 담배를 꼬나무는 게 아닌가. 피가 섞인 침을 칵 내뱉으며, 어쩌구 하며 그가 담배를 꼬나무는데, 나는 담배를 피우지 않아 야코가 죽는 것 같았다. 그 자리에서 나는 형에게 담배를 하나 달라고 하여 불을 붙여 물었다.

술 마신 후, 누구의 성기가 더 큰가 내기하다, 친구의 것은 벌써 고래를 잡았는데, 내 것은 포경이 되지 않아 어린애 잠지 같은 모습에 열 받아, 그 자리에서 맥주병을 깨 날카로운 유리 조각으로 귀두 끝에 달린 포피의 끈을 잘라 피투성이가 된 일. 자취방에 모이기만 하면 술 담배에, 노름에, 계집애 따먹은 이야기에, 포르노에, 음담패설에, 놀러 가거나 옷을 사야 하는데 어떻게 돈을 마련하나 하는 생각에……

그러니 공부는 자연 관심 밖이었다. 그래도 어떻게 학교는 빠지지 않고 다녔는데, 그 일은 지금 생각해도 정말 신기한 일이었다. 아무 개념 없이 학교를 오가고, 수업 시간 선생들이 하는 설명은 하나도 귀에 안 들어오고, 그러다 집에만 오면 동네 형들과 어울려 다니기에 정신이 없었으니.

무엇이 그토록 나를 샛길로 달아나게 했을까? 무슨 불만이 내 가슴에 그렇게 무럭무럭 쌓여 갔을까? 이층 삼층 대저택을 떠받치고 있는 화강암 축대 밑 그늘에 가려 있던 나의 자취방. 그곳에서 우린 모여 키득대고 연애하며 놀았다. 나는 학교라는 기성세대가 만들어 놓은 시스템에 잘 적응하지 못했다. 그 틀이 싫었다. 매일 같이 가야 하고, 알아듣지도 못하는 수업을 앉아서 들어야 하고, 지루하고 답답하고 재미가 하나 없는 네모반듯한 곳.

어떤 틀에 매이기 싫어하는 나의 성격은 그때부터 형성됐는

장위동 시절

지도 모른다. 우린 우리들만의 몸짓과 언어로 세상을 상대하며 엇나가고 반항했다. 그렇게 모여 작당하고 쏘다니는 우리 '패거리'가 나는 좋았다. 그러면서 우린 선생과 부모로 통칭되는 '꼰대'들을 가차 없이 씹었다. 실제로 꼰대들은 틈만 나면 우릴 네모반듯한 곳에 잡아넣으려 했고, 못나오게 했으며, 질식할 때까지 우리의 숨통을 조였기 때문이었다.

§

열등감

청소년기 내 의식의 밑바닥에 깔려 있었던 것은 아무래도 열등감이었던 것 같다. 특히 나는 시골에서 농사짓는 부모님에 대한 열등감을 갖고 있었다.

시골집에는 방학에만 갔다. 집에 가 보면 어머니 아버지는 농사일에 지쳐 있었다. 땡볕에 살갗은 새까맣게 타고 손톱엔 누런 물때가 끼어 있었다. 한시도 집에 있지 않고 들에 나가 일하시는 부모님은 동이 트는 새벽부터 저녁 늦게까지 흙 노동에 시달려 탈진한 모습이었다. 특히 어머니는 들일에 집안일을 돌보느라 형편이 더욱 말이 아니었다.

우리 부모만 그런 것은 아니었다. 마을 사람 모두가 무지렁이 농사꾼으로 너나없이 흙 노동에 매달렸다. 나중에 내가 커서 의식화되어 이들에게서 농민으로서의 민중적 연대감을 느끼기까지, 이들은 나에게 열등감을 가져다 주는 뒤처진 존재일 뿐이었다.

서울에서 내가 본 사람들, 학교 선생이나 친구 부모들은 모두 하나같이 잘나 보이는데, 우리 부모는 꾀죄죄하고 무식한 농투산이에, 일 년 열두 달 흙강아지처럼 땅만 파고 산다는 사실에 나는 열등감을 느꼈다. 그 잘난 서울 사람들에 비해 우리 부모 친척들의 꾀죄죄함이란.

시골에 오면 나는 우쭐한 감정에 사로잡혔다. 친구들 가운데에도 시골서 학교 다니며 노는 아이들이 있었다. 그들도 술 담배를 하고, 계집애를 사귀고, 패싸움을 했다. 그러나 내가 보기에 그것은 순박한 차원에서 노는 것이었다. 나는 그들에게 서울서 내가 노는 이야기를 해 주며 은근히 위세를 뽐내기도 했다. 그들은 하나같이 그게 정말이냐며 내 무용담에 귀를 기울였다. 그러면 나는 더더욱 신이 나 없는 이야기까지 떠벌리고. 서울에 있을 때는 부모로부터 오는 열등감에 빠져 있었는데, 반대로 시골에 오면 상대적으로 시골 아이들에 대한 우월감에 젖어 있었다.

그 무렵 한 번은 방학에 내려온 나에게 아버지가 역정부터 내셨다. 방학이면 서울서 공부라도 한 자 더 해야지 뭐 하러 집

에 왔느냐는 것이었다. 나는 그 말이 몹시 서운했다. 내 깐에
는 서울에 있으면서, 물론 공부는 전혀 안 했지만, 집에 오고
싶어도 힘들게 참다 온 것인데, 오랜만에 온 나를 반겨 주지는
못할망정 부모로서 뭐 하러 집에 왔느냐니. 그 말은 나에게 서
운하다 못해 상처를 주기에 충분한 말이었다.

"에ㅡ. 인저 그만혀. 제 집이니께 왔지, 왜 와?"

어머니가 아버지를 만류했지만, 그럴수록 아버지는 눈을 허
옇게 치켜뜨고 내일 당장 서울로 올라가라고 소리 질렀다. 나
는 화가 치밀어 그 자리에서 짐을 싸 집을 나와 버렸다. 어머니
가 뒤따라와 오늘 밤이라도 자고 내일 가라고 나를 말렸다. 그
러나 나는 듣지 않았다. 나는 아버지에 대해 분하고 야속했다.
그깟 놈의 공부가 뭐라고 일 년에 한두 번 집에 올까 말까 한
나를 그 자리에서 내쫓는가 말이다. 그날로 나는 서울로 와 버
렸고, 그 때부터 나는 아버지와 그놈의 '공부'라는 것에 대해 원
한에 가까운 감정을 갖게 되었다.

¶

기정이 누님

그 무렵, 그러니까 공부와는 완전 담쌓고 노는 데 정신이 팔

려 온갖 악행과 비행을 일삼고 다니던 때, 한 가지 충격적인 체험을 하게 되었다.

기정이 누님이라고 있었다. 기정이 누님은 내가 다니던 시골 초등학교 선배였다. 나이가 나보다 서너 살 많아 누나뻘에 해당하는 사람이었다. 우린 군 교육청에서 주관하는 웅변대회에 나가느라 자주 만났다. 학교를 대표해 두 명이 나가는데 나와 그녀가 뽑혔던 것이다. 방과 후 단 둘이 남아 연습하던 교실에서 나는 왜 그렇게 까닭 모를 곤혹스러움에 당황했던지. 지금 생각해 보면 그것은 내가 처음으로 이성에 눈뜨는 시간이었다. 그녀는 내게 첫사랑이자 짝사랑이었다. 그녀는 나에게 아름다움의 이데아였고 마르지 않는 연모의 대상이었다. 산과 들로만 가득하던 공간, 아침이면 들에 나가 저녁이 돼서야 집으로 돌아오는 부모님과, 아무렇게나 뒹굴며 자라던 동생들 그리고 친구들, 학교, 선생님⋯⋯. 이런 일차원적인 세계에 살던 나에게 그녀의 존재는 흐드러진 꽃가루를 몰고 오는 봄바람이었으며, 무한천공 확대된 기하학적 공간에 떠 있는 반짝이는 별이었다.

그녀를 보면 알 수 없는 희열에 가슴이 두근거리고, 얼굴이 대춧빛으로 붉게 달아올랐다. 투명한 햇빛이 몸 한가운데를 관통하는 것 같았다. 그녀 앞에서 나는 나의 모든 것이 발가벗겨진 듯 부끄러워 어쩔 줄 몰랐다. 홀로 있는 시간이 늘어갔다. 나는 은밀히 그녀의 이미지를 내 가슴에 담아 두었다. 나는 그녀가 내 각시가 되어 먼 훗날 나와 같이 살아 갈 모습을 꿈꾸기도 하였다. 짧은 시간이었지만 오래고 긴 설렘이 가슴에 남은 그런 사랑이었다.

졸업 후 그녀도 대처로 떠났다. 여느 사람과 마찬가지로 그녀도 중학교 진학을 포기한 채 서울로 돈 벌러 떠났다. 나는 그녀를 오래오래 가슴에 담아 두고 그녀의 소식을 기다렸다. 그러나 끝내 그녀의 소식을 들을 수 없었다.

그 후 나도 서울로 전학을 왔고, 그렇게 지내던 어느 날이었다. 친구와 약속이 있어 집을 나섰다. 골목과 찻길이 맞닿는 곳에 철공소가 있었다. 다른 때는 무심히 지나쳤던 곳. 그러나 그날은 왠지 그 앞을 지나며 안쪽을 기웃거렸다. 자전거 바퀴, 수리 중인 오토바이, 다른 철재들이 어지럽게 널려 있는 가운데 누군가가 쭈그리고 앉아 용접을 하고 있었다. 순간 내 몸이 오그라들었다. 용접을 하고 있는 아이가 다름 아닌 내 초등학교 동창 L이었다.

내가 그의 이름을 불렀고, 우린 반갑게 악수했다. 같은 고향에서 같이 초등학교를 다니다 나는 중학생으로, 그는 용접공으로 서울에서 우연히 만난 것이다. 그의 이마는 땀으로 번질거렸고 마주잡은 손마디에 힘이 들어가 있었다. 그는 형님 댁에 있으면서 용접 일을 배우고 있다고 했다. 그러면서 하는 말,

"이따 저녁 때 시간 있냐?"

그렇다고 했더니 자기와 함께 기정이 누님 집에 한번 가 보자고 했다. L의 말에 의하면 그녀는 초등학교 졸업 후 그녀 형부의 소개로 어느 부잣집 식모를 살다가, 지금은 영등포 어디서 가발 공장에 다닌다고 했다

　우린 저녁 때 다시 만났다. 그는 깨끗이 목욕을 하고 나왔고, 긴 머리에 푸른 줄이 간 남방, 그리고 회색 바지를 입고 있었다. 영등포행 버스를 탔다. 공장이 밀집해 있는 골목을 걸으며 나는 수박 두 통을 샀다. 초등학교 때 가졌던 그녀에 대한 연모의 감정이 아련히 되살아났다. 갈래머리, 짧은 치마에 흰 스타킹, 동그스름한 얼굴에 앙증맞은 눈. 그녀의 옛 모습을 떠올리며 나는 앞서 걷는 L의 뒤를 따라 걸었다.

　얼기설기 얽은 루핑집, 가파른 골목, 비료 푸대에 심어 놓은 봉선화가 선홍빛 꽃잎 몇 점을 달고 있었다. 집은 골목 맨 끝집이었다. 문은 잠겨 있었다. 한동안 서성이다 문을 열고 들어갔다. 주위는 이미 어두웠다. 불을 켰다. 30촉 알전구의 흐린 불빛이 방안의 어둠을 힘겹게 밀어냈다. 두세 평 남짓한 방. 낡은 비키니 옷장 하나와 구석에 신문지로 덮어놓은 알루미늄 밥상. 석유곤로 하나가 방구석에 놓여 있었다. 천장은 쥐 오줌 자국으로 얼룩이 졌고 흙이 내려앉아 한쪽이 이제 막 갈라질 듯 늘어져 있었다. 움막 같은 방. 가슴 속 싸늘한 기운이 스쳐 지나갔다. 나도 모르게 한숨이 나왔다. L이 앉아 기다리자고

했다. 그러다 보면 기정이 누님이 올 것이라고 했다.

그렇게 얼마를 기다렸을까. 밖에 인기척이 나고 그녀가 들어섰다. 그녀가 L을 보고 희미하게 웃었다. 그러면서 나를 보고 누구냐고 물었다.

"저 위 온암리 사는 재도여."

L의 말에 그녀의 눈빛이 잠시 빛났다. 그러나 이내 희미해졌다. 안색은 누렇게 떠 병색이 완연했고 머리를 짧게 파마해 중년의 아줌마 같았다. 내 첫사랑의 깜찍했던 옛 모습은 어디에서도 찾아볼 수 없었다.

"일하기 힘들죠?"

"그래도 집에서 농사짓는 것보담 나아."

그녀의 대답에 한숨이 묻어 나왔다.

그녀가 L과 이야기하는 동안 나는 내 처지와 그녀의 처지를 비교해 보았다. 나는 서울로 전학하여 '학삐리'로 학교에 다니는데, 그녀와 L은 초등학교 졸업 후 곧바로 서울에 와 공장과 철공소에서 돈벌이에 여념이 없었다. 이들에게 비해 나는 뭔가? 잘난 것 하나 없는 것이 공부한답시고 폼 잡으며 싸돌아다니고 있지 않은가? 나는 얼굴이 화끈 달아올랐다. 왠지 이들에게 미안함과 죄책감을 느꼈다. 나는 더없이 우울한 마음으로 집에 왔다. 그 후 L에게 들은 이야기지만 기정이 누님은 결국 공장 생활을 그만두고 요양차 집으로 내려갔다고 했다. 결핵이었다.

기정이 누님, 아니 나의 첫사랑이자 짝사랑이었던 그녀를 생각하면, 자기 삶을 선택할 여지도 없이 삶의 현장에 내던져진 많은 사람들이 떠오른다. 그들 속에 있을 때 민중 속에 있고, 그들과 멀어졌을 때 민중 밖에 있다는 사실을 나는 그 후 한참 시간이 지나서야 깨달았으니.

§

니가 어련히 알아서 허겄니

지금 생각해도 참 한심한 일은 나는 서울에서 저지르고 다니던 온갖 비행과 악행을 어머니께 모두 말씀드렸다는 사실이다. 방학 때 집에 와 있을 때 비가 오면 어머니는 들에 나가지 않고 집에서 집안일을 하셨다. 빨래도 하고, 김치도 담그고, 굴품한 입에 간식거리로 밀개떡이나 옥수수도 쪄 주고. 그러면서 또 구낙으로틈나는 대로 마루에 앉아 삼麻을 삼으셨다. 허공을 하얗게 긁어 대며 쏟아지는 빗줄기. 담장보다 높게 자란 해바라기도 비에 젖어 흔들리고, 바람에 쓸려 온 빗줄기에 마루가 흠뻑 젖기도 하였다.

나는 그런 날이 좋았다. 아버지는 방에서 낮잠을 주무시고,

집안 식구들이 모두 비에 갇혀 고즈넉히 있는 시간. 그런 때 나는 어머니 곁에서 서울에서 하고 다니는 못된 짓에 대해 미주알고주알 다 말했다. 누구누구와 싸운 이야기, 여차장 화장실에서 돈을 파 온 이야기, 사귀고 있는 여친 이야기 등. 나는 신이 나서 있는 그대로, 때론 사실보다 부풀려서 마치 생중계하듯 모두 말했다. 어머니는 아무 말 없이 내 말을 들으셨다. 그러면 나는 더욱 신이 나 떠벌렸고, 아무 말 없이 어머니는 무릎 위 삼 줄을 서리서리 이으셨고. 그러다 한숨과 함께 한 마디 하셨다.

"니가 어련히 알아서 허겄니."

어머니는 나에게 잘했다 잘못했다 일절 그런 말씀을 하지 않으셨다. 나의 비행에 대해 언짢아하시거나 걱정하지도 않으셨다. 오로지 한 마디,

"니가 어련히 알아서 허겄니."

이 말에 나는 그만 머쓱해져 하던 이야기를 멈추었다. 순간 나와 어머니 사이 침묵이 흐르고, 그 침묵 속 건너오던 빗소리. 나는 나중에 커서 그때의 일을 자주 떠올려 보았다. 그때 어머니의 심중은 어땠을까? 기껏 공부하라고 서울로 전학시켜 놓았더니, 하는 짓이 차마 입에 담지 못할 못된 짓만 하고 다니는 아들에 대해 어떤 심정이었을까? 그런데도 왜 한 마디 꾸짖음의 말씀도 하지 않았을까? 그리고 또 아무리 철딱서니가 없

상처 위에 피는 꽃

기로서니, 나는 왜 그 같은 일을 어머니에게 모두 일러바치듯 말했을까?

그리고 또 어련히 안다니, 무엇을 어련히 안다는 것인가? '어련히'라는 말은 '때가 되어 자연스럽게'의 뜻이 아닌가? 그렇다면 이제 그만한 일은 누가 옆에서 이래라 저래라 하지 않아도, 내가 알아서, 나 스스로, 이제 나도 그런 일에 대한 가리사니 판단력를 가질 나이이니, 스스로 알아서 해야 한다는 말이 아닌가? 나는 이 말 속에 담긴 어머니의 나에게 대한 전폭적인 신뢰를 느낄 수 있었다. 비록 불량스러운 아들이지만, 네가 하는 일은 너에게 맡기겠다는 어머니의 마음이 그 속에 담겨 있었던 것이다.

그런데 희한한 것은 그 후에도 이 말이 내 마음 속에서 사라지지 않고 계속 나를 울렸다는 것이다. 특히 어떤 비행에 연루되어 정말 거기서 한 발자국만 더 나가면 큰일예컨대 학교를 퇴학당한다든가, 구속된다거나 하는 일이 날 수도 있는 일촉즉발의 그 지점에서, 이 말은 나에게 마치 피노키오의 양심의 귀뚜라미처럼 나를 깨우는 경고음이 되었다.

네가 어련히 알아서 한다. 누가 간섭하지 않아도 스스로 판단해 어떤 일을 처리한다. 인간의 자주성과 자율성, 그리고 그에 대한 책임의식을 담고 있는 이 말은 그 후 나의 인간을 바로 보는 척도가 되었다. 나는 교사가 되어 담임을 할 때나 아이들을 지도할 때 인간마다 그 속에 깃들어 있는 그의 자주성을 소중히 여기도록 애썼다. 아무리 불량한 아이라도 그 아이 속에는 '스스로 선善하고자 하는 힘'이 있으며, 교사는 그 힘이 발휘되도록 옆에서 돕고 기다리며 조건이 마련되도록 애쓰는 것이 중요하다고 생각했다.

중학교 때 나는 앞서 말한 양아치 형들과 어울리며 온갖 비행을 저질렀다. 돈이 없으면 삥을 뜯었고, 그래도 부족하면 누나 지갑에 손을 댔다. 참으로 한심하다 할 정도로 막무가내이면서 대책 없는 아이였다. 그런데 그런 와중에도 또 하나 희한한 것은 그런 내가 우표를 모으고, 명화를 스크랩했으며, 기타를 배우고, 만화방에 있는 무협지를 모조리 읽었다는 것이다.

나는 우표를 취미 삼아 모으기 시작했다. 처음 누나가 몇 장씩 가져다 준 것이 계기가 되어 모았는데, 양이 불어나면서 본격적으로 모았다. 여기서 본격적이라는 말은 우표 가게에 가 뽀리도둑질까지 했다는 말이다. 나는 가능한 쓰지 않은 우표 희귀 우표들만 모았는데, 약 7백 장 정도, 우표 책으로 하나 가득 모았다.

그런데 어느 날 그 우표를 몽땅 도둑맞았다. 우표 책까지 통째로 들고 가 한 장도 남김없이 사그리 도둑맞은 것이다. 그때의 충격과 아쉬움이란. 나는 누가 훔쳐 갔는지 짐작으로 알고 있었다. 같이 놀던 형이었다. 여러 정황으로 보아 그 형이 가져간 게 분명했다. 그러나 나는 말 한 마디 입도 뻥끗하지 못했다. 도둑질해 모은 우표를 내 것인 양 애지중지한 것부터 잘못이었다. 하지만 그 때는 그렇지 않았다. 우표 책에 가지런히 꽂혀 있는 우표를 보면 밥을 먹지 않아도 배가 불렀다. 한 장 한 장비록 훔쳐서 모은 것이었지만 우표가 가득 들어 있는 우표 책을 넘길 때의 보람과 희열은 다른 무엇과 바꿀 수 없는 것이었다. 그런 우표를 하루아침에 몽땅 도둑맞다니.

명화 스크랩은 그 당시 발간되던 〈샘터〉에 수록되어 있던 명화를 스크랩한 일이었다. 책 두 쪽에 걸쳐 그림이 소개되었는데, 서양의 유명 화가들 작품에 지금도 기억나는 것이 미술평론가 이일 씨의 작품 해설이 곁들여져 있었다. 나는 〈샘터〉에서 오직 그 부분만 오려 스크랩했다. 보티첼리의 〈비너스의 탄생〉, 앵그르의 〈샘〉 같은 작품들과 렘브란트, 샤갈, 고흐의 작품들이 있는데, 나는 그림과 이일 씨의 해설을 번갈아 보며 그림의 세계에 빠져들었다. 여러 화가와 그림에 대한 에피소드도 나의 흥미를 끌어당겼다. 나중에 고등학교에 가서 서양 미술의 흐름과 유파별 특징에 대해 자세히 알 수 있었지만, 스크랩할 당시에는 그런 것들은 모른 채 그림의 구도나 명암, 색상, 빛의 흐름 따위를 내 나름대로 분석하며 감상했다.

무협지를 독파한 적도 있었다. 우리 동네에 만화 가게가 하나 있었다. 나는 형들과 그곳에서 자주 시간을 죽치곤 했는데,

나는 만화보다 무협지를 더 좋아했다. 무협지는 보통 열 권 스무 권으로 되어 있어, 일단 읽기 시작하면 몇 날 며칠을 그것에 빠져 지내야 한다. 가게의 네 벽면에 빈틈없이 꽂혀 있던 무협지. 무협지의 가장 큰 매력은 현실 세계에서는 불가능한 '판타지'의 세계를 열어 준다는 점이다. 주인공과 함께 수천 리 흐르는 장강을 배를 타고 떠다니기도 하고, 깎아지른 동굴 속에서 혹독한 수련을 하기도 하며, 중원의 무림 고수들과 그들이 펼치는 갖가지 무림 신공神功을 만날 수 있기 때문이다. 그뿐인가? 잊을 만하면 나타나는 청춘남녀들의 애틋한 사랑과 섹스 장면에 대한 리얼한 묘사는 무협지를 결코 손에서 놓을 수 없도록 하는 묘약이었다.

몸을 가볍게 날아 이쪽저쪽을 이동할 수 있는 경신술, 순식간에 공간 이동을 가능하게 하는 축지법, 장풍과 독심술, 운기조식 같은 단어들은 얼마나 나의 마음을 들뜨게 하였던가. 나는 마치 내가 무협지 속의 주인공이라도 된 듯, 몸을 솟구치면 단박에 절벽 위로 뛰어오를 것 같은 착각에 빠져 지낸 일이 한두 번이 아니었다.

중학교 졸업할 때까지 나는 책이란 교과서 이외 다른 책을 읽어 본 적이 없었다. 나는 중학교 때 만화 가게에 있던 무협지와 《꿀단지》같은 황음 소설을 읽은 것이 전부였다. 남들은 어려서부터 동화책을 읽고, 중·고등학교 때 무슨 문학전집을 읽으며 시인의 꿈을 키웠네, 장래 희망이 교사였네 하지만, 나는 고2 때까지 교과서 외 읽은 책이 정말 한 권도 없었다.

재수

결국 나는 고등학교 시험에 떨어지고 말았다. 중학교 전 기간 동안 반에서 30등 이상을 한 적이 없으니 어느 학교에 진학할 수 있겠는가. 내가 중학교를 졸업하던 당시1973년 우리나라 고등학교 입시는 철저히 시험에 따른 선발고사였다. 서울 지역은 1년 뒤인 1974년부터 고교 평준화 정책이 도입돼, 연합고사를 치른 후 이른바 '뺑뺑이'라는 추첨에 의해 학교가 배정됨. 그 당시 명문으로 꼽히던 경기고, 서울고, 경복고, 용산고 등에는 내로라하는 인재들이 몰려들었다. 반면 이류 삼류라 할 수 있는 똥통 학교들도 있었다.

집을 옮겼다. 지금까지 살던 장위동에서는 도저히 공부를 할 수 없었다. 동네 형들이 몰려와 술 마시고 담배 피고 노름하고 죽치다 가니 공부를 할래야 할 수가 없었다. 방도 방이지만 나 역시 마찬가지였다. 내가 장위동에 그대로 사는 한, 나는 형들을 만나지 않을 수 없었고, 그러다 보면 예전과 같은 생활을 피할 수 없었다.

281
장위동 시절

나는 집을 석관동으로 옮겼다. 온다 간다 말 한 마디 없이 어느 날 전격적으로 이사해 버렸다. 그때가 2월이었다. 1차 시험에서 떨어진 후 2차는 보지 않았다. 고입 제도가 2차까지 시험 볼 수 있었지만, 그리고 만약 그렇게 했다면 3류 똥통 학교 어딘가에 들어갔겠지만, 나는 2차 시험을 과감히 포기하고 재수하기로 결심했다.

누나와 함께 나는 허름한 양옥집에 방 두 개를 얻어 살았다. 나는 이사 후 바깥출입을 거의 하지 않았다. 우선 쪽 팔려서였다. 다른 애들은 다 학교에 진학해 교복에 교모에 폼 나게 하고 다니는데, 나는 시험에서 떨어져 한심하게 재수를 한다는 게 자존심이 허락하지 않았다.

나는 머리도 이부가리머리를 바짝 처올려 깎는 것을 말함. '바리깡'이라는 이발 기계로 깎음.로 짧게 깎았다. 보통 재수하면 머리도 기르고 담배도 꼬나물었지만 난 그러지 않았다. 담배는 끊지 못해 계속 피웠지만 머리는 일부러 밤송이보다 더 짧게 깎았다.

공부. 아버지가 그렇게 노래하던 공부. 방학 때 시골집에 가면, 집에 올 시간 있으면 서울서 공부라도 한 자 더 하라며 나를 내쫓은 공부. 고등학교 입시에 떨어져 친척들 앞에서 내 쪽이란 쪽은 다 팔리게 만든 공부. 그 엿 같고 개 같은 공부가 뭔지, 도대체 공부가 뭐길래 인간들이 입만 열었다 하면 공부 공부하는지, 그 공부를 내가 한 번 해서 우선 아버지에 대한 원한

상처 위에 피는 꽃

부터 갖고 싶었다.

나는 정말 아버지에 대한 원한을 갖기 위해 공부했다. 눈만 뜨면 공부 타령인 아버지, 공부 이외 나의 존재를 조금도 인정하지 않으려던 아버지, 공부를 가지고 나를 능멸했던 아버지, 성질이 불같고 급해 한번 화가 나면 얼굴이 검붉은 대춧빛으로 붉어지고, 누에 같은 눈썹이 꿈틀대며 어른이든 아이든 불벼락이 떨어지던, 그리하여 별명이 모스크바였던, 그 아버지의 염원이자 소원이자 종교였던, 그 개 같은 공부를, 너 왜 공부 안 하니 라는 말밖에 할 줄 모르던, 까닭 없이 주눅 들고 죄스러움을 느끼게 한 그놈의 공부를, 좋다, 어디 한 번 두고 봐라, 내가 한 번 제대로 해서, 공부 너뿐만 아니라 아버지에 대한 원한까지 한몫에 갚으려고, 그래서 나는 진짜 공부를 하기로 했다.

우선 문방구에서 모눈종이를 사 왔다. 가로 세로 그려진 눈금에 날짜와 그날그날 공부한 시간을 표시해 나갔다. 하루 24시간 중 오로지 공부한 시간이 몇 시간인가를 따져 점으로 찍어 나갔다. 그렇게 매일, 토요일 일요일도 없이 한 달 30일을 점 찍어 표시한 다음, 매월 말일에 그 달에 공부한 시간의 통계를 냈다. 그때 나는 하루 평균 17~18시간을 공부했다. 그날 무슨 일이 있어 14시간밖에 공부를 못했다면, 다음날 나는 그 전날 못한 세 시간까지 더해 20시간을 했다. 한 달 평균 17~18시간을 확보하기 위해서였다. 또 만일 무슨 일이 있어

12시간밖에 못했으면, 나는 그 다음날 이틀에 걸쳐 세 시간씩 공부를 더했다. 이렇게 하는 하루 평균 17~18시간을 확보해 나갔다.

앉을개 책상에 방석 하나 놓고 그 앞에 매달렸다. 식사하고 용변 보는 시간 외에 오로지 공부만 했다. 국영수과사 외에 다른 과목도 시간을 나누어 했다. 특히 영어와 수학은 기초가 없어 아무리 단어를 외우고 문제를 풀어도 이해가 되지 않았다. 나는 참고서 하나를 처음부터 아예 외워 버렸다. 외우고 또 외우고, 다음날 그 전에 외운 것을 연습장에 써 보고, 기억이 안 나면 다시 외우고. 그러면서 문제를 풀고. 누구의 도움도 없이 오로지 바위산을 정釘 하나로 뚫고 나간다는 심정으로 하루 17~18시간씩 공부에 매달렸다.

나는 그때 '손이 기억한다.'는 것을 처음 체험했다. 외우되 그냥 머리로만 외우는 것이 아니라 손으로 쓰면서 외웠다. 수학 공식이든, 영어 단어든, 국어에 나오는 어떤 낱말이든 닥치는 대로 쓰면서 외우다 보니, 다음 날 기억에 떠올려 다시 쓸 때 머릿속으로는 기억이 나지 않는데, 볼펜을 쥐고 연습장에 손을 갖다 대면 나도 모르게 저절로 손이 써졌다.

봄은 그런대로 견딜 만했다. 여름이 되자 무더위가 복병처럼 나를 기습했다. 더위에 지쳐 공부가 제대로 되지 않았다. 집이 허술해 한낮엔 천장이 열기로 지끈거렸다. 가만히 앉아 있어도 땀이 흘렀다. 그러나 그렇다고 공부에 대한 처음의 결심을 늦출 수 없었다. 나는 아예 문을 걸어 잠그고, 비닐 장판이 깔린 방바닥에 물을 퍼다 부어 버렸다. 그런 후 팬티만 입고 공부하다 더우면 그 자리에서 뒤로 벌렁 누워 버렸다. 아, 그때 등줄기에 와 닿던 물기의 서늘함. 나는 옆에 놓인 대야의 물을 몸에 찍어 바르며 책에서 눈을 떼지 않았다.

그렇게 공부에 집중하는 날이 늘어가면서 서서히 뭔가를 '알아가는 즐거움'이 찾아들었다. 며칠 전 풀리지 않던 문제가 어느 날 풀리고 그 풀리는 과정이 이해되었다. 영어도 처음엔 단어부터 막히던 것이 시간이 지나면서 문장이 눈에 들어오고 글 전체의 내용이 요해되었다.

공자가 말한 "학이시습지 불역열호學而時習之 不亦說乎, 배우고 때로 그것을 익히면 또한 즐겁지 아니한가?의 경지를 몸소 느끼기 시작한 것이다. 읽고 또 읽고, 외우고 또 외우고, 문제를 풀고 또 풀고, 아예 어떤 것이 완전히 내 것이 될 때까지 하다 보니, 예전에 미처 몰랐던 것이 새롭게 알아지고, 아하 이게 이래서 이렇구나 하는 깨달음에 전율이 일었다. 이른바 공부에 재미를 붙이기 시작한 것이다.

그렇게 8개월 정도 공부를 하자, 나는 어떤 문제를 응용해 새로운 문제를 낼 수도 있게 되었다. 또 어떤 문제는 풀기도 전에 머릿속으로 암산이 되어 답이 나왔다. 처음으로 공부가 무엇인지 알 것 같았고, 중학교 3년 전 과정이 뻥 뚫리는 느낌이었다.

나는 지금도 학생들이 어떻게 해야 공부를 잘할 수 있냐고 물어올 때마다 그때의 일을 떠올린다. 그러면서 모눈종이에 공부 시간을 체크해 관리했던 일을 말해 준다. 공부하는 데 가장 중요한 것은? 그러나 공부의 정도는 없다. 다만 나의 경우 집중력과 끈기 그리고 무엇을 이루고자 하는 목표동기 등이 중요하지 않았나 싶다.

8개월 동안 오로지 한마음으로 전념했던 공부. 그리하여 8차선 고속도로가 뻥 뚫리듯 중학교 3년 과정이 한 눈에 요해될 정도로 꿰뚫게 되었을 때, 나는 처음으로 학원에 나갔다. 그동안 공부한 내 실력을 가늠해 보고 싶어서였다. 나는 광화문에 있는 세종학원에 등록했다. 그리고 며칠 지나지 않아 시험을 보았다. 결과는 4백 명 중에서 2등. 그때는 고등학교 재수하는 아이들이 많았다. 경기고나 서울고 등 일류학교에 떨어진 아이들은 2차 시험을 치지 않고 곧바로 재수에 들어갔다. 요즘 서울대나 연·고대에 떨어져 바로 재수의 길로 들어서는 것과 꼭 같았다. 그러다 보니 학원마다 재수생이 넘쳐 났고, 학원에도 성적에 따라 우열반이 편성되어 있었다.

내 성적을 보고 나보다도 학원 관계자들이 더 놀랐다. 학원 원장과 마주앉았다. 원장은 나에게 학원비 전액을 무료로 해

주겠다며, 자기 학원에 계속 나올 것을 주문했다. 그러면서 나를 특수반에 편입시켰다.

나는 기분이 날아갈 것 같았다. 수도승이 도를 깨치기 위해 고행을 마다하지 않는 것처럼 흔들림 없이 공부에 전념해 온 나 자신이 대견스러웠다. 나는 그 사실을 누나에게 말했다. 누나는 "어머, 진짜니?" 하며 좋아했고, "너 혹시 또 거짓말하는 것 아니야?" 하면서 의심했다.

학원에 나오면서 나는 새로운 사실을 알게 되었다. 그것은 이른바 고교 평준화 정책에 관한 것이었다. 우리나라는 내가 중학교를 졸업하던 그 해까지 고등학교를 철저히 성적에 따라 시험 봐 들어갔는데, 그렇게 되자 고입 경쟁이 극심하게 나타나고 각종 폐해가 유발되었다. 중학교 교육과정이 비정상적으로 운영되는가 하면, 전국적으로 번진 과외 열풍은 과외 망국론으로까지 비화되었다. 이렇게 고교 입시에 따른 각종 문제가 심각한 수준에 이르자, 정부는 새로운 입학 제도 개선안을 내놓았는데, 그것이 이른바 인문계 고등학교 추첨 입학제를 기본으로 하는 새로운 고입 제도 개선안이었다.

'고교 평준화 정책'이라 불리는 이 개선안은 일반계 고등학교는 고입 선발고사이른바 연합고사를 치른 뒤, 그 시험에 합격한 사람을 공·사립 구분 없이 거주지를 기준으로 무작위 추첨 배정한다는 것이었다. 그리고 이 안을 정부는 1974년부터 서울과 부산에 동시에 적용, 실시한다고 공포했다.

그러니까 나는 이런 경천동지할 고입 제도의 변화가 있는 줄 새까맣게 모른 채 혼자 방안에서 세상과 절연絶緣한 채 공부에만 전념했던 것이다. 나는 순간 맥이 탁 풀렸다. 지금까지 절치부심하며 한 공부가 헛되게만 느껴졌다. 또 하나 고민거리로 다가선 것이 있었는데 체력장이었다. 고입 연합고사 시험 만점이 2백 점인데, 그 가운데 체력장 점수가 20점을 차지했다. 체력장은 기초 체력 향상을 위해 달리기, 오래달리기, 턱걸이, 멀리뛰기 등 여러 항목을 종합적으로 테스트해 등급에 따라 점수를 매기는 것인데, 나는 그동안 방안에 틀어박혀 공부만 한 탓에 체력장에 대비할 기회가 없었다.

재수해 시험 봐 고등학교에 가려는 내 꿈은 무산되었다. 결국 나는 연합고사를 보게 되었고, 연합고사 이후부터 다시 공부를 하지 않게 되었다. 학원에 나가 보니 이미 예전에 놀던 아이들이 거기 있었고, 그들과 쏘다니며 다시 술과 담배에 빠져들었다. 우리는 패거리 지어 종로와 광화문을 휘젓고 다녔고, 특히 종로2가 낙원상가 쪽을 아지트 삼아 놀았다.

결국 나는 추첨에 의해 성북구 미아리에 있는 서라벌고등학교에 들어갔다. 당시 서라벌고는 똥통 중에서도 똥통이었다. 미아 삼거리 언덕에 있었는데, 학교 앞에 창녀촌텍사스촌이 있어 누구나 다 기피하는 학교였다. 그런 서라벌고에 중학교 전체 수석 졸업자가 6명이나 떨어졌던 것이다. 고교 평준화에 따라 추첨에 의해 학교가 배정되었기 때문인데, 이로써 서라벌고는 똥통 학교에서 일약 명문 사학으로 발돋움 할 계기를 마련했다. 서라벌 예대가 쓰던 건물까지 고등학교에서 쓰게 됨으로써 서라벌고는 학교 환경이나 교육 여건이 명문고로서 손색이 없었다.

¶

여기서 일단 이야기를 마무리 하도록 하자. 지금까지의 이야기는 나의 중학교 시절과 고입 재수하기까지의 이야기이다. 이후 본격적으로 전개되는 이야기는 다음 기회로 미룰 수밖에 없겠다.

내 10대를 꿰뚫는 말 세 가지를 든다면 아마 '잠, 섹스, 거짓말'일 것이다. 내 인생의 장위동 시절. 10년 남짓한 서울 생활. 그땐 왜 그렇게 잠이 쏟아졌는지. 나는 친구들 사이 별명이 '또 자'였다. 지금 생각해 보면 그렇게 밤에 잠 안 자고 놀았으니 잠이 쏟아지는 것은 어쩌면 당연한 일이었다. 그리고 섹스. 그리고 이 모든 것을 어른들에게 감추기 위해 필요했던 알리바이로서의 거짓말.

나의 청소년기를 돌아보면 그곳엔 뭐라 말할 수 없는 반항심, 음습함, 기성세대에 대한 경멸과 조롱, 저항, 주체할 수 없이 분출되어 나온 성욕, 힘겨루기, 자존심, 열등감 따위가 뒤범벅되어 가라앉은 빙산처럼 웅크리고 있다.

우린 늘 패거리 지어 몰려다녔고, 따라서 나는 당연히 '범생이'가 아니었고, 우리를 가두고 있는 네모반듯한 세계로부터 끝없는 일탈, 탈주를 꿈꾸었다. 뭐랄까? 달의 인력에 이끌리는 바닷물 같다고 할까? 조류의 물살을 거슬러 오르는 연어 떼 같다고나 할까? 본능적이었다. 탈주의 본능. 뛰쳐나가려는 본능. 반항하고 아웃사이더가 되려는 본능. 그러지 않으면 시한폭탄처럼 터져 버릴 것 같아, 싸우고, 가출하고, 연애하고, 그 모든 일들을 속여 넘기기 위해 끝없이 거짓말을 해대고.

겉으로는 조그맣고 곱상하게 생긴 나였지만, 그리하여 어느 날 나의 실체를 파악한 꼰대들이 나에 대한 배신감으로 치를 떨었지만, 나는 나대로 어두운 밤바다를 헤쳐 나가듯 중·고등학교 시절을 암울하게 보냈다. 그런 내가 앞서 말한 대로 서양의 명화를 모으고, 우표를 수집했으며, (나중의 일이지만) 시도 쓰고, 일기를 썼다는 것이다. 이런 행위를 어떻게 설명할 수 있을까? 내 인생에 가장 삐뚤어진 시기에 이런 아름답고 미적인 영역에 관심을 갖고 그 일을 지속적으로 해 나갔다는 사실이 나는 지금도 정말 이해되지 않는다.

그런 면에서 볼 때 사람에게는 누구나 말로 설명할 수 없는 부분이 있다는 생각이다. 겉으로 보고 판단할 수 있는 부분이 있고, 그러지 못한 부분이 있다는 것이다. 그리고 그 설명할 수 없는 부분이 언제 꽃 피어 그 사람의 인격으로 온전히 발화될 지는 그 자신도 사실 모른다.

다만 그런 점에서 우리가 가져야 할 자세는 인간에 대한 지속적인 신뢰다. 한 사람 속에 깃들어 있는 가능성의 씨앗을 발견하여 꾸준히 물을 주는 일. 매일 햇볕을 충분히 받을 수 있도록 화분을 돌려놓아 주는 일. 여러 가지 것들이 모여 하나의 선善을 이룬다는 사실을 받아들이고, 그 믿음을 저버리지 않기 위해 노력하는 일. 그런 마음이 저마다의 가슴 속에 깃들어 있다면, 인간은 지금보다 조금은 더 행복해질 것이다.

최은숙

1966년 충남 연기에서 태어났습니다. 1990년 〈한길문학〉에 시 〈연탄〉, 〈하남시〉 등을 발표하며 작품 활동을 시작했습니다. 그동안 시집 《집 비운 사이》와 산문집 《세상에서 네가 제일 멋있다고 말해주자》 등 세 권의 교육 산문집을 펴냈으며, 충남 청소년 종합 문예지 〈미루〉의 편집주간으로서 청소년들의 문화, 예술을 존중하며 그들의 삶을 표현하는 매체를 마련해 주는 일에 관심을 갖고 있습니다. 현재 충남 청양의 정산중학교에서 국어교사로 일하고 있고, 가장 공들여 하고 있는 일은 청양, 공주 지역의 교사들을 중심으로 한 독서 모임을 꾸려가는 일입니다. 교사는 진정한 학생으로서 늘 자기를 깨고 한 걸음 나가는 공부를 해야 한다고 생각합니다.

어눌한 이야기

§

외갓집에서 국민학교에 다니던 시절에 나는 말이 없는 아이였다. 말을 하지 않아도 불편하지 않았다. 통지표 가정통신란에 1, 2학년 담임 선생님들께서 똑같이 '말이 전혀 없으며'라는 구절을 써넣으실 정도였다. 지금 부모님들 같으면 자폐 증상을 의심하면서 병원에 데려갔을 것이다. 외할머니는 담임 선생님이 가정 방문을 다녀가신 뒤에,

"학교에서 말을 안 햐? 집에서는 하잖어."

하셨을 뿐이다. 나는 구체적인 상황들과 분리되어 내 속에만 있었다. 또래 아이들과 다르게 아직 고치 안에 있는 번데기 같이 미숙한 존재였다. 학교도 대강 다녔다. 비가 오고 바람이 사납게 불어서 걷기 힘든 날은 뭉그적대다가 늦게 갔고, 별 일

없는 날은 또 너무 일찍 가서 혼자 운동장에 고인 살얼음을 밟아 깨면서 놀았다. 담임 선생님이 숙직실에서 나오셔서 왜 이렇게 빨리 학교에 왔느냐고 묻기도 하셨다. 나는 대답이란 걸 할 줄 몰랐다. 할 말을 억지로 참은 것이 아니었다. 말이 아직 생기지 않았던 것이다. 그 시절의 아이들은 말 안 하는 아이를 따돌리지 않았다. 종례 때 담임 선생님이 말문을 열어 주시려고 반 아이들 앞에서 "차렷, 선생님께 경례!"를 시키시면서 네가 그 말을 하지 못하면 다른 아이들도 모두 집에 못 간다고 하셨다. 아이들은 어서 말을 하라고 발을 동동 굴렀다. 그럴수록 입이 얼어붙었다. 그것 말고는 말을 안 한다고 괴롭힘을 당한 기억이 없다. 그런 세상은 이제 없을 것이다. 내 아이가 다른 아이들과 좀 다르다고 유난스럽게 걱정하지도 않고, 무리 중에 그런 아이가 끼어 있어도 스스로 고치를 찢고 나올 때까지 그냥 그런가 보다 하고 내버려 두는 세상 말이다.

아버지는 군인이었다. 어느 날 아버지가 군인 아저씨들을 시켜 나를 외가로 보냈다. 엄마와 아버지가 살던 집이 좁았는지, 그때 동생이 태어나서 나를 돌봐주기 힘드셨는지, 왜 그랬는지 모르지만 내 뜻과 상관없이 외가에 맡겨졌다. 낯선 군인 아저씨들의 지프에 실려 가면서 울고불고 몸부림을 쳤다. 우리집은 조치원 근방이었고 외할머니댁은 연기군, 지금의 세종시였다. 처음엔 달래 주던 아저씨들이 금강 다리를 건널 즈음엔 협박했다.

상처 위에 피는 꽃

"자꾸 울면 강에 던져 버릴 테다."

울음이 뚝 그쳐졌다. 그때부터 외가에서 자랐다. 가끔 아버지와 엄마가 다녀가면 몹시 힘들었다. 따라간다고 떼를 쓰지는 않았다. 그건 해서는 안 되는 일이라고 생각되었던 것 같다. 아버지께서 오셨다가 점심을 먹고 돌아가시게 되어 있던 날, 밥이 잘 안 넘어갔다. 헤어지는 게 싫었던 것이다. 아버지가 밥에 물을 말아 주었다. 그것을 트집 잡아서 까탈을 부리기 시작했다. 물밥 안 먹어! 외할머니가 아버지를 나무랐다.

"왜 애한테 물어보지도 않고 물을 말어?"

아버지가 사과했다.

"미안해. 아버지 밥 먹어. 아버지가 물밥 먹을게."

그 말이 또 어린 내 마음을 너무나 미안하게 하고 아프게 했다. 급기야 울음을 터뜨렸다. 아버지가 미안해하는 게 괴로웠다. 어른들은 물에 밥을 말아서 그러는 줄 알았을 것이다. 내 감정보다 부모의 심정을 먼저 챙기는 어린 마음은 어디에서 비롯되는 것일까? 나중에 내 딸아이에게서 그와 같은 면을 발견했을 때 가슴속에서 슬픔이 솟아오르는 걸 느꼈다.

낮에는 할머니를 따라다니면서 잘 놀았는데 날이 어둑어둑해지면 뭐라고 표현할 수 없는 감정이 밀려왔다. 개울물 소리도, 라디오 소리도, 개구리 소리도 낮에 듣던 소리와 달랐다. 낮엔 들리다 말다 하던 그것들이 밤엔 선명하게 가슴을 파고들

어눌한 이야기

었다. 아득하고 쓸쓸했다. 그때 내가 슬프다는 말을 썼다. 그 말을 어디서 배웠을까?

"할머니, 왜 밤이 되면 슬퍼?"

할머니가 그 말을 듣고 나를 엄마한테 며칠 데려다 주었다고 한다. 할머니, 할아버지 손을 잡고 국민학교에 들어가고 1학년 마칠 때까지 외가에서 살았다. 그러는 동안 엄마 집보다 할머니 집에 더 익숙해졌다. 날마다 할머니의 품에 안겨서 젖을 만지면서 잠들었다. 어느 날 밤에 어둠 속에서 잠을 깼는데 손 안에 몽글몽글한 것이 있었다. 그것을 할머니의 젖꼭지라고 생각했다. 이상하다, 왜 할머니의 젖이 떨어졌지? 손끝으로 할머니의 젖꼭지를 굴리다가 다시 잠이 들었다. 아침에 일어나,

"밤에 할머니 젖꼭지가 떨어졌어."

했더니 할머니가 웃었다.

"할머니 젖꼭지가 왜 떨어져. 잘만 붙어 있구먼."

아마도 말랑말랑한 벌레 같은 것을 만진 것이 아니었을까 모르겠다. 할머니가 아니라고 해도 할머니의 젖꼭지가 이제 없다고 굳게 믿어서 낯설어진 할머니의 젖을 다시는 만지지 않았다. 그러나 할머니의 팔을 베고 누우면 원래 있어야 할 자리에 있는 것 같았다. 가끔 만나는 엄마보다 할머니를 더 따랐고 할머니하고 있을 때가 더 포근했다. 그러나 엄마는 엄마였다. 엄마 젖을 만진 기억도, 등에 업힌 기억도 없다. 내 밑으로는 동

생들이 넷이나 되었다. 그래도 국민학교 2학년 때 엄마와 같이 살기 시작하면서 엄마의 존재가 주는 안정감이 내게 말을 가져다주었다. 3학년 때부터는 학교에서도 조금씩 말을 시작했고, 4학년 때는 공부 시간에 떠들어서 선생님께 꾸중을 들은 적도 있었다.

나는 거의 모든 것을 엄마에게 배웠다. 꽃 이름, 나무 이름, 새 이름, 낱말의 뜻, 엄마는 모르는 것이 없는 것 같았다. 엄마는 일기를 썼다. 엄마가 일기를 쓰는 걸 보면서 나의 글쓰기가 시작되었다. 엄마가 들여놓아 준 전집, 자연 백과사전과 역사만화, 각종 백일장에서 상을 탄 아이들의 글을 모아 놓은 '푸른 교실'이라는 책이 나를 마법의 세계로 이끌었다. 학교에 다녀오면 곧바로 다락방으로 올라갔다. 거기에 그 책들이 있었다. 다락방에 엎드려서 얼마나 되풀이하여 읽었는지 제본 상태가 좋지 않은 책이 낱장으로 흩어졌다. 학교에 도서실이라는 곳이 있다는 것을 알게 된 뒤에 내 세상은 다락방에서 도서실로 옮겨 갔다. 점심시간이 되면 무조건 도서실로 갔고 수업이 끝난 뒤에는 아예 책꽂이 사이에 자리를 잡고 마룻바닥에 주저앉아 책을 읽었다. 아이가 혼자 도서실에 있을 거라고 생각하지 못해서 학교 아저씨가 밖에서 문을 잠그고 가 버리는 적이 많았다. 《분홍신》, 《피노키오》, 《알라딘의 요술램프》, 《하이디》…… 어둑어둑하여 글씨가 안 보일 때야 퍼뜩 정신을 차리고 일어나 창문을 넘어 밖으로 나오면 책 속의 세상에서 갑자기 밖으로 툭 떨어진 것처럼 얼떨떨했다. 내가 모르는 사이에 다른 사람들과 함께 시간은 저만큼 가 있고 나만 외따로 다른 세상에 떨어진 것 같았다.

¶

외할머니 댁으로 다시 돌아간 것은 엄마 곁으로 와서 2년 지난 뒤였다. 금순이 언니가 시집가고 할아버지가 돌아가신 뒤에 외할머니는 외딴집에 혼자 남았다. 엄마는 외할머니가 혼자 사시는 것을 마음 아파하셨다. 아버지가 제대를 하여 굳이 조치원에 살 이유가 없어지자 엄마는 아버지와 합의하여 집을 팔고 외가로 살림을 합쳐 들어가기로 했다. 할머니는 훗날 시골 집을 엄마에게 상속했고 세월이 흐른 뒤에 폐가가 되다시피 한 그 집은 나에게 왔다. 나는 외가를 복원할 수 있을까? 좋지 않은 기억들을 다 털어 내고 따뜻하고 밝은 살림을 일으켜서 맘 편하게 자라지 못한 형제들과, 그들의 아이들과 그리고 나에게 고향을 마련해 주고 싶은 마음이 있다.

아버지의 부대가 있던 봉암은 어떤 이미에서 나의 고향이었다. 겨우 2년이었지만 엄마와 함께 살면서 비로소 둥지를 찾은 것이었다. 친구들과 강에 가서 마름을 건져 다 쪄 먹는 것이 재미있었고 월하리 비행장의 차돌을 깨서 공깃돌을 만드는 것도 즐거웠다. 그리고 책을 읽는 학교 생활이 행복했다. 할머니와 살 때는 할머니의 품안에만 깃들어 있었다. 할아버지, 할머니, 할머니의 친정 조카인 금순이 언니하고만 이야기를 했다. 엄마에게서 강제로 분리된 상실감이 나를 더 자라지 못하게 했다. 엄마하고 살 때는 엄마를 배경 삼아서 내 세상을 만들어 나갔던 것이다.

나처럼 잠깐이 아니라 영영 엄마를 상실한 언니가 있다는 것을 알게 된 것은 고등학교 1학년 때였다. 중학교를 졸업한 뒤에 나는 대전에 있는 인문계 고등학교로 진학했고, 자취방을 얻어줄 여력이 없던 엄마는 나를 이모댁에 맡겼다. 엄마와 이모는 사이가 좋지 않았기 때문에 내 존재가 이모에게 달가울 리 없었다. 엄마는 이종사촌 오빠들이 자랄 때, 군대 갈 때, 휴가 올 때 어떻게 세세히 손길이 미쳤는가를 이야기하면서 이모가 너를 돌봐 줄만 하다고 했다. 한방을 쓰는 이종사촌 언니는 말을 걸지 않았다. 이모는 대놓고 말씀하셨다.

"자식새끼들 키우기도 힘들다. 무슨 영화를 보겠다고 조카 새끼까지 데리고 있겠니."

가시방석에 앉은 기분으로 이모가 해 주시는 밥을 먹고 사촌 언니의 방에서 자면서 학교에 다녔다. 엄마는 동생인데도 이모한테 지지 않았다. 조카들을 자기 자식처럼 야단쳤다. 누가 옳든 그르든 불편해진 곳에 나를 맡기는 엄마가 원망스러웠다. 어릴 때처럼 해가 지면 쓸쓸했다. 집에 돌아오는 발길이 무거웠다. 어린 시절부터 소꿉친구였던 이종 동생이 없었으면 날마다 울지 않았을까 싶다. 이모와 언니가 모진 분들은 아니었다. 하지만 환영받지 못하는 곳에서 부득부득 아무렇지도 않게 살아낼 만큼 신경줄이 질긴 아이는 드물 것이다. 식구들이 눈치채지 않게 보일러를 틀지 않는 빈방으로 가 있는 때가 많았다. 소파에 엎드려 초원, 말, 노란 불빛의 창문이 있는 집, 그런 비현실적이고 달콤한 동화를 쓰면서 시간을 보냈다. 학교에 가서는 시간 날 때 마다 친구들과 예술관에 가서 놀았다. 예술관엔 음악실과 미술실과 도서실이 있었다. 나중에 선생이 되었을 때 학생들에게 고등학교 시절에 읽은 책을 이야기하곤 했는데 어제 읽은 것처럼 기억이 선명했다. 그만큼 몰입했다.

어느 날 외할머니가 오셨다. 옆에 앉아 방을 얻어 주지 못하는 엄마를 변호하시다가 갑자기 이상한 말씀을 하셨다.

"니 엄마도 일부종사를 못한 기구한 여자여."

처음엔 무슨 소리인지 알아듣지 못했다. 엎드려 종이에 낙서를 하면서 이야기를 듣다가 일어나 앉았다. 우리 아버지와의 결혼은 재혼이었다는 것이다. 나보다 여섯 살이 많은 딸이 하나 있다고 했다. 똑똑하기로 소문난 아이였다는 엄마는 중학교에 보내 달라고 울며불며 졸라 대는 게 일이었다. 당장 다음 끼니를 걱정하던 시절에 딸을 중학교에 보내는 건 언감생심 꿈도 못 꿀 일이었다는데 핑계라고 원망했다. 그도 그럴 것이 딸만 둘인 외할아버지가 아들을 보려고 작은댁을 들였기 때문이다. 아들이 태어나 아버지를 호강시킬 때가 되면 아버지는 돌아가실 날이 가까우니 그러지 말고 나를 공부시켜 주면 아들 노릇 하겠다고 매달렸지만 부모는 끝내 소원을 들어 주지 못했다. 딸을 공부시킬 정도의 의식은 없는 분들이었다. 하는 수 없이 혼자 도시로 나가 양장 기술을 익히고 YWCA에서 학생들을 가르치면서 살았다. 그러는 중에 좋은 조건을 가졌다는 신랑감이 있다고 중매가 들어왔고 결혼을 했다. 결혼은 오래 가지 않았다. 조건은 거짓이었고 남편은 친정으로 쫓아와 마루를 도끼로 찍으면서 딸을 뺏어가 버렸다.

그래서 그랬던가 보다. 엄마는 호들갑스럽게 기뻐하는 일도, 신나게 노는 때도 없었다. 내 손을 잡고 말없이 둑길을 걸었고 우리가 노는 것을 물끄러미 바라보곤 했다. 그러고 보니 결혼 사진도 없었다. 어린 시절은 간혹 이야기했지만 처녀 시절도, 아버지와 만난 이야기도 하지 않았다. 살아 온 시간 중의 어떤 부분은 그냥 묻어 버려야 하는 사람들도 있다. 잘못된 필름처럼 잘라 내면서 가장 고통스럽고 치열했던 번뇌의 시간을 부정할 수밖에 없는, 그런 사람들에게 다른 사람들이 할 수 있는 최선의 배려는 내버려 두는 것이다. 함부로 말하지 않고 모른 체 해 주는 것이다. 쉽지 않은 일이다.

엄마가 원하는 성공을 해서 삶을 보상해 드리고 싶다는 생각을 처음 했다. 엄마와 언니, 두 사람의 생이 너무나 아팠다. 억지로 분리되는 고통을 나는 잘 알고 있었다. 할머니의 이야기를 듣던 그 즈음, 엄마는 막다른 골목에 몰려 있었다. 사납고 난폭했다. 간혹 잔잔하게 웃던, 늘 뭔가를 가르쳐 주던 모습이 아니었다. 그런 엄마에게 나도 많이 지쳐 있었다. 그러나 이야기를 듣고 나니 모든 것이 이해되었다. 엄마는 곁에 없는 딸이 마음에 걸려서 나를 잘 안아 주지도 못했다고 했다. 그 모진 시간을 어떻게 견뎠을까? 그로부터 3, 4년쯤 뒤에 소설처럼 정말로 언니가 나타나기 전까지 내 마음의 중심에는 오직 엄마가 있었다.

¶

외가로 들어간 뒤부터 아버지와 엄마는 자주 다투었더랬다. 할머니와 아버지도 사이가 좋지 않았다. 할머니와 엄마의 관계도 마찬가지였다. 따스했던 외갓집은 복잡하고 불안해졌다. 다툼, 힐난, 푸념 속에서 하루도 마음이 편할 날이 없었다. 화를 내는 소리가 늘 귀에 쟁쟁 울렸다. 젊은 날을 군대에서 보낸 아버지가 바깥세상에서 할 수 있는 일은 많지 않았다. 학교에 회충약을 팔러 오신 아버지를 만난 적도 있었다. 엄마는 경제적으로 궁핍했고 다섯이나 되는 아이들을 조력자 없이 키워내야 했다. 먹는 것, 입는 것 수발하는 데는 엄마만한 효녀가 없다고 할머니도 말씀하셨지만 어렸을 때부터 까탈스러웠다는 엄마가 성격이 다른 친정어머니와 같은 지붕 아래 사는 것은 또 다른 상황이었을 것이다. 게다가 할머니는 딸은 어려워했지만 사위는 그다지 존중하지 않았다. 어느 겨울밤, 할머니와 다투다가 아버지는 급기야 집을 나가 읍내까지 걸어 나가서 아침 첫차를 타고 서울로 올라갔다. 버스 터미널에 내린 아버지가 아침을 먹으러 들어간 국밥집의 아주머니가 나중에 아버지의 아내가 되었다. 그 사실을 알게 된 뒤에 나는 아버지를 철저하게 미워하고 밀어냈다. 동시에 너무나 달라져 버린 엄마에게 하루가 멀다 하고 독한 상처를 입으면서 하루하루가 갔다. 심한 야단을 맞고 나면 마음을 가눌 수가 없었다. 무엇을 특별히 잘못해서가 아니었다. 자식들이 엄마 마음에 들지 않았다. 청소도, 빨래도, 공부도, 뭐 한 가지 시원하게 하는 게 없다고 했다. 우리는 모두 체력이 약했다. 중학교 2학년 때까지 나의 몸무게는 28킬로그램이었다. 산에 가서 땔나무하기, 겨울에 부엌에서 밥 짓기, 샘에 가서 물 긷기, 자전거 타고 고개 넘어 학

어눌한 이야기

교 다니기, 다른 아이들은 아무렇지도 않게 하는 일들을 나는 안간힘을 쓰면서 했다. 늘 아프던 나는 중2 때 걸음을 떼지 못해 대학병원에 실려 갔는데 뱃속에 커다란 혹이 있었다. 나중에 보니 그건 혹이 된 난소였다. 그때만 해도 진료가 지금만큼 세밀하지 못하여 병원에선 악성 종양을 의심했다. 수술하기 전날 엄마는 내가 죽을지도 모른다고 생각해 펜과 공책을 주면서 뭐든지 쓰고 싶은 말을 쓰라고 했다. 내게 그런 기회를 줘야 한다고 생각했나 보다. 수술하는 동안 엄마는 병실에 앉아 말 한마디 없이 신문을 처음부터 끝까지 읽고 있었다. 옆 침대의 보호자들이 말도 못 걸었다. 암이 아니라는 것을 알고 나서야 엄마는 울었다.

저녁 밥상을 물리고 설거지를 마치면 엄마는 부엌에서 계란을 식구 수대로 삶아 왔다. 우리는 삶은 계란 하나와 분유 한 컵을 의식을 치르듯 먹었다. 가장이 가난한 식구들의 영양을 보충해 주는 방법이었다. 여자들만 자는 집에 도둑이 들까 봐 사립문을 지치고 아버지의 낡은 구두를 마루 아래 내놓은 뒤에 할머니와 엄마와 다섯 딸들이 위 아랫방에 촘촘히 누웠다. 엄마와 할머니가 잠들고 뒷산에서 소쩍새가 우는 소리가 들려오는 시간이 가장 편안하고 좋았다. 중학생인 나는 세상에서 제일 쓸쓸한 목소리를 소쩍새가 가졌다고 생각했다. 그것은 밤의 소리였다.

상처 위에 피는 꽃

부모로부터 독립하기 전까지의 삶을 이야기할 때 부모의 이야기를 하지 않을 수 없지만 이런 이야기들을 늘어놓는 것이 쉽지 않다. 누구도 남에 대해서 알지 못한다. 자식이 읽는 부모의 생은 절반 이상 오독이지 않을까. 내 안경을 쓰고 그들이 미처 갈무리 못한 삶의 파편 조각을 드문드문 바라볼 뿐이다. 어쩌면 내 아이도 나중에 나에 대해 이야기할 기회가 있을지도 모른다. 내 딸도 나를 다 모른다. 딸애의 오독을 나는 미안한 마음으로 감수할 것이다.

엄마는 상급 학교에 진학하지 못한 한을 풀지 못해서 할머니 말씀대로 환갑이 불원하도록 부모를 원망하는 분이었기 때문에, 공부 하나를 제대로 못하는 자식에 대해 말할 수 없이 실망스러워했다. 그래서 엄마의 눈에 차지 않는 지방 대학에 들어간 뒤에 등록금을 마련하는 게 늘 부담이었다. 이웃 대학의 교수님 연구실에서도 아르바이트를 했다. 교수님은 공부에 방해된다고 일감을 별로 주지 않았다. 특별한 심부름이 없을 때는 연구실에 앉아 공부하라고 하셨다. 다정다감하고 고마운 어른이었다. 어느 일요일에 부산에서 열리는 세미나에 동행하겠느냐고 하셨다. 당연히 따라가겠다고 했다. 교수님들은 자기들의 분야를 어떤 식으로 발표할까? 분위기는 어떨까? 나도 알아들을 수 있을까? 잘 가꾼 정원을 가운데 두고 별장 같이 멋진 집들이 몇 채 호젓하게 들어선 곳이 우리가 묵을 호텔이었다.

어눌한 이야기

"너무 멋져요, 교수님. 고맙습니다!"

시골에서 아무것도 모르고 자란 내 의식 안에서 교수와 학생은 그냥 교수와 학생일 뿐 다른 것이 가능하지 않았다. 멋진 내부를 여기 저기 둘러보는데, 교수님이 옆에 와서 어깨에 팔을 둘렀다.

"나는 술을 잘 못하지만 그래도 와인 한 잔은 해야겠지?"

좀 어색한 느낌이 스치는데 왜 그런지 분명치 않은 채로 어정쩡하게 앉았다. 그런데 교수님이 마주 앉지 않고 옆에 와서 앉으셨다. 맞은편으로 가서 앉으려고 일어서려는데 팔을 잡아당겨 앉혔다. 슬그머니 팔을 빼면서 일어서려했지만 되지 않았다. 그제야 이상한 느낌의 종류가 무엇이었는지 확실해지는 것이었다. 존경하던 어른이 평소와 다른 얼굴로 쳐다보며 팔을 잡고 있었다. 놀라서 말이 나오지 않았다.

"아니야, 난 그냥 네가 예뻐서 그래. 순수하고 착하고 너무 예뻐서."

배신감과 충격 때문에 핏기가 가시는 것 같았다. 어떻게 이럴 수가. 이 사람은 나를 하찮게 보았구나. 나도 그를 다만 고용주로 보았어야 했다. 어째서 그를 멘토로 생각했단 말인가. 내 맘대로 상대를 바라본 착각이 부끄러웠다.

"아버지라고 생각했는데……."

저절로 입 꼬리에 비웃음이 물렸다. 어차피 겪을 일은 결정

상처 위에 피는 꽃

된 것 같았다. 네 힘을 못이길 수도 있겠지. 반드시 네가 한 일을 세상에 알릴 것이다. 네가 가진 껍데기를 벗겨 버리고 말 것이다. 한 순간에 신뢰를 잃고 상대를 무시하게 된 기운이 뻗친 것인가, 신이 함께 있었던 것인가.

"놀랐구나, 미안하다. 하지만 아니야, 그냥 함께 있고 싶었던 것뿐이야. 좋아하는 마음은 죄 아니지?"

그는 자기 말을 지켰다. 평소처럼 이것저것 물어보고 이런저런 이야기도 해 주었다. 내가 오해한 것인가 싶기도 했다. 하지만 한 번 들어온 낯선 느낌은 사라지지 않았고, 그런 상황에서 처녀 아이가 태평하게 잠을 잘 수는 없었다. 긴 밤이었다. 세미나 같은 건 없었다. 이 일은 나에게 흔적을 남겼다. 아주 오랫동안 그 나이의 남자들에게 거부감을 느꼈다. '어른'이라는 개념이 마음속에서 사라졌고 사람들의 직함, 이력, 맡은 역할, 세상에 알려진 이름 같은 것들에 의미를 두지 않았다. 그것들은 깜냥껏 마련하여 입은 옷일 뿐이었다. 맥락이 허접하고 기반도 허약한, 스스로 지식인이라 착각하는 사람들이 흔하기도 했다. 엄마는 교수 연구실의 아르바이트를 그만 둔 것에 대해서 몹시 나무랐다. 어째 복을 발로 차느냐고 화를 냈다. 엄마는 많이 배운 사람을 신뢰했다. '너 보다 똑똑한 박사도', '너보다 똑똑한 교수도', 이런 말들을 들을 때 어쩔 수 없이 이제 내가 엄마의 세상을 나와서 나아가고 있구나, 하는 것을 느꼈지

어눌한 이야기

만 엄마에게 상처를 주고 싶진 않았다.

¶

　언니를 만난 것은 대학교 2학년을 마칠 즈음이었다. 엄마는 냉정했다. 엄마가 잘라 버린 생의 필름 속에 언니도 들어 있었을 것이다. 그렇지 않고는 살 수 없었을 것이다. 경제적으로 넉넉했다면 달랐을 수도 있겠지만 당시의 엄마에게는 또 하나의 자식을 품을 여유가 없었다.

　20여 년만에 만난 딸에게 엄마가 가장 먼저 물은 말은 대학엘 갔느냐는 것이었다. 피식 웃음이 난다. 엄마가 생각하는 부모의 가장 중요한 역할은 자식을 공부시키는 것일 게다. 사과박스에 신권을 가득 채워서 시동생에게 맡기면서 아이가 크면 대학에 보내 달라고 했다는 것도 엄마답다. 사과 박스를 삼촌에게 맡긴 것은 고양이에게 생선을 맡긴 것과 같았다고 나중에 언니가 말했다.

　그러나 우리는 만나자마자 서로에게 빠져들었다. 함께 자란 동생들은 오히려 나와 별로 닮지 않았는데, 언니와 나는 누가 보아도 자매인 것을 알아볼 만큼 모습도 취향도 비슷했다. 밤을 새우며 이야기를 하고 또 했다. 언니는 집이 없었다. 언니를 만나러 서울에 가면 언니의 남자 친구 집에서도 자고 언니가 묵고 있는 친구 집에서도 잤다. 집도 절도 없이 여기저기 얹혀 살아도 타고난 당당함과 기품이 있었다. 남자 친구와 남자 친구의 부모님, 친구들과 친구들의 가족들이 언니를 대하는 태도에 진심과 존중이 느껴졌다. 언니 가슴 속을 채우고 있는 열망의 90퍼센트는 여전히 공부인 것 같았다. 언니는 아름다운 사람이었다. 파란 많은 성장기를 보냈지만 조금도 거칠고 황폐해지지 않았다. 마음이 따뜻했으며 감정과 표현이 풍부하고 열정이 뜨거웠다. 솔직하고 유쾌한 성격이어서 이야기를 나누다 보면 눈물이 나다가도 배꼽이 빠지곤 했다. 언니의 주위는 언제나 언니의 빛깔로 채워져 있곤 했다.

그 후 20여 년, 우리들 앞으로 굴곡 많은 시간이 흘러갔다. 언니는 첫사랑 남자 친구와 헤어졌고, 그 뒤 대학에 보내주겠다는 남자를 만나 시골로 내려갔다. 그는 퇴계 이황 선생의 스승인 이언적 선생의 자손이라고 했다. 자기 아들은 자기 고향 도덕산 기슭에서 산의 정기를 받고 자라나야 한다는 남자였다. 노량진 학원에서 꿈을 불태우던 언니는 느닷없이 이언적 선생의 서원이 있는 마을의 새댁이 되었다. 이씨 집성촌인 그 마을은 제사도 많았다. 언니가 남강 형님, 노당 형님, 경주 형님, 등등 고풍스런 느낌이 나는 이름들에 둘러싸여 제사 음식을 준비하는 걸 보면 웃음이 났다.

가족이란 게 뭘까? 오랫동안 식구들에게 연연했다. 이러저러한 일들을 겪으면서 가족으로부터 심정적으로 독립한 것은 모두를 위해 다행한 일이다. 언니를 만난 뒤에 아버지에 대한 미움이 사라졌고 엄마에게 갖던 애증도 버렸다. 부모에게도 내가 모르는 지난한 삶이 있다는 것을 언니의 존재가 깨닫게 해준 것이다. 형제들의 일이라면 이성을 잃고 졸아들던 마음도 평온해졌다. 어떤 인연에 의해 모였을 뿐 생은 각자의 것이다. 식구들의 인생에 지나치게 마음 아파하고 지나치게 영향을 받는 것은 자연스럽지 못한 일이었다. 부모와는 다르게 행복한 삶을 일구려던 내 마음은 욕망에 가까웠다. 나중에야 내가 붙들고 있던 행복의 모습, 확고한 그림이 허구였다는 것을 깨닫고 정말이지 나는 뭘 제대로 배운 게 없다는 것을 알았다.

사람이란 정말로 골치 아픈 존재가 아닐까? 사람만큼 쉽게 상처 입고, 모질게 상처 입히며 상처 안에 오래 갇히는 존재가 있을까? 사람만큼 지극히 아름답고 지극히 추한 존재가 또 있을까? 라고 나는 사람인 내게 묻곤 했다. 그러나 젊은 날의 질문을 그대로 갖고 살 수는 없다. 쉼 없이 저를 열고 나가고 저를 넘어서서 걷는 어른이라면 질문의 종류도, 내용도, 묻는 대상도 달라질 수밖에 없을 것이다. 내게는 행복을 묻는 시기가 길었다. 자유에 천착하는 시간도 있었다. 지금은 자연自然을 생각하는 때가 점점 더 늘어난다. '스스로 그러한 이치'를 스승으로 삼으면 오류가 적을 거라고 믿어진다. 행복이나 자유에 대한 답도 그 안에 있을 거라 어렴풋이 짐작되고 자연을 묻는 것이 사람에 대하여 옳게 묻는 길이라고 생각된다.

내가 몸담고 있는 곳에 자연스럽지 않은 행태가 있어 내 몸과 마음이 불편하면, 몸과 마음이 시키는 대로 해 보아도 되는 나이가 되었다. 물이 돌을 비켜 흐르거나 아니면 휩쓸어 가듯이, 바람이 나뭇가지를 타고 가거나 아니면 꺾고 가듯이, 제 길을 가는 방법은 상황에 따라 각색일 것이다. 조화로운 어울림과 마찬가지로 분쟁도 섞이지 못함도 자연이다. 분쟁과 대립도 조화를 위한 것이다.

나는 아무것도 모르는 채로 교사가 되었다. 좋은 선생이 되어야겠다는 막연한 마음만 있었다. 그건 행복하게 살고 싶다는 욕망과 비슷한 것이었다. 답은커녕 제대로 된 질문도 갖지 못한 사람이 용감하게 학급 운영 연수 같은 곳에 강사로 불려가서 이야기를 늘어놓곤 했다. 조금 더 살아 보니 학급은 교사가 운영할 수 있는 것이 아니었다. 그곳은 나와 아이들의 복잡한 삶이 진행되는 하나의 우주였다. 이것은 이러하고 저것은 저러하다고 말로 내놓을 수 있는 것이 별로 없었다. 학급엔 불우한 아이들도 있고 구김 없는 아이들도 있다. 그렇지만 모든 상황은 매 순간 새롭게 시작이다. 끝까지 불우할 수 없는 것처럼, 끝까지 양지바를 수도 없다. 불우하다고 불우한 것도 아니고 밝다고 밝은 것도 아니다. 학급은 늘 문제 투성이다. 뺏고 빼앗기고 때리고 맞고 울고불고……. 해결하려고 덤비기 전에 이 상황에서 내가 무얼 배워야 할까를 먼저 생각한다. 선생이 되는 바람에 날마다 이 엄청난 우주에 접속해 살아가면서 결핍은 내게 더 이상 특별하지 않게 되었다.

　이런 생각들, 말로 가르쳐 줄 수 있다면 나도 괜찮은 선생일 텐데, 어린 시절처럼 말문이 열리지 않아서 나는 여전히 학생으로 살아갈 뿐이다.